ERLE STANLEY GARDNER – A. A. FAIR

Die Pfotenspur

Wer Goldmann Kriminalromane liest, zeigt, daß er auf Niveau achtet.

Über den Autor:

Erle Stanley Gardner, geboren 1889, ist einer der führenden amerikanischen Kriminalschriftsteller. Zwanzig Jahre lang war er Rechtsanwalt in Ventura in Kalifornien. Tagsüber arbeitete er in seiner Anwaltspraxis, nachts schrieb er Bücher. Seine Hauptfigur ist der Strafverteidiger Perry Mason. Unter dem Pseudonym A. A. Fair schrieb Gardner eine Reihe ebenso erfolgreicher Kriminalromane. Darin taucht ein heiteres Gespann auf: die schwergewichtige und geschäftstüchtige Privatdetektivin Bertha Cool und der als Jurist gescheiterte, aber als Privatdetektiv hervorragende Donald Lam. Mit angesehenen Persönlichkeiten und Kriminologen in Amerika bildete Erle Stanley Gardner »The Court of Last Resort« – das »Gericht der letzten Zuflucht«. Mehr als tausend umstrittene Kriminalfälle sind von dieser Institution überprüft worden, um Justizirrtümer zu verhüten oder wiedergutzumachen. Gardner wurde 1952 zum Ehrenbürger von Texas ernannt. Er starb 1970 in Kalifornien.

Von Erle Stanley Gardner – A. A. Fair
sind bisher erschienen:

Alles oder nichts. 4117
Der dunkle Punkt. 3039
Goldaktien. 4119
Die goldgelbe Tür. 3050
Heiße Tage auf Hawaii. 3106
Der heulende Hund. 4316
Im Mittelpunkt Yvonne. 3058
Die Pfotenspur. 4309
Per Saldo Mord. 3121
Ein schwarzer Vogel. 2267
Der schweigende Mund. 2259
Sein erster Fall. 3090
Wo Licht im Wege steht. 3048
Der zweite Buddha. 3083

ERLE STANLEY GARDNER – A. A. FAIR

Die Pfotenspur

THE CASE OF THE CARETAKER'S CAT

Kriminalroman

WILHELM GOLDMANN VERLAG MÜNCHEN

KRIMI VERLAG AG WOLLERAU/SCHWEIZ

Die Hauptpersonen des Romans sind:

Perry Mason	Rechtsanwalt
Della Street	seine Sekretärin
Paul Drake	Privatdetektiv
Peter Laxter	Rechtsanwalt
Samuel C. Laxter Frank Oafley Winifred Laxter	seine Enkelkinder
Charles Ashton	Verwalter
Edith De Voe	Krankenschwester
Douglas Keene	Architekt
Jim Brandon	Chauffeur und Butler
Nathaniel Shuster	Rechtsanwalt
Clinker	eine Perserkatze
Hamilton Burger	District Attorney
Sergeant Holcomb	Kriminalbeamter

Der Roman spielt in Los Angeles, USA.

Made in Germany · I · 1115
Genehmigte Taschenbuchausgabe. Die Originalausgabe ist im Scherz Verlag, Bern–München–Wien, erschienen. Ungekürzte Ausgabe. Umschlagfoto: Hans Künzel. Gesetzt aus der Linotype-Garamond-Antiqua. Druck: Presse-Druck Augsburg. KRIMI 4309 · Sch/Str

ISBN 3-442-04309-3

I

Perry Mason, der Rechtsanwalt, sah Carl Jackson, einen seiner Assistenten, stirnrunzelnd an. An einer Ecke des Schreibtisches saß Della Street mit übereinandergeschlagenen Beinen, den Bleistift über einem offenen Notizbuch gezückt, und betrachtete die beiden Männer mit aufmerksamen Blicken.

Mason hielt ein maschinengeschriebenes Dokument in der Hand. »Wegen einer Katze, wie?« fragte er.

»Jawohl, Sir«, erwiderte Jackson. »Er besteht darauf, Sie persönlich zu sprechen. Ein verschrobener Kerl. Ich würde nicht zuviel Zeit an ihn verschwenden.«

»Kurzes Bein und Krücke, nicht wahr?« murmelte Mason vor sich hin, während er das Dokument eingehend studierte.

»Jawohl. Er ist ungefähr fünfundsechzig. Er habe vor zwei Jahren einen Autounfall gehabt, hat er mir erzählt. Sein Arbeitgeber saß am Steuer des Wagens. Ashton – so heißt der Mann, der Sie aufsuchen will – brach sich dabei das Hüftgelenk, und irgendwelche Sehnen seines rechten Beines waren durchschnitten. Laxter, sein Arbeitgeber, erlitt einen Beinbruch direkt oberhalb des Knies; auch er war kein junger Mann mehr, ungefähr zweiundsechzig, als er starb, aber das Bein verheilte noch tadellos. Ashtons nicht. Er geht seither an Krücken.

Das wird auch einer der Gründe sein, weshalb Laxter sich so ängstlich bemühte, seinen Verwalter in seinem Testament zu bedenken. Er hinterließ Ashton zwar kein Bargeld, aber er stellte die Bedingung, daß seine Erben Ashton weiterhin als Verwalter behalten sollten, solange der Mann arbeitsfähig sei, und daß auch nachher für seinen Unterhalt gesorgt werden müsse.«

Perry Mason runzelte die Stirn. »Das ist ein ungewöhnliches Testament, Jackson.«

Der jüngere Anwalt nickte zustimmend. »Das kann man wohl sagen. Dieser Laxter war Rechtsanwalt. Er hinterließ drei Großkinder. Eines von ihnen, ein Mädchen, wird in dem Testament vollkommen übergangen. Die anderen zwei teilten den Besitz zu gleichen Teilen.«

»Wie lange ist er schon tot?«

»Zwei Wochen, glaube ich.«

»Laxter ... Laxter ... Stand nicht irgend etwas über ihn in den Zeitungen? Habe ich nicht etwas von einem Feuer im Zusammenhang mit diesem Namen gelesen?«

»Richtig, Sir. Peter Laxter. Er soll ein Geizhals gewesen sein. Jedenfalls war er ein Unikum. Er besaß ein Haus hier in der Stadt, aber er lebte nicht darin. Dieser Ashton verwaltete es für ihn. Laxter lebte in einem Landhaus in Carmencita. Dort brach eines Nachts Feuer aus, und Laxter kam bei dem Brand um. Die drei Großkinder und einige Diener waren in jener Nacht ebenfalls zugegen. Sie alle konnten sich retten. Ashton sagt aus, daß das Feuer in oder neben Laxters Schlafzimmer seinen Anfang nahm.«

»War der Verwalter damals auch im Landhaus?«

»Nein. Er tat seinen Dienst im Stadthaus.«

»Leben die Großkinder nun dort?«

»Zwei von ihnen – die Erben Samuel C. Laxter und Frank Oafley. Die Enkelin, die enterbt wurde, Winifried Laxter, wohnt nicht dort. Es weiß niemand, wo sie hingezogen ist.«

»Und jetzt wartet also dieser Ashton draußen im Büro?« Mason zwinkerte mit den Augen.

»Ja, Sir, und er will nur mit Ihnen sprechen.«

»Was will er eigentlich?«

»Sam Laxter erkennt seine Verpflichtungen an, Ashton weiterhin laut Testament als Verwalter zu beschäftigen, aber er bestreitet, verpflichtet zu sein, Ashtons Katze im Hause zu behalten. Ashton besitzt eine große Perserkatze, an der er sehr hängt. Laxter hat Ashton nun wissen lassen, daß die Katze entweder aus dem Hause verschwinden muß oder aber vergiftet wird. Ich könnte diese Sache sehr gut selbst erledigen; aber Ashton besteht darauf, mit Ihnen und niemand anders zu sprechen. Ich hätte Sie gar nicht damit belästigt, wenn ich nicht wüßte, daß Sie von jedem einzelnen Fall wissen wollen und uns keinen allein erledigen lassen.«

Mason nickte. »Richtig! Man kann nie wissen, ob etwas reichlich Triviales sich nicht plötzlich als etwas ungemein Interessantes herausstellt.«

»Soll ich Mr. Ashton sagen, daß wir seinen Fall nicht übernehmen können?« fragte Jackson.

»Hat er Geld?«

»Kaum. Er verdient laut Testament fünfzig Dollar monatlich und hat Kost und Logis frei.«

»Ist es ein alter Mann?«

»Ziemlich, ja. Ein alter, verschrobener Kerl, wenn Sie mich fragen.«

»Aber er hat Tiere gern«, bemerkte Mason.

»Seine Katze liebt er heiß, wenn Sie das meinen.«

Mason nickte nachdenklich. »Jawohl, das meine ich.«

Della Street, die Masons Stimmungen besser kannte als der junge Assistent, mischte sich nun mit jener selbstverständlichen Vertrautheit, wie sie bei guter Zusammenarbeit entsteht, in das Gespräch.

»Sie haben eben erst einen Mordfall beendet, Chef! Warum überlassen Sie jetzt diese Sache nicht Ihren Mitarbeitern und machen eine große Orientreise? Sie sollten sich ausruhen!«

Mason sah sie blinzelnd an. »Und wer soll sich dann um Ashtons Katze kümmern?«

»Mr. Jackson zum Beispiel.«

»Er will aber Jackson nicht sehen.«

»Dann soll er sich einen anderen Anwalt suchen. Die Stadt ist voll von Anwälten. Sie können doch Ihre Zeit nicht einer Katze wegen vergeuden!«

»Ein alter Mann«, sagte Mason leise vor sich hin, »ein verschrobener Kerl . . . wahrscheinlich ohne Freunde. Sein Wohltäter tot. Diese Katze ist das einzige Lebewesen, dem er zugetan ist. Die meisten Anwälte würden über den Fall lachen und nicht wissen, wie sie ihn anpacken sollen. Weiß Gott, er hat auch nicht seinesgleichen!

Nein, Della, dies ist einer jener Fälle, die dem Anwalt so nebensächlich vorkommen und dem Klienten soviel bedeuten. Ein Anwalt ist kein Kaufmann, der seine Waren verkaufen oder nicht verkaufen kann, je nach seinem Gutdünken. Ein Anwalt muß einem Unglücklichen nach bestem Können beistehen.«

Della Street, die genau wußte, was nun kommen würde, nickte Jackson zu und murmelte: »Sie können Mr. Ashton hereinlassen.«

Jackson lächelte sie vielsagend an, nahm seine Papiere und verließ das Zimmer. Sobald die Tür zu war, faßte Della Perry Masons Hand.

»Sie übernehmen den Fall nur, weil Sie wissen, daß sich der Mann sonst keinen guten Anwalt leisten kann.«

Mason lachte. »Nun, Sie müssen doch einsehen, daß ein Mann mit einem verkrüppelten Bein, einer gefährdeten Position, einer Perserkatze und wenig Geld auch einmal etwas Glück haben darf.«

Man hörte das Geräusch einer Krücke und Schritte in dem langen Korridor. Jackson hielt die Tür für den Eintretenden auf und machte dabei ein Gesicht wie jemand, der vor Schwierigkeiten gewarnt hat und nun jegliche Verantwortung für sie ablehnt.

Der Mann, der hereinkam, war runzelig und alt. Er hatte dünne Lippen, buschige weiße Augenbrauen, einen kahlen Kopf und verschlossene Züge. »Jetzt komme ich schon zum drittenmal her«, sagte er ärgerlich.

»Setzen Sie sich, Mr. Ashton. Es tut mir leid. Ich hatte einen Mordfall aufzuklären. Wie heißt Ihre Katze?«

»Clinker.« Ashton setzte sich in einen tiefen Lederstuhl und stellte seine Krücke vor sich hin, wobei er sie mit beiden Händen festhielt.

»Haben Sie sie gern?« fragte Mason bewußt beiläufig.

»Es ist der einzige Freund, den ich noch habe«, antwortete Ashton ziemlich brummig.

Mason sah ihn fragend an.

»Ich bin Hausverwalter. Ein Hausverwalter arbeitet eigentlich nichts. Er sieht nur nach dem Rechten. Das große Haus war jahrelang abgesperrt. Mr. Laxter lebte in Carmencita. Meine Aufgabe war lediglich, immer da zu sein, den Rasen zu pflegen und die Stufen zur Eingangstür sauber zu halten. Drei-, viermal im Jahr ließ Mr. Laxter das ganze Haus gründlich reinigen; sonst waren die Zimmer immer abgesperrt und die Fensterläden geschlossen.«

»Es lebte niemand dort?«

»Niemand.«

»Warum hat er denn das Haus nicht vermietet?«

»Das war nicht seine Art.«

»Und er hinterließ ein Testament zu Ihren Gunsten?«

»Jawohl. Er sagte mir darin Arbeit zu, solange ich arbeiten kann, und garantierte mir auch mein Auskommen für später, wenn ich nicht mehr arbeiten kann.«

»Die Erben sind zwei Enkel?«

»Drei. Aber nur zwei sind im Testament erwähnt.«

»Nun sagen Sie mir, was Sie für Sorgen haben.«

»Der Herr ist verbrannt, als das Landhaus Feuer fing. Ich wußte nichts davon, bis man es mir am nächsten Morgen telefonisch mitteilte. Nach seinem Tod übernahm Sam Laxter die Führung der Geschäfte. Sam ist ein hübscher Junge und treibt gern seinen Spaß mit einem, wenn man ihn läßt, aber er kann Tiere nicht leiden, und ich mag Leute nicht, die Tiere nicht mögen.«

»Wer war in dem Haus, als es brannte?« fragte Mason.

»Winifred – also Winifred Laxter, die Enkelin. Dann Sam Laxter und Frank Oafley, die Enkelsöhne. Und Mrs. Pixley, das ist die Haushälterin. Und noch eine Krankenschwester, Edith De Voe.«

»Noch jemand?«

»Jim Brandon, der Chauffeur. Das ist ein Schmeichler. Der weiß ganz genau, wo die Butterseite des Lebens ist. Sie sollten nur einmal sehen, wie er immer um Sam Laxter herumscharwenzelt.« Ashton hämmerte mit seiner Krücke auf den Fußboden, um seinem Mißfallen Ausdruck zu geben.

»Noch jemand?«

Ashton zählte die Namen noch einmal an den Fingern her und fügte dann hinzu: »Nora Abington.«

»Wer ist sie?«

»Eine Kuh«, stellte Ashton fest. »Ein unterwürfiges, gutmütiges Wesen mit großen Augen. Aber sie war nicht im Hause, als es brannte. Sie kam nur tagsüber zur Arbeit.«

»Und nachdem das Haus abgebrannt war, gab es keine Arbeit mehr für sie?«

»Richtig. Sie kam dann nicht mehr.«

»Dann können wir sie vermutlich von unserer Liste streichen. Sie hat nichts mit dem Fall zu tun.«

»Ja, wenn sie nicht in Jim Brandon verliebt wäre«, warf Ashton ein. »Sie glaubt, daß Jim sie heiratet, sobald er etwas Geld beisammen hat. Bah! Ich habe versucht, ihr ein paar Sachen über Brandon zu erzählen, aber sie hörte mir gar nicht zu.«

»Wie kommt es, daß Sie alle diese Angestellten so gut kennen, wo Sie doch immer in der Stadt lebten und die anderen auf dem Land?«

»Ich mußte öfters hinausfahren.«

»Fahren Sie selbst Auto?«

»Ja.«

»Sie haben einen eigenen Wagen?«

»Nein, einen, den Mr. Laxter mir hielt, damit ich zu ihm hinausfahren konnte, wenn er irgendwelche Aufträge für mich hatte. Er haßte es, in die Stadt zu kommen.«

»Was ist es für ein Wagen?«

»Ein Chevrolet.«

»Behindert Sie Ihr Bein nicht beim Autofahren?«

»Nein, bei dem Wagen nicht. Er hat eine Spezialbremse. Wenn ich auf den Bremshebel drücke, bleibt der Wagen stehen.«

»Und warum wurde Winifred in dem Testament übergangen?«

»Das weiß niemand.«

»Wie lautet die Adresse des Stadthauses?«

»Drei-acht-zwei-vier East Washington.«

»Und dort sind Sie auch jetzt noch?«

»Ja – und Sam Laxter, Oafley und die Angestellten sind auch dort.«

»Mit anderen Worten – als das Haus in Carmencita niederbrannte, zogen alle Bewohner in das Stadthaus?«

»Jawohl. Sie wären ohnehin nach dem Tode von Mr. Laxter in die Stadt übersiedelt. Das Landleben sagt ihnen nicht zu. Sie lieben die Stadt – und wie!«

»Und sie haben also etwas gegen Ihre Katze?«

»Nur Sam Laxter. Er ist als der ältere der Erben, der Testamentsvollstrecker.«

»In welcher Form äußerte sich seine Abneigung gegen die Katze?«

»Er sagte mir, ich solle sie weggeben, oder er würde sie vergiften.«

»Gab er Gründe dafür an?«

»Er mag Katzen nicht, besonders Clinker nicht. Ich schlafe im Erdgeschoß. Das Fenster steht immer offen. Clinker springt hinaus und herein; Sie wissen ja, wie Katzen sind – man kann sie nicht dauernd einsperren. Mit meinem Bein gehe ich nicht gerne herum, also muß Clinker sich selber etwas Bewegung machen. Wenn es regnet, bekommt er natürlich schmutzige Pfoten. Und wenn er dann durchs Fenster auf mein Bett springt, macht er das Bettzeug schmutzig.«

»Ist das Fenster über Ihrem Bett?«

»Jawohl, und die Katze schläft auf dem Bett. Seit Jahren schon. Das hat noch niemand gestört. Sam Laxter sagt, die schmutzigen Bettücher erhöhten die Wäscherechnung ... Wäscherechnung! Er wirft in einer einzigen Nacht mehr Geld hinaus in seinen Nachtclubs, als meine Wäscherechnungen in zehn Jahren je ausmachen könnten!«

»Also ein ziemlicher Verschwender?« fragte Mason gut gelaunt.

»Das war er – jetzt ist er es nicht mehr so.«

»Nein?« Mason horchte auf.

»Nein, er kann nicht 'ran an das Geld.«

»Welches Geld?«

»Das Geld, das Mr. Laxter hinterließ.«

»Ich glaubte, das hätten die beiden Enkel zu gleichen Teilen geerbt.«

»Schon – das, das sie finden konnten.«

»Haben sie denn nicht alles gefunden?« Mason sah nun sehr interessiert aus.

»Kurz vor dem Feuer«, begann Ashton, und die Schilderung schien ihm eine große Genugtuung zu breiten, »ordnete Mr. Laxter seine Angelegenheiten. Er kassierte über eine Million Dollar. Niemand weiß, was er mit diesem Geld gemacht hat. Sam Laxter behauptet, er müsse es irgendwo vergraben haben, aber da kenne ich den Chef doch besser. Ich vermute, daß er es in einem Safe deponierte, unter einem angenommenen Namen natürlich. Er traute den Banken nicht. Er sagte immer, daß die Banken in guten Zeiten sein Geld ausleihen und Profit daraus schlügen, und daß sie in schlechten Zeiten behaupteten, sie könnten ihm jetzt nichts zurückgeben. Er hat vor einigen Jahren Geld verloren bei einer Bank, das hat ihm genügt.«

»Eine Million Dollar in bar?« fragte Mason.

»Natürlich in bar«, fauchte Ashton ihn an. »Wie sonst hätte er das Geld kassieren sollen?«

Perry Mason sah Della Street schnell an.

»Und was ist mit Winifred? Sie sagten, sie sei verschwunden.«

»Ja, sie verzog sich. Ich kann sie begreifen. Die anderen haben sie schändlich behandelt.«

»Wie alt sind die Enkelkinder?«

»Sam ist achtundzwanzig, Frank Oafley sechsundzwanzig, Winifred ist zweiundzwanzig – eine Schönheit! Sie ist mehr wert als die anderen zusammen. Vor sechs Monaten hat Mr. Laxter ein Testament aufgesetzt, in dem sie die Haupterbin war und in dem die beiden anderen nur je zehn Dollar vermacht wurden. Und dann, zwei Tage vor seinem Tod, machte er dieses neue Testament.«

Mason runzelte die Stirn. »Das muß Winifred hart angekommen sein.«

Ashton knurrte vor sich hin.

»Wieviel Geld wollen Sie auslegen, um Ihr Recht auf Clinker durchzukämpfen?«

Ashton zog eine Brieftasche hervor und entnahm ihr ein Bündel Geldscheine.

»Ich bin kein Habenichts«, brummte er. »Gute Anwälte sind teuer, und ich will den besten. Was wird es kosten?«

Mason starrte das Geld an. »Woher haben Sie diese große Summe?« fragte er neugierig.

»Gespart. Ich habe keine Auslagen und konnte meinen Lohn seit zwanzig Jahren sparen. Mein Geld war in mündelsicheren Papieren angelegt, die mir Mr. Laxter empfohlen hatte. Als er dann kassierte, habe ich auch kassiert.«

»Auf Anraten von Mr. Laxter?« Mason sah seinen Mandanten gespannt an.

»Ja, wenn Sie wollen, auf sein Anraten.«

»Und Sie sind gewillt, Ihr Geld dafür auszugeben, daß Sie Ihre Katze behalten können?«

»Jedenfalls einen vernünftigen Betrag will ich dafür ausgeben. Hinauswerfen will ich es allerdings auch nicht. Aber ich weiß, daß ein guter Anwalt Geld kostet, und ich weiß auch, daß ich zu keinem armen Anwalt kam.«

»Und wenn ich Ihnen nun sage, daß Sie mir eine Anzahlung von fünfhundert Dollar zu geben haben?«

»Das ist zuviel!« fuhr Ashton auf.

»Und wenn ich zweihundertfünfzig sagen würde?«

»Das geht. Das bezahle ich.«

Ashton begann Noten abzuzählen.

»Einen Augenblick«, Mason lachte. »Vielleicht müssen wir keinen solchen Betrag ausgeben. Ich wollte nur herausbekommen, wie sehr Sie an Ihrer Katze hängen.«

»Ich hänge sehr an ihr. Ich werde jeden einigermaßen vernünftigen Betrag ausgeben, um Sam Laxter in seine Schranken weisen zu lassen, aber völlig ruinieren will ich mich nicht.«

»Wie heißt Laxter mit Vornamen?«

»Samuel C.«

»Vielleicht genügt schon ein Brief«, erklärte Mason, »und in diesem Fall wird die Sache nicht so teuer.«

Er wandte sich Della zu.

»Della, bitte schreiben Sie an Samuel C. Laxter, drei-acht-zwei-vier East Washington Street. Sehr geehrter Mr. Laxter! Mr. Ashton hat mich aufgesucht – nein, warten Sie, Della, wir wollen seinen vollen Namen schreiben, der steht da in meinen Notizen – Charles

Ashton, richtig. Also: Charles Ashton hat mich aufgesucht wegen seiner Rechte, wie sie in dem Testament des verstorbenen Peter Laxter festgehalten sind. Laut diesem Testament sind Sie verpflichtet, Mr. Ashton weiterhin als Hausverwalter zu beschäftigen, solange er fähig ist, seiner Arbeit nachzugehen.

Es ist doch wohl nur natürlich, daß Mr. Ashton Wert darauf legt, seine Katze behalten zu dürfen. Ein Hausverwalter darf Haustiere haben. Das trifft in diesem Fall um so mehr zu, als die Katze bereits zu Lebzeiten des Erblassers im Hause lebte.

Für den Fall, daß Sie der Katze von Mr. Ashton ein Leid zufügen sollten, sähe ich mich gezwungen, gegen Sie wegen Verletzung der Testamentsbestimmungen Klage zu erheben, womit Sie sich Ihrer Rechte aus diesem Testament begeben hätten.«

Perry Mason grinste Della Street an.

»Das wird ihm vermutlich einen Schlag versetzen«, sagte er. »Wenn er fürchten muß, daß er um sein ganzes Erbe spielt, dann wird er sich die Sache noch einmal überlegen.« Er wandte sich wieder an Ashton. »Hinterlegen Sie zehn Dollar draußen bei der Buchhalterin – als Vorschuß. Sie wird Ihnen eine Quittung geben. Wenn sich neue Entwicklungen ergeben, schreibe ich Ihnen. Wenn Sie irgend etwas Neues erfahren, rufen Sie hier an und fragen Sie nach Miss Street – sie ist meine Sekretärin. Sie können ihr alles anvertrauen. Das ist im Moment alles.«

Ashtons gichtverkrümmte Hände umklammerten die Krücke. Er stand allein auf und schob die Krücke unter seinen Arm. Ohne ein Wort des Dankes oder Abschieds humpelte er aus dem Büro.

Della Street sah Mason erstaunt an.

»Wäre es möglich, daß dieser Enkel seiner Erbschaft verlustig geht, wenn er die Katze fortjagt?«

»Es sind schon eigentümlichere Dinge passiert«, antwortete er. »Das hängt ganz vom Wortlaut des Testamentes ab. Wenn die Versorgung des Hausverwalters eine Bedingung ist, dann könnte es sein. Aber Sie verstehen doch, daß ich vorläufig diese Formulierung nur wählte, um Mr. Samuel C. Laxter Angst einzujagen. Ich nehme an, daß wir von dem Herrn persönlich hören werden. Wenn ja, lassen Sie es mich wissen ... Das gefällt mir an dem Beruf, Della, daß alles möglich ist! ... Die Katze eines Hausverwalters!« Er grinste.

Della Street schloß ihr Notizbuch. Sie ging auf die Tür zu ihrem Büro zu, blieb aber am Fenster stehen und sah auf die belebte Straße hinunter. »Sie haben ihm zweihundertvierzig Dollar eingespart«, murmelte sie, »und er hat Ihnen nicht einmal Dankeschön gesagt!«

»Er ist wahrscheinlich ein Sonderling«, wandte Perry Mason ein. »Jedenfalls ist er ein armer Krüppel. Und er hat Tiere gern, Della, und jung ist er auch nicht mehr. Einerlei, wie alt er wirklich ist, aussehen tut er wie mindestens fünfundsiebzig ...«

Della Street fuhr plötzlich auf. Sie sah Perry Mason an. »Es dürfte Sie interessieren«, sagte sie rasch, »daß jemand Ihren katzenliebenden Freund verfolgt.«

Perry Mason trat neben Della Street und sah mit ihr auf die Straße hinunter.

»Sehen Sie? Jener Mann mit dem leichten, hellen Filzhut ... Er kam plötzlich aus einem Hausgang geschossen ... Jetzt steigt er in einen Wagen!«

»Ein neuer Packard«, stellte Mason sachlich fest. »Woraus schließen Sie, daß er Ashton folgt?«

»Aus seinem Benehmen. Ich bin ganz sicher. Er rannte aus dem Hauseingang ... Sehen Sie, der Wagen fährt ganz langsam, damit er Ashton nicht aus den Augen verliert.«

Ashton humpelte um die Ecke nach links. Der Wagen fuhr ihm langsam nach.

Mason sah dem Wagen stirnrunzelnd nach. »Eine Million Dollar in bar sind ein Riesenhaufen Geld.«

2

Helle Morgensonne, die durch die Fenster in Perry Masons Privatbüro strömte, strahlte auf die Lederrücken der großen Gesetzbücher und ließ sie weniger grimmig und bedrohlich erscheinen.

Della Street trat ein und brachte einen ganzen Stoß Briefe und Papiere mit sich. Perry Mason faltete die Zeitung, in der er gelesen hatte, zusammen, als er sah, wie seine Sekretärin sich mit gezücktem Bleistift an ihren Platz an seinem Schreibtisch setzte.

»Himmel, sind Sie aber arbeitswütig«, jammerte Perry Mason. »Ich will ja gar nicht arbeiten! Ich will faulenzen oder irgend etwas anstellen, was ich nicht sollte! Sie tun, als wäre ich ein wohlbestallter Verbandsanwalt, als säße ich hinter einem riesigen Schreibtisch und hätte alle Hände voll zu tun, Banken zu verständigen und mit Grundstücken zu handeln! Ich habe mich auf Strafverteidigungen spezialisiert, weil mir die übliche Juristerei nicht zusagt, und Sie versuchen, alles mehr und mehr zu einem Beruf und immer weniger zu einem Abenteuer werden zu lassen!«

»Mr. Nathaniel Shuster ist im Wartezimmer«, entgegnete Della Street eisig.

»Shuster?« fuhr Mason ärgerlich auf. »Shuster ist ein verdammter Halunke, der Geschworene besticht! Ein Dunkelmann! Er gibt sich als gewaltiger Strafverteidiger aus und ist dabei anrüchiger als der letzte seiner Mandanten. Wenn die Geschworenen bestochen sind, kann jeder Trottel einen Prozeß gewinnen! Was zum Teufel will er denn von mir?«

»Er will mit Ihnen über einen Brief sprechen, den Sie geschrieben haben. Seine Mandanten hat er gleich mitgebracht – Samuel C. Laxter und Frank Oafley.«

Plötzlich lachte Perry Mason. »Aha, die Katze des Hausverwalters!«

Sie nickte.

Mason zog den Stoß Briefe näher.

»Schön, dann will ich aus beruflicher Höflichkeit Mr. Shuster nicht zu lange warten lassen. Erledigen wir schnell die Post. Vielleicht sind ein paar Telegramme nötig.«

Er betrachtete einen Briefumschlag mit erstauntem Stirnrunzeln. »Was ist das?«

»Ein Angebot der N. Y. K.-Linie für eine Einzelkabine auf der ›Asama Maru‹ – landet in Honolulu, Yokohama, Kobe, Shanghai und Hongkong.«

»Wer hat dieses Angebot verlangt?«

»Ich.«

Er zog einen anderen Brief hervor. »Dollar-Schiffahrtsgesellschaft, Angebot für eine Luxuskabine auf der ›President Coolidge‹ – Honolulu, Yokohama, Kobe, Shanghai, Hongkong und Manila.«

Della Street sah angelegentlich auf ihren Notizblock nieder.

Perry Mason lachte und schob die Post beiseite.

»Darüber werden wir später reden, nachdem wir diesen Shuster abgefertigt haben. Bleiben Sie sitzen, Della, und sobald ich Ihnen ein Zeichen gebe, stenografieren Sie die Unterredung mit. Shuster ist ein übler Kunde. Ich mag ihn nicht; aber ich glaube, daß ich ihm wenigstens Höflichkeit schulde. Sollte er jedoch versuchen, mich aufs Glatteis zu führen, dann werde ich diese ethischen Forderungen vergessen und ihn hinauswerfen.«

»Die Katze muß sich geschmeichelt fühlen«, bemerkte Della Street trocken, »daß so viele berühmte Anwälte ihre Zeit dafür opfern, festzustellen, ob sie berechtigt ist, mit schmutzigen Pfoten über Bettzeug zu gehen.«

Perry Mason lachte laut. »Los, Della, geben Sie es mir! Aber jetzt habe ich die Sache angefangen.«

»Mr. Jackson könnte sie weiterführen.«

Er lächelte sie an. »Unsinn. Er ist nicht an Shusters feuchte Aussprache gewöhnt! Ich kenne sie bereits. Lassen wir die Herren eintreten.«

Er hob den Telefonhörer ab. »Schicken Sie Mr. Shuster herein.«

Della Street machte einen letzten Vorstoß. »Bitte, Chef, übergeben Sie Jackson die ganze Sache! Sie werden Streit bekommen und Ihre Zeit damit vergeuden, sich wegen einer Katze herumzuschlagen!«

»Katzen und Leichen! Wenn es nicht das eine ist, ist es das andere. Ich habe mich schon so lange wegen Leichen herumgestritten, daß eine lebendige Katze eine willkommene Abwechslung . . .«

Die Tür ging auf. Eine Blondine mit blauen Augen meldete mit ungerührter Stimme:

»Mr. Shuster, Mr. Laxter und Mr. Oafley.«

Die drei Herren traten ein. Shuster, schlank und behende, führte die Gruppe an. »Guten Morgen, Mr. Mason, guten Morgen, guten Morgen! Es wird warm werden heute, nicht wahr?« Er rannte mit ausgestreckten Händen durch das Zimmer. Seine zu einem breiten Grinsen verzogenen Lippen entblößten zwei Reihen weitauseinanderstehender Zähne.

Mason, der hoch über dem kleinen Mann zu thronen schien, reichte ihm zögernd die Hand. »Machen Sie mich vor allen Dingen bekannt. Wer ist Laxter, und wer ist Oafley?«

»Ach ja, ja, natürlich! Das ist Mr. Laxter – Mr. Samuel C. Laxter. Er ist der Testamentsvollstrecker – ein Enkel von Peter Laxter.«

Ein großer, dunkler Mann mit funkelnden, schwarzen Augen und sorgfältig frisiertem Haar lächelte mit jener Verbindlichkeit, die eher auf Selbstbewußtsein als auf Ehrlichkeit schließen läßt. Er trug einen breitrandigen, hellen Filzhut in der Hand.

»Und das ist Frank Oafley. Mr. Oafley ist der andere Enkel.«

Oafley war blond und hatte volle Lippen. Sein Gesicht schien völlig unbewegt zu sein. Seine Augen waren wäßrig blau wie Austern. Er hatte keinen Hut, und er schwieg.

»Meine Sekretärin«, stellte Mason vor. »Wenn niemand etwas dagegen hat, wird sie unserer Unterredung beiwohnen und nötigenfalls Notizen machen.«

Shuster lachte. »Und wenn jemand etwas dagegen hat, wird sie vermutlich trotzdem bleiben, nicht wahr? Hahaha! Ich kenne Sie, Mason. Es ist also nicht so, daß Sie es mit jemandem zu tun haben, der Sie nicht kennt. Ich kenne Sie gut. Sie sind eine Kämpfernatur! Dafür sind Sie bekannt. Und das habe ich meinen Mandanten auch gesagt. Sie können sich nicht dem Willen eines Angestellten beugen; aber diesen Strauß müssen sie selber ausfechten, und ich habe sie gewarnt. Sie können nicht sagen, ich hätte sie nicht gewarnt.«

»Setzen Sie sich.« Mason unterbrach den Redestrom des anderen.

Shuster nickte seinen Mandanten zu, sich zu setzen. Er selbst versank in einem tiefen Ledersessel. Er schlug seine Beine übereinander, zog seine Manschetten herunter, rückte seine Krawatte zurecht und beugte sich zu Mason vor. »Sie werden kein Glück haben. Es handelt sich hier um eine prinzipielle Angelegenheit, und wir werden bis zum letzten kämpfen. Und es ist eine schwerwiegende Sache!«

»Was ist eine schwerwiegende Sache?« fragte Mason.

»Ihre Behauptung, daß eine diesbezügliche Bedingung in dem Testament steht.«

»Und was ist eine prinzipielle Angelegenheit?« forschte Mason weiter.

»Nun, die Katze natürlich!« Shuster spielte den Erstaunten. »Die Katze ist untragbar. Und noch untragbarer ist es, daß dieser Hausverwalter vielleicht zu befehlen anfangen will. Er ist ohnedies zu selbstsicher. Sie wissen ja, wenn jemand einen Angestellten nicht entlassen kann, dann dauert es meist nicht lange, bis ihm dieser Angestellte über den Kopf wächst.«

»Ist Ihnen noch nicht aufgefallen«, fragte Mason, indem er seine Blicke von Shuster zu den beiden jungen Männern gleiten ließ, »daß Sie aus einer Maus einen Elefanten machen? Lassen Sie doch dem armen Ashton seine Katze! Die Katze wird nicht ewig leben und Ashton übrigens auch nicht. Es ist doch kein Grund vorhanden, eine Menge Geld für Anwälte auszugeben und ...«

»Moment mal, Moment mal«, warf Shuster ein. Er rutschte auf

dem Lederpolster nach vorn, bis er nur noch auf der äußersten Kante des Stuhles saß. »Es wird ein harter, ein bitterer Kampf werden, das hatte ich meinen Mandanten vorausgesagt! Sie sind ein gewiefter Mensch, ein schlauer Mensch ... wenn ich mich so ausdrücken darf: ein verschlagener Mensch! Das sage ich als Kompliment! Wenn jemand von mir sagt: ›Shuster ist ein verschlagener Kerl!‹, dann fasse ich das auch als Kompliment auf! Sie sind doch nicht etwa beleidigt? Ich bin es auch nie! Denn das ist wirklich ein Kompliment.«

Della Street sah Perry Mason an, und in ihren Augen funkelte ein amüsiertes Lachen. Masons Gesicht hingegen wurde steinhart.

Shuster schwafelte bereits weiter. »Ich habe meine Mandanten gewarnt, daß Winifred das Testament anfechten könnte. Ich wußte genau, daß sie das mit allen Mitteln versuchen würde, aber daß sie nicht behaupten kann, ihr Großvater sei geistig nicht normal gewesen oder beeinflußt worden. Also mußte sie einen anderen Anhaltspunkt finden und klammert sich nun an Ashton und seine Katze.«

Perry Masons Stimme klang zornig. »Hören Sie mit diesem Geschwafel auf, Shuster! Ich verlange, daß der Hausverwalter seine Katze behalten kann. Ihre Mandanten brauchen dafür kein Geld auszugeben. Diese eine Unterredung kostet sie bereits mehr, als die Reinigung sämtlicher Bettücher je kosten würde, die die Katze beschmutzen könnte.«

Shuster nickte zustimmend. »Das habe ich ihnen auch gesagt. Mr. Mason. Der armseligste Vergleich ist besser als der größte Prozeß. Wenn Sie also einem Vergleich zustimmen wollen – wir sind dazu bereit.«

»In welchem Sinne?« fragte Mason.

Shuster zählte seine Kompromißvorschläge so fließend auf, daß man auf eine gründliche Einstudierung schließen konnte. »Winifred unterschreibt eine Vereinbarung, laut welcher sie das Testament nicht anfechten wird. Ashton unterschreibt ein Papier, in dem er bestätigt, daß das Testament echt ist, daß es von dem alten Herrn entworfen wurde, als er im Vollbesitz seiner geistigen Kräfte war, und dann kann Ashton seine Katze behalten.«

Mason war nun gereizt. »Ich weiß nichts von Winifred! Ich kenne sie nicht und habe nie mit ihr gesprochen. Ich kann sie nichts unterschreiben lassen!«

Shuster sah seine beiden Mandanten triumphierend an. »Ich sagte Ihnen ja, daß er gescheit ist«, bemerkte er.

»Winifred steht gar nicht zur Debatte«, fuhr Mason ihn an. »Kommen Sie also endlich zur Vernunft! Mich interessiert nur diese verdammte Katze!«

Einen Augenblick wurde es ganz still; dann kicherte Shuster.

Sam Laxter, der die wachsende Wut auf Masons Gesicht bemerkte, mischte sich ins Gespräch. »Sie geben aber doch zu, daß Sie mir drohten, mein Erbteil anzufechten. Ich weiß, daß diese Anregung nicht von Ashton ausgehen kann. Und wir erwarteten, daß Winifred das Testament anfechten würde.«

»Ich will nur, daß man diese Katze in Ruhe läßt.«

»Und werden Sie Winifred eine Verzichtserklärung unterschreiben lassen?« fragte Shuster.

Mason sah ihn an. »Seien Sie doch nicht kindisch! Ich vertrete Winifred nicht! Ich habe nichts mit ihr zu tun!«

»Auf einer anderen Basis könnten wir uns nämlich nicht einigen«, stellte Shuster händereibend fest. »Das Ganze ist eine prinzipielle Angelegenheit. Ich persönlich glaube nicht, daß das Testament irgendwelche Bedingungen enthält, aber das ließe sich natürlich bestreiten.«

Mason erhob sich und stand vor Shuster wie ein wütender Stier vor einem kläffenden Foxterrier.

»Hören Sie«, fuhr er Shuster an, »ich werde nicht gerne heftig, ohne dafür wenigstens bezahlt zu werden, aber jetzt ist es genug!«

Shuster kicherte. »Raffiniert! Sehr raffiniert!«

Mason machte einen Schritt auf ihn zu. »Sie wissen ganz genau, daß Winifred nicht meine Mandantin ist! Sie wußten ganz genau, was mein Brief bedeuten sollte, nämlich das, was drin steht! Und Sie wußten ebenso genau, daß Sie Ihre beiden Mandanten nicht dazu bringen würden, Ihnen einer Katze wegen dicke Honorare zu zahlen, also erfanden Sie diese Testamentsanfechtung, um ihnen das Bezahlen leichter zu machen. Da ich Winifred nicht kenne und sie noch viel weniger vertrete, kann ich natürlich keinerlei Unterschrift von ihr verlangen. Sie haben Ihren Mandanten Angst eingejagt, um sie glauben zu machen, Sie müßten ihnen irgendwelche Verzichtserklärungen beschaffen. Das hätte Ihnen ein ganz schönes Stück Geld eintragen sollen!«

Shuster sprang aus seinem Stuhl hoch. »Das ist Verleumdung!« schrie er.

Mason sah die beiden Enkel an. »Ich bin nicht Ihr Hüter und gedenke nicht, mir das Genick zu brechen, indem ich Ihr Vermögen sicherstelle. Wenn Sie beide entschlossen sind, die Katze in Ihrem Haus leben zu lassen, dann sagen Sie es jetzt und hier, und die Angelegenheit ist erledigt. Wenn nicht, dann werde ich dafür sorgen, daß Shuster seine Honorare in langen und verdammt harten Kämpfen verdienen muß! Ich will nicht nur den schwarzen Mann spielen, um Sie zu erschrecken und Shuster damit zu ermöglichen, daß er sein Geld mit bloßem Händereiben verdienen kann . . .«

»Sehen Sie sich vor! Passen Sie auf!« Shuster tanzte buchstäblich auf und ab vor Empörung. »So dürfen Sie nicht sprechen! Das ist eine Verletzung unserer Berufsehre! Ich werde der Anwaltskammer davon Mitteilung machen! Ich werde Sie wegen Verleumdung verklagen!«

»Klagen Sie, und hol Sie der Teufel! Gehen Sie mit Ihren Mandanten! Hinaus! Und heute nachmittag um zwei Uhr habe ich Ihren schriftlichen Bescheid, daß die Katze unangefochten im Hause bleibt, oder Sie haben alle drei den härtesten Kampf am Halse, den Sie je erlebt haben. Und für diesen Fall können Sie sich gleich merken, daß ich immer dort zuzuschlagen pflege, wo der Gegner es am wenigsten erwartet. Sagen Sie später nicht, ich hätte Sie nicht gewarnt. Heute um zwei Uhr! Und jetzt – hinaus!«

Shuster drängte sich vor. »Mich können Sie nicht für dumm verkaufen, Perry Mason. Sie benutzen diese Katze als Vorwand. Natürlich will Winifred das Testament anfechten . . .«

Da Mason zwei schnelle Schritte auf ihn zumachte, rannte der kleine Anwalt hurtig zur Tür.

»Wir nehmen den Kampf auf«, bellte er von draußen. »Ich bin ein ebenso harter Kämpfer wie Sie, Perry Mason.«

»Gewiß«, seufzte Mason, »und so benehmen Sie sich auch!«

Samuel Laxter zögerte, als wollte er noch etwas sagen, wandte sich aber dann um und ging aus dem Zimmer, gefolgt von Frank Oafley.

Perry Mason grinste Della Street an. »Los«, rief er lachend, »sagen Sie schon: Ich habe es Ihnen ja gesagt!«

Sie schüttelte den Kopf. »Machen Sie den kleinen Feigling nur ordentlich fertig«, sagte sie.

Mason sah auf die Uhr. »Rufen Sie Paul Drake an, und bestellen Sie ihn auf halb drei hierher.«

»Und Ashton?« fragte sie.

»Nein. Ashton hat genug eigene Sorgen. Ich glaube, das Ganze ist eine prinzipielle Angelegenheit!«

3

Die Uhr auf Perry Masons Schreibtisch zeigte auf zwei Uhr fünfunddreißig. Paul Drake, der Chef des Drakeschen Detektivbüros, saß in dem großen Ledersessel, wobei er seine langen Beine über die eine Armlehne hängen ließ und die andere als Stütze für seinen schmalen Rücken benutzte. Seine Mundwinkel gingen nach oben, was seinem Gesicht ein leicht amüsiertes Aussehen verlieh, so als sei er immer im Begriff zu lächeln. Seine Augen waren groß, standen etwas vor und glichen Murmeln.

»Was ist nun schon wieder los?« fragte er. »Ich habe von keinem neuen Mord gehört.«

»Es ist kein Mord, Paul. Es ist eine Katze.«

»Eine – was?«

»Eine Katze, eine Perserkatze.«

Der Privatdetektiv seufzte und brummte dann ergeben: »Schön, dann ist es also eine Katze. Und weiter?«

»Peter Laxter«, erklärte Perry Mason, »allem Anschein nach ein Geizkragen, besaß ein Stadthaus, das er nicht bewohnte. Er lebte in seinem Landhaus in Carmencita. Dieses Landhaus brannte ab, und Peter Laxter verbrannte in ihm. Er hinterließ drei Enkelkinder: Samuel C. Laxter und Frank Oafley, die ihn laut Testament beerben, und eine Enkelin, Winifred Laxter, die das Testament völlig übergeht. Ferner garantiert das Testament seinem Hausverwalter, Charles Ashton, ein Auskommen auf Lebenszeit. Ashton hat eine Katze. Diese Katze möchte er bei sich behalten. Sam Laxter aber befahl ihm, die Katze wegzugeben. Ich konnte Ashton gut begreifen, schrieb Sam Laxter einen Brief und bat ihn, Ashtons Katze in Ruhe zu lassen. Laxter ging zu Nat Shuster. Shuster witterte eine Chance, ein großes Honorar herauszuschinden, und redete Laxter ein, ich wollte das Testament anfechten. Er verlangte einen Haufen unmöglicher Bedingungen von mir, um zu einem Vergleich zu kommen, und als ich nicht auf sie einging, tat er schrecklich erbost. Ich vermute, daß er einen fetten Vorschuß bekommen hat!«

»Und was willst du jetzt?« fragte Drake.

»Jetzt werde ich das Testament anfechten!«

Der Privatdetektiv zündete sich eine Zigarette an und fragte in seiner gemächlichen Art: »Wegen dieser Katze?«

»Wegen der Katze«, bejahte Mason. »Aber es wird ebensosehr ein Kampf gegen Shuster wie gegen das Testament. Shuster gibt sich als großer Strafverteidiger aus. Davon habe ich jetzt genug! Er ist ein Feigling, ein Mensch, der Leute besticht und zum Meineid verführt! Er ist eine Schande für den ganzen Berufsstand und wird uns noch einmal alle in Mißkredit bringen. Weiß Gott, Paul, wenn er je einen Mandanten hat, versucht er nicht, diesen Mandanten freizubekommen, sondern er biegt sämtliche Beweise so hin, daß sie plötzlich einen völlig Unschuldigen belasten, nur damit sein eigener Fall etwas besser aussieht. Dabei prahlt er in der ganzen Stadt, daß er mir bei erster Gelegenheit beweisen werde, um wieviel klüger er sei als ich. Der Mensch macht mich krank!«

»Hast du eine Kopie dieses Testamentes?« fragte Drake.

»Nein, noch nicht, aber ich werde eine von der beglaubigten Abschrift bekommen.«

»Und was habe ich nun zu tun?«

»Zuerst mußt du Winifred suchen. Dann mußt du so viel wie möglich über Peter Laxter herausbekommen und über die beiden Erben.«

»Soll ich dabei ordnungsgemäß vorgehen, oder liegt dir daran, daß rasch etwas geschieht?«

»Es soll rasch etwas geschehen.«

Drakes Murmelaugen sahen Perry Mason bewundernd an. »Katzen müssen eine Menge Geld einbringen«, bemerkte er dann.

Mason blieb ernst. »Ich weiß nicht, ob sich etwas dabei verdienen läßt, Paul. Peter Laxter war anscheinend ein Geizhals. Zu Banken hatte er wenig Zutrauen. Kurz vor seinem Tod machte er seine Wertpapiere flüssig, ungefähr eine Million Dollar. Nach seinem Tod konnten die Erben das Geld nirgends finden.«

»Vielleicht ist es in dem Haus verbrannt. Er wird es ja bestimmt in bar gehabt haben.«

»Das könnte sein. Aber es kann auch nicht sein. Als Ashton von mir fortging, hat ihn ein Mann beschattet – ein Mann mit einem neuen grünen Packard.«

»Weißt du, wer es war?«

»Nein, ich sah ihn nur vom Fenster aus. Sein Gesicht konnte ich nicht erkennen, nur einen weichen, hellen Filzhut und einen dunklen Anzug. Der Packard war eine Limousine. Vielleicht ist gar nichts dran, vielleicht aber doch. Jedenfalls wird es für diese Winifred recht interessant werden, denn ich werde das Testament für sie anfechten. Shuster hat große Töne geredet, wie er mit mir als Prozeßgegner umspringen würde, und jetzt werde ich ihm Gelegenheit geben, seine Versprechungen wahr zu machen.«

»Shuster kannst du kämpfend nichts anhaben«, gab Paul Drake zu bedenken. »Das will er ja herausfordern. Du kämpfst, um gute Ergebnisse für deine Klienten zu erzielen, aber Shuster kämpft nur, um seine Honorare zu kassieren!«

»Wenn seine Klienten ihr ganzes Geld verloren haben, bekommt er auch keine Honorare«, folgerte Mason sehr logisch. »Ein erstes Testament hatte alles Winifred zugesprochen. Wenn ich nun das zweite zerpflücken kann, tritt automatisch das erste in Kraft.«

»Dann wird Winifred also deine Mandantin?«

Mason schüttelte den Kopf und brummte verbissen: »Meine Mandantin ist die Katze. Winifred werde ich vielleicht als Zeugin brauchen.«

Drake ließ seine Beine über die weiche Lederarmlehne gleiten und stand auf.

»Wie ich dich kenne, willst du wahrscheinlich, daß sehr vieles sehr rasch geschieht!«

»Jawohl! Verschaffe mir jede nur mögliche Information über Vermögen, geistige Verfassung, eventuelle Beeinflussung – über alles!«

Kaum hatte Drake die Eingangstür hinter sich geschlossen, als Jackson klopfte und mit einigen maschinegeschriebenen Dokumenten eintrat.

»Ich habe eine Kopie des Testaments machen lassen und es eingehend studiert. Die Bedingung wegen der Katze steht auf schwachen Füßen. Jedenfalls berührt sie in keinem Fall die Rechte der Erben und kann auch nicht mit ihr in Zusammenhang gebracht werden. Man kann den Passus bestenfalls als Wunsch des Verstorbenen ansehen.«

Masons Gesicht spiegelte seine Enttäuschung wider. »Sonst noch etwas?«

»Peter Laxter hat das Testament anscheinend selbst aufgesetzt. Ich glaube, er war früher einige Jahre lang als Rechtsanwalt tätig, irgendwo im Osten. Es ist ziemlich unantastbar, aber ein Paragraph ist doch seltsam. Mit diesem einen Paragraphen könnten wir vielleicht eine Anfechtung des Testaments begründen.«

»Wie lautet er?«

Jackson nahm das Testament und las vor: »›Ich sah mich zu meinen Lebzeiten immer von liebevoller Zuneigung umgeben, nicht nur seitens meiner Blutsverwandten, sondern auch seitens anderer, die offensichtlich hofften, daß irgendwelche glücklichen Umstände sie einmal in den Genuß meiner Großzügigkeit setzen könnten. Ich habe niemals feststellen können, wieviel von dieser Zuneigung echt war und wieviel lediglich dazu angetan war, den Weg zu einer Berücksichtigung in meinem Testament zu ebnen. Wenn letzteres der Fall war, dann fürchte ich, daß meine Erben enttäuscht sein werden, denn die Größe meines Vermögens wird ihren Vorstellungen nicht entsprechen. Immerhin kann ich ihnen, als Trost oder als Anregung, folgendes sagen: daß diejenigen, die ungeduldig auf mein Ableben warten, um meinen Besitz aufteilen zu können, enttäuscht sein werden, diejenigen aber, die mich wirklich lieben, nicht‹.«

Jackson sah Mason an, mit großen Augen wie eine Eule.

Mason runzelte die Stirne. »Was, zum Teufel, soll das heißen? Er enterbte Winifred und hinterließ den beiden anderen Enkeln alles zu gleichen Teilen! Daran kann auch dieser Paragraph nichts ändern!«

»Nein, Sir«, stimmte ihm Jackson zu.

»Er versteckte eine Million Dollar in bar, kurz bevor er starb; aber auch wenn das Geld gefunden werden sollte, wird man es als Teil seines Vermögens betrachten.«

»Ja, Sir.«

»Wenn er nicht vor seinem Tode irgendwelche Schenkungen machte. Und falls er das tat, dann gehört dieser Teil seines Vermögens denjenigen, denen er es schenkte.«

»Es ist jedenfalls ein eigentümlicher Abschnitt«, murmelte Jackson ausweichend.

Mason dachte laut. »Ich kann die große Summe Bargeld nicht vergessen, die Ashton aus seiner Tasche zog, als er mir einen Vorschuß anbot ... Wie dem auch sei, Jackson, wenn Peter Laxter Ashton Geld gab ... nun, dann wird es einen Höllenlärm geben, ob er es ihm nun schenkte oder nur zur Aufbewahrung anvertraute.«

»Ja, Sir.«

Mason nickte nachdenklich vor sich hin, nahm dann den Telefonhörer ab und wählte Della Streets Büro. »Della, rufen Sie sofort Paul Drake an, und sagen Sie ihm, er soll seine Nachforschungen auch auf Ashton ausdehnen. Vor allen Dingen möchte ich über Ashtons Finanzlage genau Bescheid wissen, ob er ein Bankkonto hat, wie er beim Finanzamt eingeschätzt wird, ob er irgendwelches Vermögen besitzt, ob er Geld gegen Zinsen ausgeliehen hat – kurz einfach alles, was Paul ausfindig machen kann.«

»Jawohl, Chef«, antwortete Della. »Vermutlich eilt diese Auskunft sehr?«

»Und wie!«

»Die Dollar Line hat übrigens angerufen, daß sie die Kabine bis morgen früh um zehn Uhr dreißig für Sie reserviert«, bemerkte sie noch in vollkommen selbstverständlichem Ton und legte dann auf. Perry Mason lachte in den Hörer.

4

Die Büroangestellten waren schon lange nach Hause gegangen, als Perry Mason, die Daumen in die Armlöcher seiner Weste gehakt, noch immer ruhelos in seinem Büro auf und ab ging. Vor ihm auf dem Schreibtisch lag die Kopie des Testamentes, das der verstorbene Peter Laxter verfaßt hatte.

Das Telefon schrillte. Es war Paul Drake. »Hast du schon gegessen?«

»Noch nicht. Wenn ich nachdenke, vergesse ich es meistens.«

»Möchtest du meinen Bericht hören?«

»Klar!«

»Er ist noch unvollständig, aber ich habe doch schon einiges in Erfahrung gebracht.«

»Fein! Kannst du sofort herkommen?«

»Ich glaube, es ist besser, wenn wir uns irgendwo treffen. Ich bin jetzt Ecke Spring und Melton Street. Dort ist eine Waffelstube, und du kannst gleichzeitig etwas essen. Ich habe selbst noch nichts gegessen, und mein Magen glaubt bereits, ich sei in einen Hungerstreik getreten.«

Mason betrachtete das Testament auf seinem Schreibtisch mit finsteren Blicken.

»Gut«, sagte er schließlich, »ich komme.«

Er löschte das Licht, nahm ein Taxi, fuhr zu der von Paul Drake bezeichneten Stelle und stand bald vor dem Privatdetektiv. »Du siehst aus, als hättest du einen Streich vor, Paul. Du hast so hinterhältig-vergnügte Augen!«

»Findest du?«

»Was gibt es Neues?«

»Das erzähle ich dir nach dem Essen. Ich weigere mich, dir mit leerem Magen Auskünfte zu erteilen ... Herrgott, Perry, gib die Sache doch auf! Man könnte meinen, es handle sich um einen riesigen Mordfall, und dabei geht es nur um eine verdammte Katze. Ich wette, daß du nicht mehr als fünfzig Dollar Vorschuß bekommen hast!«

Mason lachte. »Zehn, um ganz genau zu sein.«

»Da sieht man es.« Mit dieser empörten Feststellung schien sich Paul Drake an eine unsichtbare Zuhörerschaft zu wenden.

»Das Geld ist jetzt nebensächlich. Ein Anwalt soll seinem Mandanten vertrauen. Er fordert sein Honorar, und wenn der Mandant nicht bezahlt, dann muß ja der Anwalt den Fall nicht übernehmen; aber wenn der Mandant die geforderte Summe entrichtet, dann spielt es keine Rolle mehr, ob das nun fünf Cent oder fünf Millionen Dollar sind, und der Anwalt muß sich nach bestem Können für seinen Mandanten einsetzen.«

»Du könntest nicht auf diese Weise praktizieren, wenn du nicht ein solcher Individualist wärst, Perry ... Hier ist die Waffelstube. Komm.«

Mason stand unter der Tür und sah mißtrauisch in den hellerleuchteten Raum. Eine junge Frau mit dunklem Haar und fröhlichen Augen stand hinter einer ganzen Batterie von Waffeleisen. Der einzige Gast des Lokals war eben im Begriff zu zahlen.

»Ich mag keine Waffeln«, stellte Mason fest.

Aber der Privatdektiv nahm ihn beim Arm und schob ihn über die Schwelle. »Doch, doch, du magst Waffeln.«

Sie setzten sich an die Theke. Dunkle Augen blitzten sie an, während sich volle, rote Lippen zu einem Lächeln verzogen.

»Zwei Waffeln«, bestellte Drake, »mit Speck.«

Die Hände der jungen Frau setzten sich in emsige Bewegung. Sie gossen Teig auf die Waffeleisen und breiteten den Speck auf einem heißen Teller aus.

»Kaffee?« fragte sie.

»Ja«, sagte Drake.

Sie goß zwei Tassen Kaffee ein und stellte sie mit einem kleinen Rahmkännchen auf den Tisch.

Drake erhob die Stimme, um das Zischen der Waffeleisen zu übertönen.

»Glaubst du, daß du Peter Laxters Testament mit Erfolg anfechten kannst, Perry?«

»Ich weiß nicht. Das Testament ist eigentümlich. Ich habe nun drei Stunden lang darüber nachgedacht.«

»Es ist doch komisch, daß er seine Lieblingsenkelin enterbt hat«, fuhr Paul sehr laut fort. »Sam Laxter ist ein leichtsinniger Verschwender. Der alte Herr mochte ihn nicht sonderlich gerne. Oafley ist ein hinterhältiger, egoistischer Bursche, und auch ihn konnte der alte Mann nicht leiden, weil er ihm zu undurchsichtig war.«

Die junge Frau hinter der Theke wendete den Speck und streifte ihre Gäste mit einem schnellen Blick.

»Es ist nicht einfach, ein Testament anzufechten, nicht wahr?« fuhr Paul Drake unbeirrt fort.

»Allerdings«, seufzte Perry Mason müde. »Vor allem, wenn du es aufgrund von Beeinflussung des Erblassers oder dessen geistiger Unzurechnungsfähigkeit anfechten willst. Aber du kannst dich darauf verlassen, daß ich es anfechten werde!«

Ein Teller fiel mit Getöse auf die Theke. Perry Mason sah das Mädchen erstaunt an und begegnete einem fassungslosen Gesicht, entschlossen zusammengepreßten Lippen und funkelnden schwarzen Augen. »Was wird hier eigentlich gespielt?« fragte das Mädchen. »Ich habe von keinem Menschen etwas verlangt, und nun kommen Sie daher und . . .«

Paul Drake winkte mit einer wohleinstudierten Geste ab. Er hatte eine Sensation hervorrufen wollen, aber sie sollte möglichst alltäglich wirken.

»Perry, darf ich dich mit Winifred bekannt machen?«

Mason sah so verblüfft aus, daß der Ärger aus Winifreds Augen verschwand. »Wußten Sie das nicht?« fragte sie.

Mason schüttelte den Kopf.

Sie deutete auf das Firmenschild vor ihrem Lokal. »Daran hätten Sie es merken können – ›Winnies Waffeln‹!«

»Ich habe Ihr Firmenschild nicht beachtet. Mein Freund brachte mich hierher. Was bezweckst du eigentlich damit, Paul? Willst du vielleicht noch auf dem Kopf stehen oder Kaninchen aus deinem Hut zaubern?«

Drake lächelte verschlagen. »Ich habe euch beide einfach zusammenbringen wollen. Ich wollte, daß mein Freund selbst sieht, wie

Sie sich hier durchschlagen, Miss Laxter. Die meisten Leute können sich eine Erbin nicht in einer Waffelstube vorstellen.«

»Ich bin keine Erbin.«

»Sagen Sie das nicht. Das ist Perry Mason, der Anwalt.«

Sie sah ihn groß an.

»Perry Mason?« wiederholte sie langsam.

»Schon von ihm gehört?«

»Wer hätte das nicht!« Sie errötete.

»Ich möchte Sie einiges über Ihren Großvater fragen«, erklärte nun Perry Mason, »und zu diesem Zweck bat ich Mr. Drake, Sie ausfindig zu machen.«

Sie öffnete das Waffeleisen, entnahm ihm zwei knusperige Waffeln, goß mit geschickten Händen flüssige Butter darüber und stellte die Waffeln zusammen mit den goldbraunen Speckstreifen vor die beiden Gäste hin.

Perry Mason nahm einen Bissen, und sein Gesicht drückte unverhohlenes Erstaunen aus.

Paul Drake grinste. »Ich weiß nicht, wieviel dir an dem ganzen Fall liegt, Perry, aber diese Waffeln sind jedenfalls kein schlechter Vorschuß, nicht wahr?«

»Wo haben Sie das Waffelbacken gelernt?« fragte Mason.

»Ich habe einen Kochkurs besucht, Großvater aß diese Waffeln sehr gern. Als ich dann plötzlich auf mich selbst angewiesen war, dachte ich, daß Waffelbacken gar kein schlechter Beruf wäre. Jetzt ist es ja still hier, aber noch vor einer Stunde war ein Riesenbetrieb, und nach dem Theater wird es noch einmal voll werden. Und dann habe ich natürlich am Morgen enorm zu tun.«

»Wer backt die Waffeln am Morgen?«

»Ich natürlich.«

»Und nach dem Theater?«

»Auch ich. Ich mache alles selbst, beschäftige keine Angestellten, also kann mich auch kein Gesetz zu einer Beschränkung meiner Arbeitszeit zwingen.«

Drake stieß Perry Mason unter dem Tisch an. »Sieh dir den Vogel vor dem Fenster einmal an«, zischte er.

Mason sah auf.

Nat Schuster hatte seine weit auseinanderstehenden Zähne grinsend entblößt und nickte eifrig zur Begrüßung. Sobald er bemerkte, daß Mason ihn erkannt hatte, ging er weiter.

Mason sah Winifred Laxters erstauntes Gesicht.

»Kennen Sie den?«

»Ja. Er ist mein Kunde seit etwa drei, vier Tagen. Heute abend brachte er mir ein Papier zum Unterschreiben.«

Mason legte Messer und Gabel nieder. »Ach? Er ließ Sie etwas unterschreiben?«

»Ja. Er sagte, er sei mein Freund und wisse, wieviel mir daran liegen müsse, daß Großvaters Letzter Wille strikt befolgt werde, auch wenn ich nun nicht erbberechtigt sei. Und daß ich den beiden anderen Enkeln aus manchen Schwierigkeiten wegen des Testaments heraushelfen könnte, wenn ich das Dokument unterschriebe.«

»Was war das für ein Dokument?«

»Ich weiß es nicht. Es stand irgend etwas darauf, daß Großvater nicht geistesgestört gewesen sei, als er das Testament aufsetzte, daß ich seinen Letzten Willen anerkenne und ihn unter keinen Umständen anfechten werde ... Aber das hätte ich ja ohnehin nie getan.«

Drake sah Mason vielsagend an.

»Gab er Ihnen Geld dafür?«

»Er bestand darauf, mir einen Dollar zu geben. Als er hinausging, ließ er ihn auf der Theke liegen. Ich lachte und wollte ihn nicht annehmen; aber er erklärte mir, daß erst durch diese Bezahlung meine Unterschrift rechtskräftig werde. Er war sehr nett. Da er Waffeln sehr gern ißt, hat er versprochen, mein Lokal allen seinen Freunden zu empfehlen und mir viel Kundschaft zu besorgen.«

Perry Mason machte sich wieder an seiner Waffel zu schaffen. »Ja«, bemerkte er schließlich, »das wird er bestimmt tun.«

Winifred Laxter ließ ihre Hände auf die Theke sinken. »Man hat mich wahrscheinlich übers Ohr gehauen, wie?«

Mason sah sie forschend an. Es war Drake, der nach einiger Zeit antwortete. »Das kann man wohl sagen«, knurrte er.

Winifred beugte sich etwas vor. »Schön! Und nun will ich Ihnen etwas sagen! Es ist mir egal! Ich wußte, daß der Mensch von Sam Laxter geschickt worden war, und ich merkte sofort, daß er ein Rechtsanwalt sein mußte. Ich ahnte, daß er mir irgendeine Unterschrift abluchsen sollte, und ich weiß genau, daß man Angst hat, ich könnte einen Wirbel machen.

Ich weiß allerdings nicht, was Sie beide hier wollen; aber vermutlich wollen Sie ebenfalls irgend etwas aus mir herausbekommen, womit Sie irgendeinen Prozeß anstrengen können. Also wollen wir doch lieber offen miteinander reden und zu einem Ende kommen. Dann erst können Sie Ihre Waffeln richtig genießen!

Großvater war nicht verrückt. Er wußte genau, was er tat. Und er beschloß, sein Vermögen den beiden Jungen zu vermachen. Gut! Mir soll es recht sein! Wir haben alle seit drei Jahren bei ihm gelebt. Er bezahlte alles für uns, und wir haben uns nie mit Gelddingen beschäftigt. Ob es Krisen gab, Arbeitslosigkeit, Geldentwertungen, das hat uns nie gekümmert. Großpapa hatte Geld, viel Geld in guter, harter Währung, und wir drei zogen allen Nutzen daraus.

Was war das Ergebnis? Daß wir den Kontakt mit der Welt vollkommen verloren! Keiner von uns wußte, was eigentlich vorging, und es interessierte uns auch gar nicht. Wir waren junge Menschen, aber wir hätten genausogut in einem Heim für Alte und Gebrechliche leben können!

Ich hatte viele Verehrer, aber ich konnte mir nie klarwerden, welchen ich am besten leiden konnte. Manchmal glaubte ich, ich sei in den einen verliebt, dann wieder, in einen anderen. Dann starb Großvater. Ich war enterbt und mußte mir eine Arbeit suchen. Da fing ich diesen Betrieb hier an und lernte das Leben kennen. Ich habe mehr Menschen gesehen, mehr Bekanntschaften geschlossen und mehr Lebensfreude gehabt in diesen Tagen hier als in all den Jahren, in denen ich der vergötterte Liebling eines reichen Großvaters war. All die kleinen Eifersüchteleien und Intrigen der beiden Enkelsöhne, die dauernd davor zitterten, ich könnte als Alleinerbin eingesetzt werden, gehen mich nichts mehr an. Einer meiner Freunde verlor sofort das Interesse an mir, als er erfuhr, daß ich nicht eine Million Dollar geerbt hatte! Und ein anderer ist todbeleidigt, weil ich mich nicht von ihm unterstützen lassen will.

Das alles müssen Sie sich vor Augen halten, wenn Sie vielleicht glauben, ich ließe mich in einen Gerichtssaal schleppen, um dort eine Menge Unwahrheiten über Großpapa und die beiden Jungen zu erzählen, nur um ein Vermögen zu erben, an dem mir gar nichts liegt!«

Perry Mason schob seine Tasse über die Theke.

»Bitte, noch einen Kaffee, Winnie; Sie können sich darauf verlassen, daß ich alle meine Freunde hierherschicken werde!«

Sie blickte ihm einen Augenblick lang ernst in die Augen; aber als sie die seinen beinahe liebevoll zurücklächeln sah, wurde sie vergnügt. »Ich bin froh, daß Sie mich verstehen! Ich hatte Angst, Sie würden es nicht!«

Paul Drake räusperte sich. »Miss Laxter, sehen Sie, das ist eine sehr lobenswerte Einstellung zu den Dingen; aber Sie werden vielleicht einmal anderer Ansicht sein. Geld ist nicht zu verachten. Man hat Ihnen eine Unterschrift abgeluchst, die wir möglicherweise anfechten können, und ...«

Perry Mason unterbrach ihn, indem er seine Hand auf Drakes Arm legte und ihn energisch drückte. »Paul, das verstehst du nicht. Du bist zu berechnend! Warum nicht einmal auf das Geld pfeifen und dem Leben ins Gesicht lachen? Was bedeutet uns die Zukunft? Die Gegenwart allein ist wichtig! Nicht, was du ersparst, zählt, sondern was du verdienst und wie du es verdienst!«

Winifred nickte. Der Privatdetektiv zuckte die Achseln. »Das ist Ihr Grabgesang!«

Perry Mason aß seine Waffel auf, langsam und genießerisch. »Sie werden einen Riesenerfolg haben«, stellte er dann fest und schob seinen leeren Teller weg.

»Ich *habe* bereits Erfolg. Und ich habe dabei gerade ins Leben zurückgefunden! Macht achtzig Cent, bitte!«

Mason gab ihr eine Dollarnote. »Der Rest ist für die Bedienung«, sagte er grinsend. »Wie sind Sie eigentlich mit Ashton ausgekommen?«

»Ashton ist ein feiner Kerl.« Sie lachte und registrierte ihre Einnahme in die Kasse.

Mason bemerkte ganz beiläufig: »Zu arg, daß er nun seine Katze verlieren soll.«

»Warum? Was heißt das?«

»Ach, Sam will sie ihm wegnehmen.«

»Aber das darf er doch nicht laut Testament. Er muß Ashton als Verwalter behalten!«

»Aber nicht die Katze.«

Winifred schien sehr bestürzt zu sein. »Wollen Sie damit sagen, daß er Ashton zwingen will, Clinker fortzugeben?«

»Genau das.«

»Aber er kann Clinker nicht aus dem Hause weisen!«

»Er droht sogar, ihn zu vergiften.«

Mason stieß Drake an und ging auf die Tür zu.

»Warten Sie noch!« rief Winifred. »Wir müssen etwas dagegen unternehmen! Er kann die Katze nicht fortschaffen lassen. Das wäre ja ungeheuerlich!«

»Wir werden sehen, was sich tun läßt«, versicherte Mason.

»Aber hören Sie ... Sie müssen etwas tun! Vielleicht kann ich Ihnen dabei helfen. Wo kann ich Sie erreichen?«

Perry Mason gab ihr seine Visitenkarte. »Ich bin Ashtons Anwalt. Lassen Sie mich wissen, was Sie in dieser Sache eventuell tun können. Und – unterschreiben Sie keine Papiere mehr!«

Die Tür ging auf, und ein mittelgroßer junger Mann lächelte Winifred entgegen. Dann blieben seine Blicke auf Perry Mason haften und musterten ihn abschätzend. Als er jedoch Paul Drake sah, wurde sein Ausdruck sehr feindselig.

Er war um mindestens einen Kopf kleiner als der große Detektiv, aber er tat einen Schritt auf ihn zu und starrte ihn herausfordernd aus grauen, ruhigen Augen an. »Sie, was wollen Sie hier?«

Drake antwortete höflich: »Waffeln essen, mein Sohn. Belästigen Sie die zahlende Kundschaft nicht.«

»Es stimmt, Doug«, mischte sich Winifred ein.

»Woher willst du das wissen?« fauchte der junge Mann sie an. Er wandte keinen Blick von Drake. »Dieser Kerl hat mich heute nachmittag besucht und mir einen ganzen Rattenschwanz von Lügen erzählt, er wolle ein Bauunternehmen eröffnen und brauche einen guten Architekten dazu. Ich habe nach fünf Minuten gemerkt, daß er von Baufragen keine Ahnung hat. Er ist bestimmt Privatdetektiv!«

Drake lächelte. »Sie sind jedenfalls ein besserer Privatdetektiv als ich ein Bauunternehmer! Es stimmt! Nun, und?«

Der junge Mann sah Winifred an. »Soll ich ihn hinauswerfen, Winnie?«

»Laß ihn«, beschwichtigte sie lachend. »Begrüße lieber Perry Mason, den Anwalt. Du hast bestimmt schon von ihm gehört. Das ist Douglas Keene, Mr. Mason.«

Der junge Mann war vollkommen verblüfft. »Perry ... Mason ...«, stammelte er. »Oh ...!«

Mason ergriff seine Rechte und schüttelte sie herzlich. »Sehr erfreut, Keene. Und das ist Paul Drake.«

Sobald Mason Keens Hand losließ, packte Paul Drake sie. »Okay, junger Mann, vergessen wir die Sache. Das gehörte nun einmal zum Geschäft.«

Die ruhigen, grauen Augen musterte die beiden Männer sehr eingehend. Anfängliches Mißtrauen machte einer plötzlichen Entschlossenheit Platz.

»Wir werden ja sehen, ob alles in Ordnung ist. Ich habe zu der ganzen Sache auch etwas zu sagen«, erklärte er fest. »Winifried und ich sind verlobt. Sie wird mich heiraten. Wenn ich sie ernähren könnte, würden wir morgen schon Hochzeit machen; aber das kann ich nicht, und ich lasse mich nicht von ihr unterstützen. Ich bin Architekt, und Sie wissen ja, wie wenig Aussichten ein Architekt heutzutage hat. Aber so wahr wir jetzt hier stehen, wird sich das bald ändern. In ein paar Jahren, wenn die Leute merken, daß das Geld nicht mehr viel wert ist, wird sich jeder in Sachwerte flüchten und bauen wollen, und dann habe ich meine große Zeit.«

Mason beobachtete die jugendliche, begeisterte Zuversicht im Gesicht des jungen Mannes und nickte.

Paul Drake aber murmelte: »Ja ... vielleicht, in ein paar Jahren ...«

»Glauben Sie nur nicht, daß ich bis dahin zu warten gedenke. Ich arbeite in einer Garage und bin heilfroh über diese Beschäftigung. Heute kam der Chef vorbei, und kein Mensch erkannte ihn. Als er ging, drückte er mir seine Visitenkarte in die Hand und klopfte mir auf den Rücken, so zufrieden war er mit meiner Arbeit.«

»Braver Kerl«, lobte ihn Mason.

»Das alles sage ich Ihnen nur, damit Sie wissen, wer ich bin, weil ich nämlich nun gerne wüßte, was Sie eigentlich wollen!«

Mason sah Winifred an. Sie war völlig in Keenes Anblick versunken.

Keene trat zwischen die Tür und die beiden Besucher.

»Also? Ich habe meine Karten aufgedeckt, und das sollen Sie jetzt auch tun. Peter Laxter ist tot. Er hat Winnie keinen roten Heller hinterlassen. Soweit es mich betrifft, bin ich sehr glücklich darüber. Sie braucht sein Geld nicht. Es geht ihr jetzt viel besser als früher, als sie noch bei ihm wohnte.

Ich werde später für sie sorgen, und mir liegt nichts am Geld ihres Großvaters. Aber mir ist der Gedanke unsympathisch, daß Sie beide sie nun in irgend etwas hineinziehen wollen.«

Mason ließ seine Hand kräftig auf die Schulter des jungen Mannes fallen. »Aber wir wollen sie ja in gar nichts hineinziehen!«

»Was wollen Sie denn hier?«

»Ich brauche Informationen, um einer Mandantin helfen zu können.«

»Wer ist diese Mandantin?«

»Ob Sie es glauben oder nicht«, lachte Mason, »es ist eine Katze.«

»Eine – was?«

Winifred erklärte: »Es ist Charlie Ashton, Doug – du weißt ja, daß die Jungen ihn als Hausverwalter behalten müssen, aber Sam hat gedroht, seine Katze zu vergiften, und Mr. Mason versucht nun zu erreichen, daß Ashton Clinker behalten kann.«

Keenes Gesicht wurde hart. »Heißt das, daß Sam Clinker vergiften will?«

Sie nickte.

»Verdammt noch mal«, brauste Keene auf und wandte sich Perry Mason zu. »Hören Sie! Ich wollte wirklich mit dieser Sache nichts zu tun haben; aber wenn Sam so anfängt, dann fragen Sie ihn doch, was eigentlich aus den Koltsdorf-Diamanten geworden ist.«

»Doug!« warf Winnie scharf ein.

Er blitzte sie an. »Schweig, Winnie! Du weißt nicht, was ich weiß. Ich kann Sam verschiedenes nachweisen, aber du brauchst keine Angst zu haben, daß ich es tun werde. Ich will nichts damit zu schaffen haben. Edith De Voe wird das schon besorgen. Sie ...«

Winifred unterbrach ihn. »Mr. Mason interessiert sich ausschließlich für die Katze, Doug.«

Keene lachte kurz und nervös auf. »Verzeihung! Ich bin wohl etwas heftig geworden! Aber ich kann den Gedanken nicht ertragen, daß jemand ein Tier vergiften will, und wenn man es ganz genau nehmen wollte, dann wäre Clinker ein Dutzend Sam Laxters wert. Ach was! Ich will nichts mehr davon wissen!«

Paul Drake ließ sich gemütlich in einen Stuhl fallen.

»Was kann man denn Sam Laxter alles nachweisen?«

Mason legte seine Hand auf Drakes Arm. »Moment, Paul. Die beiden waren ehrlich zu uns, wir wollen ebenfalls ehrlich sein.« Er sah Winifred an. »Wollen Sie uns irgendwelche Auskünfte erteilen?«

Sie schüttelte den Kopf. »Ich will nur, daß wir beide aus dem Spiel gelassen werden.«

Mason packte Drake beim Arm und schob ihn buschstäblich zur Tür hinaus. »Wir gehen, Paul.«

Als die Glastür hinter ihnen zugefallen war, blitzten Winifreds Augen fröhlich, und sie winkte ihnen nach.

»Was soll das nun wieder?« begehrte Drake auf. »Der Bursche weiß etwas. Er hat mit Edith De Voe gesprochen!«

»Wer ist Edith De Voe?«

»Die Krankenschwester, die im Hause Laxter lebte. Mir war doch gleich, als könnte sie etwas wissen.«

Mason sah verträumt die Straße hinauf und hinab. »Wenn ich Shuster hier herumschleichen sehe, verdresche ich ihm die Visage«, stellte er sanft fest. »Unglaublich! Geht dieser feige Hund zu der Kleinen und läßt sie ein solches Papier unterschreiben!«

»Das ist sein Stil«, brummte Drake. »Und was kannst du jetzt noch tun? Jetzt hast du ja niemanden, der dieses Testament anfechten will, und damit ist der Fall erledigt.«

»Ich habe die Katze als Mandantin.«

»Und wird sie das Testament anfechten können?«

Mason hatte sein härtestes Gesicht aufgesetzt. »Das weiß ich noch nicht! Komm, wir machen Edith De Voe einen Besuch.«

»Aber du kannst doch ein Testament nur anfechten, wenn du eine daran interessierte Partei vertrittst, Perry! Und hier ist ja die eine Partei erbberechtigt, und die andere begibt sich mit einer Unterschrift jeglicher Möglichkeit, das Testament anzufechten!« Der Privatdetektiv protestierte förmlich verzweifelt.

»Ich habe dir schon oft gesagt, mein Bester, daß ich nie dort zuschlage, wo der andere es erwartet.«

5

Im Taxi gab der Privatdetektiv Perry Mason noch einige zweckdienliche Auskünfte. »Übrigens stimmt mit deinem Hausverwalter auch nicht alles. Er wurde bei dem Autounfall ziemlich schwer verletzt und versuchte, möglichst hohen Schadenersatz zu erreichen. Aber das gelang ihm nicht. Der Fahrer des anderen Wagens war nicht versichert und konnte nichts bezahlen. Ashton hat deswegen ein großes Geschrei veranstaltet und überall geltend gemacht, er sei vollkommen mittellos.«

»Das heißt noch gar nichts. Das ist üblich in solchen Fällen. Wenn er eine Million gehabt hätte, hätte er genau das gleiche gesagt.«

Drake fuhr mechanisch in seiner Erklärung fort, als könnten nur die Tatsachen, niemals aber deren Auslegung ihn wirklich interessieren. »Er hatte ein Bankkonto, auf das er monatlich sein Gehalt einzahlte. Die Summe belief sich auf ungefähr vierhundert Dollar. Nach dem Unfall hat er das Geld aufgebraucht, und er ist heute noch einem Arzt Geld schuldig.«

»Hat denn Peter Laxter die Auslagen, die Ashton durch diesen Unfall entstanden waren, nicht übernommen?«

»Nein, aber zieh daraus keine voreiligen Folgerungen. Ashton hat einem seiner Bekannten gesagt, auf lange Sicht werde Laxter immer für ihn sorgen, aber Laxter sei der Ansicht, daß Ashton eher Schadenersatz bekommen werde, wenn er wahrheitsgemäß sagen könne, er habe selbst alle Kosten tragen müssen.«

»Weiter«, drängte Perry Mason. »Du willst doch etwas sagen. Heraus damit!«

»Kurz vor dem Brand machte Laxter sein ganzes Vermögen flüssig. Wieviel genau, weiß ich nicht, aber es dürfte eine ganze Menge gewesen sein. Drei Tage vor dem Brand mietete Ashton zwei große Safes, und zwar unter seinem eigenen Namen, wobei er dem Bankangestellten jedoch sagte, daß sein Halbbruder ebenfalls jederzeit Zugang zu den Fächern haben müsse. Daraufhin belehrte ihn der Bankangestellte, daß sein Halbbruder in diesem Fall herkommen und seine Unterschrift hinterlegen müsse. Ashton sagte, daß sein Halbbruder krank im Bett liege, und fragte, ob er nicht die Karte mitnehmen und von ihm unterschreiben lassen könne. Er werde die Signatur beglaubigen und bestätigen, daß er nie und in keiner Weise irgendwelche Ansprüche an die Bank stellen wolle. Man gab ihm die Karte zur Unterschrift mit. Ashton verschwand und brachte sie nach einer Stunde unterschrieben zurück.«

»Wie lautete der Name?«

»Clammert – Watson Clammert.«

»Wer ist das? Eine fingierte Person?«

»Nein, er war vermutlich wirklich Ashtons Halbbruder. Er ist inzwischen gestorben. Er war nicht in den Einwohnerlisten der Stadt geführt; aber ich erkundigte mich beim Straßenverkehrsamt und erfuhr, daß Watson Clammert einen Führerschein hatte. Ich ließ mir seine Adresse geben, ging hin und erfuhr, daß Clammert vierundzwanzig Stunden, nachdem er die Karte der Bank unterschrieben hatte, gestorben ist.«

»Irgend etwas Merkwürdiges an seinem Tod?«

»Nein. Er starb im Krankenhaus, wo er ständig unter Aufsicht war. Nur – und das ist allerdings sonderbar – sagte man mir, daß er vier Tage vor seinem Tod in einen tiefen Schlaf verfiel und nicht mehr zu Bewußtsein kam.«

»Aber wie zum Teufel konnte er dann diese Karte unterschreiben?«

Drake antwortete gelassen: »Ja, wie zum Teufel konnte er das?«

»Was weißt du sonst noch über ihn?«

»Ashton und er sind anscheinend wirklich miteinander verwandt. Ashton hatte ihn jahrlelang nicht gesehen und gesprochen. Erst als er hörte, daß Clammert in einem Krankensaal eines allgemeinen Krankenhauses im Sterben liege, kam er, um ihn dort herauszuholen.«

»Wie konntest du das alles in Erfahrung bringen?«

»Ashton hat viel mit einer der Schwestern geredet. Sie hat einen Narren an ihm gefressen. Er sei so verbittert und zugleich so großzügig gewesen. Kaum hatte er erfahren, daß Clammert krank und völlig mittellos sei, war er von einem Krankenhaus zum andern gehinkt, bis er Clammert fand, der damals schon bewußtlos und dem Tode nahe war. Und dann hat er alles getan, was irgend möglich war, hat bezahlt, Spezialisten hinzuziehen lassen, Privatschwestern engagiert und ist kaum von dem Bett des Kranken gewichen. Er hat dieser Schwester gesagt, daß Clammert alles bekommen müsse, was sich mit Geld bezahlen lasse. Natürlich wußte die Schwester genausogut wie die Ärzte, daß Clammert sterben mußte; aber sie tröstete Ashton und sagte ihm, daß vielleicht doch noch eine Chance bestehe, worauf Ashton befahl, alles zur Wahrnehmung dieser Chance zu tun. Um dir aber zu beweisen, daß dein Mandant auch eine Art Galgenvogel ist – er verlangte, daß Clammert, falls er wieder zu Bewußtsein kommen sollte, nie erfahren dürfe, wer sein Wohltäter gewesen sei. Er erzählte der Schwester, daß sie sich vor vielen Jahren einmal zerstritten und sich seitdem nie mehr gesehen hätten.« Drake hielt inne und machte sein hinterhältigstes Gesicht. »Und was glaubst du, worüber sich die beiden stritten?«

»Eia popeia, was raschelt im Stroh!« Perry Mason funkelte den Privatdetektiv gereizt an. »Herrgott, Paul, rede doch endlich, und laß dir nicht jedes Wort aus der Nase ziehen!«

»Über eine Katze«, verkündete Drake schmunzelnd.

»Was?!«

»Jawohl, über eine Katze namens Clinker – damals noch ein ganz kleines Kätzchen.«

»Oh, verdammt!« entfuhr es dem verwirrten Perry Mason.

»Soviel ich in Erfahrung bringen konnte«, fuhr Drake fort, »hat Ashton von dem Moment an, da er seinen Halbbruder wiederfand, bis zu Clammerts Tod wenige Tage später rund fünfhundert Dollar für Arzt- und Krankenhauskosten ausgegeben. Und zwar hat er alles bar bezahlt. Die Schwester sagt, er habe immer ein ganzes Bündel Banknoten in seiner Brieftasche gehabt. Jetzt frage ich dich: Wo zum Teufel hatte Ashton soviel Geld her?«

Mason machte eine Grimasse. »Paul, ich habe dich nicht losgeschickt, damit du Tatsachen sammelst, die meinen Mandanten belasten können! Du solltest Material gegen Sam Laxter sammeln!«

»Das ist wie ein Puzzle, Perry«, antwortete Drake vollkommen ungerührt, »und wenn die Stückchen, die ich dir bringe, ein falsches Bild ergeben, sobald du sie zusammensetzt, so ist das deine Sache. Dann mußt du eben diese Teile so gründlich verlieren, daß kein Mensch sie mehr finden kann.«

Mason grinste vor sich hin, sagte aber dann sehr nachdenklich: »Warum nur wollte Ashton, daß dieser Clammert Zugang zu den Safes haben sollte?«

»Ich kann es mir nur so erklären, daß Ashton für den Fall einer Genesung Clammerts diesem helfen, aber keinen persönlichen Kontakt mit ihm aufnehmen wollte. Also hatte er vor, ihm einen Schlüssel zum Safe zu überlassen, in den er von Zeit zu Zeit eine gewisse Summe deponieren wollte, damit Clammert sie sich dort abhole.«

»Da stimmt etwas nicht«, beharrte Perry Mason. »Denn die Unterschrift, die Ashton als die Clammerts ausgab, kann nicht die Unterschrift von Clammert gewesen sein, denn der war ja zu dieser Zeit bewußtlos!«

»Du hast recht.« Drake gab sich geschlagen. »Aber das sagte ich ja vorhin schon: Ich trage die Tatsachen zusammen, und du kannst sie dann zusammenfügen.«

»Ist jemals jemand namens Clammert an den Safes gewesen?«

»Nein. Aber Ashton war verschiedentlich dort, zum Beispiel gestern und heute. Obwohl die Bankangestellten nicht reden wollten, hatte ich das Gefühl, daß sie der Ansicht sind, er habe gestern oder heute eine große Summe Geld herausgenommen.«

»Wie können sie wissen, was jemand herausnimmt?«

»Gewöhnlich wissen sie gar nichts, aber einer der Bankangestellten hat gesehen, wie er Geld in seine Tasche stopfte.«

Perry Mason lachte. »Meistens müssen wir bei unseren Fällen erst eine Menge Vorarbeiten leisten, bis wir zu den Tatsachen gelangen; aber in diesem Fall purzeln sie uns ja förmlich entgegen.«

»Hat dein Mandant von den Koltsdorf-Diamanten mit dir gesprochen?«

»Nein, bester Paul Drake! Von denen sollst du mir eben jetzt berichten.«

Der Privatdetektiv grinste. »Also, die Koltsdorf-Diamanten sind die einzigen Edelsteine, für die sich Peter Laxter jemals interessierte. Weiß Gott, wie er sie bekam. Es sind Steine, die bei der Flucht der Aristokraten aus Rußland hierhergeschmuggelt wurden. Laxter hat sie nur ganz wenigen seiner Freunde gezeigt . . . Große, reine Diamanten.«

»Und was ist mit ihnen?«

»Das andere, Bargeld, Aktien und so weiter, kann ja bei dem Brand vernichtet worden sein, so daß man keine Spur mehr davon findet. Aber auch die Diamanten sind verschwunden.«

»Edelsteine könnten sich sehr wohl in den Trümmern eines abgebrannten Hauses verbergen.«

»Man hat die Trümmer genau durchsucht, die Asche gesiebt, alles abgetastet – aber die Diamanten fand man nicht. Ein Rubinring, den Peter Laxter am Finger getragen hatte, kein sehr großer, wurde entdeckt, aber die Diamanten sind unauffindbar!«

»Und? Hat Ashton sie?«

»Nein, jedenfalls nicht, daß ich wüßte. Aber er hat sonst verschiedenes unternommen, was ihn nicht gerade ins beste Licht setzt. Zum Beispiel hat er kurz vor dem Brand im Auftrage Laxters mit jemandem über den Kauf seines Besitzes verhandelt und dem Mann ein Angebot gemacht – ein Angebot auf Barbezahlung, wohlgemerkt!«

»Und es wurde abgelehnt?«

»Vorläufig, aber ich glaube, die Sache ist noch offen.«

Mason sah sehr nachdenklich aus. »Anscheinend habe ich da in ein Wespennest gestochen. Laxter kann gerade sein Vermögen versteckt haben. Ashton kann gerade wissen, wo. In diesem Fall wird er sich nicht beeilen, es Sam Laxter auf dem Präsentierteller zu überreichen. Ich werde mit Ashton reden müssen.«

»Niemand weiß, wieviel Geld Laxter eigentlich hatte. Das Inventar . . .«

»Das habe ich gesehen«, fiel Mason ein. »Und laut Inventar

blieb nicht viel mehr als das allernotwendigste Bargeld übrig. Der Rest konnte noch nicht ausfindig gemacht werden.«

»Falls Ashton es nicht ausfindig machte«, warf Drake trocken ein.

»Und überhaupt bin ich gegenwärtig nur an Katzen interessiert.«

»Am Tag vor dem Brand fand im Landhaus draußen ein heftiger Streit statt. Ich weiß nicht genau, zwischen wem und weshalb, aber das wird die Pflegerin von Peter Laxter uns sagen können. Das Personal wollte nicht reden. Mit der Schwester ... Hier ist ihre Wohnung.«

»Wie heißt sie gleich? ... Durfey?«

»Nein – De Voe – Edith De Voe! Sie soll gut aussehen. Frank Oafley hat sich sehr für sie interessiert, solange sie den alten Herrn pflegte, und er kommt auch heute noch oft mit ihr zusammen.«

»Hat er ehrliche Absichten?«

»Was weiß ich! Ich bin Detektiv – kein Sittenrichter! Komm!«

Mason bezahlte das Taxi. Sie läuteten, ein automatischer Türöffner summte, sie betraten einen langen Korridor und gingen auf eine Wohnungstür im Parterre zu. Eine rothaarige Frau mit ruhelosen Augen und nervösen Bewegungen erwartete sie bereits. Ihr Gesicht spiegelte Enttäuschung wieder. »Oh! Ich dachte, es sei ... - Wer sind Sie?«

Paul Drake machte eine kleine Verbeugung. »Ich bin Paul Drake, und das ist Mr. Mason, Miss De Voe.«

»Was wünschen Sie?« Sie sprach sehr schnell, so daß ihre Worte ineinanderzufließen schienen.

»Wir möchten mit Ihnen sprechen«, erklärte Mason.

»Wegen einer Stellung«, warf Drake hastig ein. »Sie sind doch Krankenpflegerin, nicht wahr?«

»Ja.«

»Eben – wir wollten mit Ihnen wegen einer Pflege reden.«

»Welcher Art?«

»Könnten wir das nicht besser drinnen besprechen?« sagte Paul Drake.

Sie zögerte einen Augenblick, sah den Korridor entlang und trat dann erst von der Tür zurück. »Gut, dann kommen Sie herein, aber nur für ein par Minuten.«

Die Wohnung war sauber und ordentlich. Miss De Voe hatte vermutlich eben erst gründlich aufgeräumt. Ihr Haar war hübsch frisiert, die Fingernägel gepflegt. Sie hatte offensichtlich ihren Sonntagsstaat angelegt.

Drake ließ sich auf einem Stuhl nieder, als gedenke er, Stunden hier zu verbringen.

Mason setzte sich auf eine Armlehne und sah Paul Drake mißbilligend an.

»Die Stellung dürfte nicht ganz genau Ihren Vorstellungen entsprechen«, begann der Privatdetektiv, »aber es kann ja nicht schaden, daß wir trotzdem einmal darüber reden. Würden Sie mir vor allen Dingen sagen, wieviel Sie pro Tag verlangen?«

»Ja, heißt das für zwei, drei Tage oder ...«

»Nein, nur für einen Tag.«

»Zehn Dollar.« Sie schien erbost zu sein.

Drake entnahm seiner Brieftasche eine Zehn-Dollar-Note. Er gab sie aber der Schwester nicht sofort.

»Ich habe einen Posten für einen Tag für Sie. Das heißt, Ihre Aufgabe wird Sie nicht länger als eine Stunde beschäftigen, aber ich bin bereit, ein volles Tageshonorar dafür zu entrichten.«

Sie feuchtete ihre Lippen an und sah nervös von Mason zu Drake. Ihre Stimme klang mißtrauisch. »Und worin besteht diese Aufgabe?«

»Sie sollen uns ein paar Angaben machen und dann diese Angaben für uns schriftlich niederlegen.«

Nun war sie sichtlich auf der Hut.

»Angaben worüber?«

Der Privatdetektiv sah sie aus ausdruckslosen Murmelaugen an und schob ihr die Banknote zu. »Sagen Sie uns alles, was Sie über Peter Laxter wissen.«

Sie fuhr zusammen und blickte die beiden Männer angsterfüllt an. »Sind Sie Detektive?«

»Nehmen Sie es einmal an«, versuchte Drake sie zu beschwichtigen, »und sagen Sie uns ruhig, was Sie wissen. Wir wollen Sie bestimmt nicht in Schwierigkeiten bringen.«

Sie schüttelte heftig den Kopf. »Nein! Ich war Mr. Laxters Pflegerin. Ich kann es nicht mit meinem Berufsethos vereinen, Geheimnisse aus seinem Leben preiszugeben.«

Perry Mason beugte sich vor und riß das Gespräch an sich. »Das Haus brannte nieder, nicht wahr?«

»Ja, es brannte nieder.«

»Sie waren auch dort während des Brandes?«

»Ja.«

»Wie brannte es – sehr schnell?«

»Ja, sehr schnell.«

»Hatten Sie Mühe, sich zu retten?«

»Ich war wach zu jener Zeit. Als ich Rauchgeruch wahrnahm, dachte ich zuerst, er stamme von einem Ofen. Aber ich wollte doch nachsehen gehen. Ich kleidete mich an und machte die Tür auf. Der Südflügel des Hauses stand bereits in hellen Flammen. Ich schrie, und nach ein paar Minuten . . . Aber vielleicht sollte ich nicht mehr sagen.«

»Wissen Sie, ob das Haus versichert war?«

»Ja, ich glaube schon.«

»Wissen Sie, ob die Versicherungssumme bereits ausbezahlt wurde?«

»Ich glaube, ja. An Mr. Samuel Laxter, nehme ich an, weil er schließlich der Testamentsvollstrecker ist.«

»Haben Sie jemanden in dem Haus besonders gut leiden können?« fragte Mason weiter.

»Was meinen Sie damit?«

»Ganz einfach dies: Wir müssen die Umstände dieses Brandes erfahren. Irgend jemand muß sie uns mitteilen. Es wäre besser, wenn wir sie von Ihnen und nicht von jemandem erführen, der Sie nicht leiden kann, ganz besonders dann, wenn diese Person vielleicht jemanden zu belasten versucht, der Ihnen nahesteht.«

Sie schien zu erstarren. »Wollen Sie damit sagen, daß Sam Laxter vielleicht Frank Oafley beschuldigt, das Feuer gelegt zu haben?«

»Gewiß nicht«, antwortete Mason. »Außerdem bin ich nicht gewillt, Auskünfte zu geben, sondern ich kam, um welche zu erhalten.«

Er nickte dem Privatdetektiv zu. »Komm, Paul.« Dann stand er auf.

Edith De Voe sprang auf und rannte zur Tür, um Mason den Weg zu versperren. »Warten Sie noch. Ich habe vorhin wohl nicht verstanden, was Sie wollten. Ich gebe Ihnen bereitwillig jede Auskunft!«

»Wir wollten nur ein paar Dinge abklären.« Perry Mason zögerte, als könnte er sich nicht recht entschließen, wieder zu seinem Stuhl zurückzugehen. »Nicht nur über den Brand, auch über verschiedenes andere. Aber wir können ja unsere Auskünfte auch anderswo einholen. Wir müssen alles erfahren über die Bewohner jenes Hauses, ihre persönlichen Eigenheiten und Gewohnheiten – und Sie als Krankenschwester können ... Nein, wir sollten Sie wirklich nicht damit belästigen.«

»Doch! Kommen Sie! Ich werde Ihnen alles sagen, was ich weiß! Es ist mir lieber, wenn ich Sie aufkläre. Und wenn Sam auch nur die leiseste Andeutung gemacht hat, daß Frank Oafley etwas mit dem Brand zu tun hatte, dann ist das eine verdammte Lüge. Sam möchte eben alles für sich allein haben!«

Mason seufzte, ging langsam und sichtlich zögernd zu seinem Stuhl zurück, setzte sich wieder auf die Armlehne und sagte: »Gut, dann wollen wir Sie einige Minuten lang anhören, Miss De Voe, aber fassen Sie sich bitte kurz. Unsere Zeit ist kostbar und ...«

Sie fiel ihm ins Wort. »Das sehe ich ein. Mir schien von Anfang an, daß dieser Brand eigentümlich war. Ich habe auch mit Frank Oafley darüber gesprochen, aber er riet mir, darüber zu schweigen. Ich schrie und versuchte, Mr. Laxter zu wecken – ich meine Peter Laxter, den alten Herrn. Aber da standen die Zimmer in jenem Teil des Hauses längst in Flammen. Ich schrie unentwegt weiter und lief die Treppen hinauf. Es war heiß und rauchig dort, aber Flammen gab es keine. Frank kam mir nachgelaufen und riß mich zurück. Er rief mir zu, ich könnte nichts mehr machen. Wir standen beide da und schrien Mr. Laxters Namen, aber er antwortete nicht. Dichte schwarze Rauchwolken hüllten uns ein. Und dann sah ich, wie die Flammen oben an der Treppe zu lecken begannen, und ich wußte, daß wir jetzt zurück mußten. Wir rannten durch den Nordflügel. Ich war halb erstickt vom Rauch. Drei, vier Tage lang waren meine Augen gerötet und blutunterlaufen.«

»Wo war Sam Laxter?«

»Ich war ihm begegnet, bevor ich Frank sah. Er trug Pyjama und Bademantel und schrie wie besessen: ›Feuer! Feuer!‹ Er schien völlig außer sich zu sein.«

»Wo blieb eigentlich die Feuerwehr?«

»Sie kam erst, als das Haus fast niedergebrannt war. Es liegt sehr einsam, wissen Sie.«

»War Charles Ashton, der Hausverwalter, auch dort?«

»Er kam nur von Zeit zu Zeit. Er verwaltet das Stadthaus. Wenn Mr. Laxter mit ihm zu reden hatte, kam er hinaus. Aber in der Brandnacht war er nicht da.«

»Wo schlief Peter Laxter?«

»Im zweiten Stock des Südflügels.«
»Um wieviel Uhr brach das Feuer aus?«
»Ungefähr um halb ein Uhr morgens. Ich bin um Viertel nach eins aufgewacht, aber da mußte es schon lange gebrannt haben.«
»Wo war Winifred Laxter in jener Nacht?«
»Sie schlief. Wir kriegten sie kaum wach. Ich dachte, der Rauch hätte sie betäubt. Ihre Tür war abgeschlossen. Die Jungen mußten sie aufbrechen, doch dann wachte Winifred endlich auf.«
»Wo schlief sie? Im Nord- oder Südflügel?«
»Sie wohnte im Ostbau.«
»Wenn Sie als Pflegerin für Mr. Laxter engagiert waren, warum schliefen Sie dann nicht in seiner Nähe, so daß er sie im Fall einer Herzkrise schnell erreichen konnte?«
»Das konnte er. In meinem Zimmer war ein Klingelsignal angebracht. Wenn er auf den Knopf drückte, konnte ich ihm zurücksignalisieren, daß ich gehört hatte, und war in wenigen Sekunden bei ihm.«
»Wie konnten Sie ihm zurücksignalisieren?«
»Durch einen Klingelknopf.«
»Worauf in seinem Zimmer eine Klingel läutete?«
»Ja.«
»Und weshalb läuteten Sie ihm in der Brandnacht nicht?«
»Wir läuteten ihm. Das war das erste, was ich tat. Ich rannte in mein Zimmer zurück und läutete ihm – anhaltend! Und dann, als er keine Antwort gab, rannte ich die Treppe hinauf. Das Feuer hatte wahrscheinlich die Drähte zerstört.«
»Möglich. Es war also viel Rauch?«
»Ja. Der Mittelbau war ganz erfüllt von Rauch.«
»Was hatte es am Tag zuvor für einen Streit gegeben?«
»Wie bitte?«
»Am Tage vor dem Brand war doch ein Streit gewesen.«
»N-nein ... nicht eigentlich ... Peter Laxter und Sam hatten einen Wortwechsel ... Aber Frank war nicht dabei!«
»Und Winifred?«
»Auch nicht. Es handelte sich um Sams Spielleidenschaft.«
»Können Sie sich erklären, wodurch das Feuer ausbrach?«
Sie atmete rascher, und ihre Augenlider begannen zu flattern. »Könnte ein Feuer entstehen, wenn Auspuffgase in einen Ofen geleitet werden?«

Drake schüttelte den Kopf. »Unsinn! Wie denn? Sie phantasieren . . .«

»Moment, Paul!« Mason sah seinen Freund beschwörend an. »Laß sie doch erst erklären, was diese Auspuffgase in einem Ofen bedeuten sollen.« Er wandte sich wieder Miss De Voe zu. »Es ist gar nicht ausgeschlossen, daß ein Feuer auf diese Weise entstehen kann.«

»Also, ich war an jenem Abend spazierengegangen und kam auf das Haus zu, als ich in der Garage – sie war im Haus selbst, wissen Sie – einen Motor laufen hörte. Die Garagentüre war zu, aber drinnen lief ein Motor. Ich dachte, daß jemand heimgekommen sein müßte und vergessen hatte, den Motor abzustellen, und machte die Tür auf – die kleine Seitentür, nicht die große, durch die man hineinfährt . . . Dann zündete ich das Licht an.«

Mason beugte sich interessiert vor. »Und? Was sahen Sie?«

»Sam Laxter saß in seinem Wagen und ließ den Motor laufen.«

»Langsam? So, als ob er ihn warm werden ließ?«

»Nein, der Motor lief auf hohen Touren. Wenn er langsam gelaufen wäre, hätte ich ihn vermutlich nicht gehört.«

»Und wie konnten dabei Auspuffgase in die Heizung gelangen?«

»Das ist es ja eben. Ich bemerkte, daß ein Schlauch vom Auspuffrohr zum Hauptrohr der Heizung führte; es war eine Gasheizung, die heiße Luft in alle Räume führte, und die Einrichtung lag direkt hinter der Garage im Kellergeschoß.«

»Konnte Sam Laxter bemerken, daß Ihnen diese Schlauchverbindung vom Auspuff zu den Heizungsrohren auffiel?«

»Sam Laxter«, stieß sie erregt hervor, »war betrunken! Er konnte kaum stehen. Er stellte den Motor ab und schrie mich an.«

»Was sagte er?«

»Er sagte: ›Machen Sie doch, daß Sie fortkommen! Kann man denn nirgends seine Ruhe haben, ohne daß Sie herumschnüffeln?‹«

»Was antworteten Sie ihm darauf?«

»Ich wandte mich wortlos zum Gehen.«

»Ohne ein Wort zu sprechen?«

»Ja.«

»Löschten Sie das Licht in der Garage, als Sie hinausgingen?«

»Nein, ich ließ es brennen, damit er seinen Weg finden konnte.«

»Woran erkannten Sie, daß er betrunken war?«

»Weil er ganz verkrümmt hinter dem Lenkrad saß, und am Klang seiner Stimme.«

Masons Augen verengten sich. »Haben Sie sein Gesicht klar sehen können?«

Sie dachte sekundenlang nach. »N-nein, sein Gesicht habe ich nicht gesehen. Er trägt immer hellbeige Filzhüte, wissen Sie, und als ich Licht machte, sah ich zuerst seinen Hut, den großen Stetson. Dann ging ich auf den Wagen zu. Sam Laxter lag über das Steuer gebeugt, und als ich neben den Wagen trat, senkte er den Kopf ... Wenn ich mich recht erinnere, sah ich sein Gesicht überhaupt nicht.«

»Aber Sie erkannten seine Stimme?«

»Seine Stimme ... Wissen Sie, sie klang so eigenartig belegt, wie bei jemandem, der zuviel getrunken hat.«

»Mit anderen Worten: Wenn Sie vor Gericht aussagen müßten, könnten Sie keineswegs beschwören, daß der Mann im Wagen tatsächlich Sam Laxter war?«

»Doch, natürlich! Niemand im ganzen Haus trug solche Hüte!«

»Jedermann hätte doch einen solchen Hut aufsetzen können!«

»Gewiß«, stimmte sie eisig zu, »das hätte jedermann tun können.«

»Das ist aber sehr wichtig«, versuchte Mason sie zu überzeugen, »und wenn Sie wirklich aussagen müßten, würden Sie in ein erbarmungsloses Kreuzverhör genommen.«

»Wenn ich aussagen müßte, wie das Feuer seinen Anfang nahm?«

»Ja, so ähnlich. Wie können Sie zum Beispiel wissen, daß nicht Frank Oafley hinter dem Steuer saß?«

»Ich weiß, daß er es nicht war!«

»Warum?«

»Wenn Sie es durchaus wissen müssen – weil ich mit Frank Oafley ausgegangen war. Wir hatten einen Spaziergang gemacht, und ich hatte mich erst an der Ecke des Hauses von ihm getrennt. Er war zum Haupteingang und ich zur Rückseite des Hauses gegangen, deshalb kam ich ja an der Garage vorbei. Und da hörte ich den Motor laufen.«

»Könnte es nicht Jim Brandon gewesen sein? So heißt doch der Chauffeur, nicht wahr?«

»Nur, wenn er einen Hut von Sam Laxter trug.«

»Mit wem haben Sie über dieses Vorkommnis gesprochen?«

»Mit Frank.«

»Nennen Sie ihn gewöhnlich bei seinem Vornamen?«

Sie sah Mason herausfordernd und trotzig an. »Ja! Frank und ich sind sehr befreundet!«

»Was sagt er zu der ganzen Sache?«

»Er behauptete, Auspuffgase könnten unmöglich ein Feuer entfachen und ich würde höchstens ein Durcheinander anrichten, wenn ich mit jemandem darüber spräche, also sollte ich lieber darüber schweigen.«

»Und wem sagten Sie noch etwas davon?«

»Winifreds Freund – nicht Harry Inman, – dem anderen.«

»Sie meinen Douglas Keene?«

»Jawohl, Douglas Keene.«

»Wer ist Harry Inman?«

»Er war einer ihrer Anbeter, und ich glaube, daß sie ihn auch mochte. Aber als er erfuhr, daß sie überhaupt nichts von dem Geld erbte, ließ er sie fallen wie – wie eine heiße Kartoffel.«

»Und was sagte Douglas Keene zu Ihrer Erzählung?«

»Er hielt sie für eine ungemein wichtige Sache. Dann stellte er mir eine Menge Fragen, wohin die Heizungsrohre führten, ob das eine, an das der Schlauch vom Auspuffrohr angeschlossen war, in Peter Laxters Schlafzimmer ging ...«

»Tat sie das?«

»Ich glaube, ja.«

»Und weiter?«

»Dann riet er mir, den Behörden mitzuteilen, was ich gesehen hatte.«

»Und taten Sie das?«

»Noch nicht. Ich warte auf ... auf einen Freund. Er soll mir raten. Vorher will ich nichts unternehmen, was vielleicht einen großen Wirbel entfacht.«

»Wie spät war es, als Sie Sam Laxter in der Garage trafen?«

»Ungefähr halb elf.«

»Also ein paar Stunden vor dem Ausbruch des Feuers.«

»Ja.«

»Wissen Sie, ob Sam danach gleich das Haus betrat?«

»Nein, das weiß ich nicht. Ich war so wütend über sein Benehmen, daß ich rasch hinausging, sonst hätte ich ihn bestimmt geohrfeigt.«

»Aber er muß doch noch vor dem Ausbruch des Feuers hereingekommen sein, denn er war ja in Pyjama und Bademantel, als Sie durch den Brandgeruch aufgeschreckt wurden.«

Sie stimmte zu.
»Und als er im Wagen saß, war er vollständig angekleidet?«
»Ich glaube schon.«
»Nun sagten Sie, daß Sie das Licht anzündeten?«
»Ja. Warum?«
»Die Garage war also dunkel?«
»Ja.«
»Und die Tür war zu?«
»Ja.«
»Dann muß die letzte Person, die einen Wagen in die Garage fuhr, die Tür hinter sich zugemacht haben, nicht wahr?«
»Ja, natürlich.«
»Und der Lichtschalter war dicht neben der kleinen Eingangstür?«
»Wenige Zentimeter von ihr entfernt, ja. Weshalb?«
»Wenn Laxter seinen Wagen in die Garage gefahren hatte«, sagte Mason langsam, »muß er notwendigerweise ausgestiegen sein, die Garagentüre geschlossen, das Licht gelöscht haben und dann in seinen Wagen zurückgegangen sein. Man fährt seinen Wagen ja schließlich nicht durch geschlossene Türen in eine Garage.«
»Ja ... und?«
»Wenn er wirklich so betrunken war, daß er nur noch vollkommen haltlos über seinem Lenkrad kauern konnte, dann erscheint es mir ziemlich unglaubwürdig, daß er fähig gewesen sein soll, auszusteigen, die Garagentür zu schließen, das Licht zu löschen und in seinen Wagen zurückzukehren.«
Sie nickte nachdenklich. »Das ist mir noch nicht aufgefallen.«
»Erwarten Sie den Freund, der Ihnen raten soll, jetzt gerade?«
»Ja, er kann jeden Moment hier sein.«
»Ist es Frank Oafley?«
»Ich verweigere die Antwort.«
»Und Sie wollen den Behörden nichts von ihren Beobachtungen sagen, solange Ihnen dieser Freund nicht dazu rät?«
»Davon allein mache ich es nicht abhängig. Ganz gebe ich mich nicht in die Hand dieses Freundes. Ich habe ihn lediglich um Rat gefragt.«
»Aber Sie haben selbst das Gefühl, als sei das Feuer durch diese Auspuffgase entstanden?«
»Ich bin kein Techniker! Von Autos verstehe ich nichts und von Gasheizungen noch weniger. Aber ich weiß, daß in dem Gasofen

dauernd eine Flamme brannte, und da dachte ich, daß eine Explosion stattgefunden haben kann, als diese Flamme mit den Benzindämpfen in Berührung kam.«

Mason gähnte laut, sah Paul Drake an und murmelte müde: »Na, Paul, das hilft uns auch nicht weiter. Es ist ausgeschlossen, daß Auspuffgase ein Feuer hervorrufen können.«

Edith De Voe sah enttäuscht von einem zum andern.

»Sind Sie sicher?«

»Ganz sicher.«

»Wozu dann dieser Schlauch vom Auspuffrohr zum Heizungsrohr?«

»Wäre es nicht möglich, daß Sie irgendein Seil mit einem Schlauch verwechselten?«

»Ausgeschlossen! Es war etwas Biegsames, wie Gummi, und es reichte von dem Auspuffrohr an Sam Laxters Wagen zu einem Loch, das in das Heizungsrohr geschlagen worden war. Es sind dicke Rohre, wissen Sie, die mit Asbest umwickelt sind oder so etwas. Die heiße Luft geht durch sie direkt in Peter Laxters Schlafzimmer und in das angrenzende Wohnzimmer.«

Mason nickte. »Wissen Sie was? Ich sehe mich jetzt ein wenig um, und falls Sie sich entschließen sollten, mit den Behörden Fühlung zu nehmen, dann kann ich Ihnen bestimmt helfen, einen netteren und weniger skeptischen Beamten zu sprechen, als es unser guter Sergeant Holcomb ist.«

»Ich bitte Sie darum.«

»Schön, dann werden wir uns die Sache überlegen und Sie anrufen, sobald wir irgendeinen Weg wissen. Inzwischen können Sie uns ja mitteilen, welchen Rat Ihnen Ihr Freund gegeben hat. Wenn Sie die Behörden verständigen wollen, lassen Sie es uns wissen, ja?«

Sie schien nachzudenken. »Wo kann ich Sie erreichen?«

Mason packte Drakes Arm und dirigierte ihn sanft und energisch zugleich zur Tür. »Wir werden Sie später anrufen. Es ist sehr anständig, daß Sie mit uns gesprochen haben.« Er war die Liebenswürdigkeit in Person.

»Es war keine allzu arge Prüfung«, gab sie lächelnd zurück. »Ich bin froh, daß ich Ihnen sagen konnte, was ich weiß.«

Im Korridor sah der Privatdetektiv den Anwalt fassungslos an.

»Wie um alles in der Welt soll das nun weitergehen?«

Mason führte den Freund bis ans Ende des langen Korridors und senkte seine Stimme zu einem Flüstern.

»Wenn ich meinen edlen Zeitgenossen Nat Shuster das nächstemal sehe, werde ich ihm raten, Paragraph zweihundertachtundfünfzig der gesetzlichen Erbschaftsbestimmungen nachzulesen, der besagt, daß der Mörder eines Erblassers unter keinen Umständen erbberechtigt ist, sondern daß sein Erbteil an die übrigen Erben fällt.«

»Abwarten, ob wir die verschiedenen Tatsachen unter einen Hut bringen können!«

»Klar!« ereiferte sich Mason. »Sam Laxter beging einen raffiniert einfachen Mord, indem er den Verschluß des Heizungsrohres abschraubte und mit jenem Schlauch eine direkte Verbindung zu seinem Auspuff herstellte, der giftige Gase in das Schlafzimmer von Peter Laxter beförderte.

Er brauchte nur seinen Motor laufen zu lassen, und viele Meter entfernt starb ein Mensch eines ziemlich schmerzlosen Todes! Dann legte er das Feuer. Bekanntlich findet man Kohlenoxyd im Blut von Menschen, die bei einem Brand ums Leben kamen. Ein perfekter Mord! Und anscheinend ist diese rothaarige Krankenschwester die einzige Zeugin dieses Mordes. Daß sie heute noch am Leben ist, verdankt sie wahrscheinlich nur dem Umstand, daß Sam Laxter annimmt, sie sei sich gar nicht klar darüber, was sie eigentlich damals sah. Oder er weiß nicht, daß sie den Schlauch an seinem Auspuffrohr entdeckte.«

Der Privatdetektiv nahm ein Stück Kaugummi aus seiner Tasche. »Und was tun wir jetzt?«

»Jetzt nehmen wir mit dem District Attorney Fühlung auf. Er behauptet immer, Rechtsanwälte vergeudeten ihre Intelligenz damit, Mörder vor ihrer gerechten Strafe zu schützen. Jetzt werde ich ihm einen perfekten Mordfall unterbreiten, an dem sogar seine Leute achtlos vorübergegangen sind.«

»Mir scheint das Beweismaterial noch recht dürftig, und ich glaube nicht, daß es reicht, einen Menschen des Mordes anzuklagen.«

»Nichts ist dürftig!« fuhr Mason ihn an. »Bedenke, daß Sam Laxter den Betrunkenen spielte, aber die nötigen Vorbereitungen zur Tötung seines Großvaters vollkommen überlegt traf, als da sind: Türen schließen, Licht löschen, Schlauch anbringen und Motor laufen lassen. Vermutlich mußte er den Motor nicht lange laufen lassen. Wenn ich mich recht erinnere, produziert der Motor eines Wagens ungefähr einen Kubikmeter Kohlenoxyd innerhalb von drei Minuten per zwanzig Pferdekräfte. Eine mittlere Garage kann binnen fünf Minuten von tödlichen Dämpfen erfüllt sein, wenn nur ein einziger Motor darin läuft. Wird ein Mensch einer Luft ausgesetzt, die nur zwei Zehntel Prozent Kohlenoxyd enthält, muß er nach geraumer Zeit sterben. Nach seinem Tode weist das Blut dann eine typische hellrote Färbung auf, und genau dasselbe gilt auch für das Blut eines Menschen, der in den Flammen umgekommen ist.

Man muß Sam Laxter zugestehen, daß er verdammt raffiniert vorging! Hätte ihm nicht das unvorhergesehene Auftauchen der Schwester einen Strich durch die Rechnung gemacht, würde er einen perfekten Mord begangen haben.«

»Und jetzt willst du den ganzen Fall also dem Distrikt Attorney übergeben?« fragte Drake und wandte Perry Mason ein Gesicht zu, das völlig ausdruckslos war.

»Ja!«

»Solltest du nicht vielleicht vorher eruieren, welche Rolle dein Mandant eigentlich dabei spielt?«

»Nein, das werde ich nicht.« Mason sah ernst aus. »Wenn mein Mandant eine Schuld auf sich geladen hat, werde ich ihn nicht zu decken versuchen. Er hat mich verpflichtet, daß ich seine Katze in Schutz nehme, und bei Gott, er wird diese Katze behalten! Wenn er aber Geld fand, das zum Laxter-Vermögen gehört, und es unterschlug, dann ist das eine ganz andere Sache. Aber vergiß nicht, daß Peter Laxter ihm das Geld vor seinem Tode geschenkt haben könnte.«

»Spiegelfechterei!« höhnte der Privatdetektiv. »Peter Laxter dachte gar nicht ans Sterben, also hat er auch sein Geld nicht verschenkt!«

»Er hat aber doch bestimmt einen Grund gehabt, sein Vermögen flüssig zu machen. Aber lassen wir diese unsinnigen Vermutungen, Paul. Die Hauptsache in juristischen Auseinandersetzungen ist jedenfalls, daß man den Gegner in die Defensive drängt und den eigenen Mandanten nie in die Lage geraten läßt, eine Menge Erklärungen abgeben zu müssen. Aber ich werde Ashton anrufen und ihm sagen, daß seine Katze in Sicherheit ist!«

Der Privatdtektiv lachte. »Wir schießen auch mit Kanonen auf Spatzen! Jedenfalls geraten wir auf eine ganze Menge von Nebengleisen bei dem Versuch, einer Katze das Leben zu retten!«

»Also, Paul, dann wollen wir jetzt Ashton und den District Attorney anrufen.«

Sie bogen um eine Ecke. Mason betrat eine Telefonzelle und warf Geld in den Automaten. Dann wählte er die Nummer von Peter Laxter und verlangte Ashton. Es dauerte ein paar Minuten, bis er Ashtons heisere Stimme hörte.

»Hier spricht Perry Mason, Mr. Ashton. Ich glaube, Sie brauchen sich nun keine Sorgen mehr zu machen wegen Clinker.«

»Wieso?« bellte Ashton zurück.

»Weil Sam Laxter vermutlich bald andere Unannehmlichkeiten haben wird. Es ist sogar möglich, daß er vor dem District Attorney erscheinen muß.«

Die Stimme des Hausverwalters wurde kreischend. »Können Sie mir nicht sagen, warum?«

»Nein. Mehr kann ich Ihnen nicht sagen. Und bitte schweigen Sie darüber!«

Unbehagen schien sich Ashtons zu bemächtigen. »Moment, Mr. Mason«, fuhr er nach einer Weile fort, »ich möchte nicht, daß Sie zu weit gehen in der ganzen Sache. Ich habe meine Gründe, weshalb mir eine Einmischung des District Attorney unangenehm wäre.«

Mason schnitt ihm das Wort ab. »Sie trugen mir auf, Ihre Katze vor dem Vergiftetwerden zu retten, und das werde ich auch tun!«

»Aber ich muß Sie unbedingt sprechen, wenn der District Attorney vielleicht Nachforschungen anstellen will.«

»Schön, dann kommen Sie morgen zu mir.« Perry Mason hängte ein. Er verzog das Gesicht und verließ die Telefonzelle.

»Solche Katzenfälle wirbeln mehr Staub auf, als sie wert sind«, verkündete er dem erstaunten Detektiv. »Komm, jetzt suchen wir den District Attorney auf.«

»Hatte er ein schlechtes Gewissen?« fragte Drake.

Mason zuckte die Achseln. »Meine Mandanten haben prinzipiell niemals ein schlechtes Gewissen, Paul! Und überhaupt ist ja die Katze meine Mandantin.«

»Ach ja, richtig«, grinste Paul Drake. »Aber als kleine Nebensächlichkeit in diesem Fall würde mich eben doch interessieren, wo Ashton das Geld her hat . . . Perry, es fängt zu regnen an, und ich würde lieber in meinem eigenen Wagen fahren, wenn wir noch irgendwo hinmüssen.«

Mason, der inzwischen im Telefonverzeichnis die Adresse des

District Attorney nachgeschlagen hatte, antwortete liebenswürdig: »Es tut mir leid, Paul, wir müssen zwar noch irgendwo hinfahren, aber du kannst nicht deinen Wagen nehmen, weil wir uns nämlich beeilen müssen. Ich werde meinen holen.«

Drake jammerte: »Das habe ich ja befürchtet! Du fährst wie ein Narr auf diesen nassen Straßen!«

6

Hamilton Burger, der District Attorney, erinnerte sehr an einen Bären. Er war breitschultrig, hatte einen muskulösen Nacken und bewegte sich mit der gemächlichen Sicherheit eines Menschen, der seiner Nerven und Muskeln gleicherweise vollkommen sicher ist.

»Mason, ich arbeite gern mit Ihnen zusammen, wo immer mir das möglich ist. Ich habe Ihnen schon oft gesagt, daß mir der Gedanke, einen Unschuldigen zu verurteilen, entsetzlich ist, aber genauso sehr hasse ich es, zum Narren gehalten zu werden.«

Perry Mason saß schweigend da. Paul Drake lag mehr, als daß er saß, in einem Stuhl und streckte seine langen Beine von sich. Er betrachtete gelangweilt seine Schuspitzen.

»Als ich dieses Amt antrat«, fuhr Burger fort, »bemühte ich mich, möglichst viele der versierten Beamten zu behalten, und ich habe bemerkt, daß sie Ihnen ausnahmslos mißtrauen. Sie sind der Meinung, daß Sie darauf ausgehen, unser Büro in Mißkredit zu bringen.«

»Das beruht auf Gegenseitigkeit«, warf Mason ein. »Das Büro des District Attorney versucht immer wieder, mir ein Bein zu stellen, und da wehre ich mich natürlich, so gut ich kann. Wenn man mich aufs Glatteis führen will, versuche ich selbstverständlich, Haken zu schlagen.«

Burger, der fortwährend hin und her gegangen war, blieb plötzlich vor Mason stehen und erhob seinen Zeigefinger. »Wenn meine Leute erführen, daß ich aufgrund Ihrer Informationen vorgehe, würden sie alle felsenfest davon überzeugt sein, Sie hätten mir wieder irgendeine Falle gestellt.«

»Deshalb bin ich ja auch zu Ihnen persönlich gekommen, statt mich an Ihre Untergebenen zu wenden. Hier haben Sie nun einmal eine blendende Möglichkeit, einen Mord aufzudecken, der bisher als tragischer Unglücksfall hingestellt worden ist. Ich verlange ja gar nichts. Ich verschaffe Ihnen die Möglichkeit, sich auszuzeichnen. Sie können sie ergreifen oder ausschlagen. Mich interessiert in dem ganzen Fall nur eine Katze, und wenn Sie es ganz genau wissen wollen: Ich habe einen Vorschuß von zehn Dollar dafür bekommen.«

Burger seufzte und zündete sich eine Zigarre an. »Also gut«, sagte er dann, »Doktor Jason sucht mich ohnedies heute abend auf. Wenn ihm die Sache wichtig erscheint, werden wir eine Blitzuntersuchung einleiten. Entschuldigen Sie mich einen Augenblick, ich werde Doktor Jason und meinen ersten Untersuchungsbeamten gleich anrufen und sie sofort herbitten.«

Als er hinausgegangen war, sah Paul Drake Perry Mason mit ausdruckslosen Augen an. Wie immer, schien der Detektiv höchst amüsiert zu sein. »Mir ist aufgefallen, daß du ihm kein Wort von dem plötzlichen und seltsamen Wohlstand deines Mandanten erzählt hast.«

»Ich habe ihm lediglich über die Dinge berichtet, die mit dem Mord zusammenhängen könnten.«

Drake starrte wieder seine Schuhspitzen an.

»Wenn ich District Attorney wäre, würde ich wahrscheinlich nichts mit dir zu tun haben wollen, Perry.«

Die Tür ging auf, und Doktor Jason, ein großer, schlanker Mann mit ungewöhnlich durchdringenden braunen Augen trat ein und musterte die beiden Anwesenden.

»Guten Abend, Mason. Ich glaube, Mr. Drake kenne ich noch nicht.«

Drake zog seine Beine an, stand auf und streckte die Hand aus.

»Sehr erfreut, Doktor. Perry Mason hat mir schon viel von Ihnen erzählt. Er sagt immer, wenn Sie einmal anfingen, einen Menschen wirklich zu erforschen, dann seien Sie unnachgiebig und unwiderstehlich zugleich, und nichts bliebe Ihnen verborgen.«

Doktor Jason lachte. »Ich wünschte mir nur, er würde das in aller Öffentlichkeit erzählen! Das wäre die beste Reklame für mich.«

District Attorney Burger sog nervös an seiner Zigarre und wies seinen Besuchern Sitzplätze an. »Doktor, ich habe ein Problem. Ein Haus brennt ab, die Leiche eines Mannes wird gefunden. Bisher war der Fall völlig klar. Nun aber tauchen Zeugen auf, die folgendes beschwören können: Ein Mann, der materiell vom Tod des Verunglückten viel zu profitieren hatte, ließ mit Hilfe eines Schlauches, den er am Auspuffrohr seines Wagens anbrachte und an ein Loch des Gasheizungsrohres anschloß, welche aus der Garage zu den Zimmern des Toten führte, Auspuffdämpfe in dessen Schlafzimmer strömen. Ist es möglich, daß auf diese Weise genügend Kohlenoxyd in das Schlafzimmer gelangte, um den Tod des Mannes hervorzurufen?«

»Durchaus möglich«, bestätigte Dr. Jason und sah abwechselnd von Mason zu Drake.

»Und wäre dieser Mann im Schlaf gestorben?«

»Höchst wahrscheinlich, denn Kohlenoxyd ist ein sehr tückisches Gift; mir sind Fälle bekannt, daß Menschen in ihren Garagen starben, weil bei geschlossenen Türen und Fenstern ein Motor darin lief, und sie so plötzlich betäubt wurden, daß sie sich nicht mehr an die frische Luft retten konnten.«

»Und wie können Sie feststellen, ob ein Mensch an Kohlenoxydvergiftung starb?«

»Dafür haben wir verschiedene Methoden. Die gebräuchlichste ist, die Farbe des Blutes zu bestimmen – ein auffallend leuchtendes Kirschrot.«

»Findet man auch Kohlenoxyd im Blut eines Menschen, der verbrannt ist?«

»Nach dem Tod durch Verbrennen wird man mit aller Sicherheit Kohlenoxyd in den Lungen des Opfers finden. Ein Mensch kann durchaus an dem durch das Feuer entstandenen Kohlenoxyd ersticken.« Dr. Jason sah Perry Mason durchdringend an. »Wie lange vor dem Ausbruch des Brandes sollen diese Abgase in das Schlafzimmer geleitet worden sein?«

»Vermutlich zwei bis drei Stunden vorher.«

Dr. Jason nickte nachdenklich. »Ich denke«, wandte er sich wieder an Burger, »daß sich das durch Untersuchung der Leiche feststellen läßt. Allerdings hängt es vom Zustand ab, in dem sich der Leichnam nach dem Brand befand; aber ich glaube durchaus, daß sich das feststellen ließe. Zum Beispiel sind Brandblasen im Gewebe, das noch lebte und reagierte, von solchen am toten Körper sehr verschieden.«

»Mit anderen Worten: Wir sollten die Leiche exhumieren?«

Dr. Jason nickte.

Hamilton Burger stand mit gestrafftem Körper auf, als gelte es, ein Hindernis zu überwinden.

»Gut«, sagte er fest, »wenn wir also diese Sache übernehmen müssen, dann wollen wir sie gleich in Angriff nehmen. Ich ordne sofort die Exhumierung der Leiche an.«

7

Vom mitternächtlichen Himmel strömte gleichmäßiger Regen. Er trommelte einen düsteren Trauermarsch auf die glänzenden Blätter der Bäume und verursachte kleine, zischende Geräusche, sooft die Tropfen auf die heißen Schalen der Gasscheinwerfer fielen, welche die makabre Szene beleuchteten.

Ein Rasenhang mit Marmorgrabsteinen wurde durch die Lichter aus der tropfenden Dunkelheit gerissen. Es war windstill.

Hamilton Burger, der einen weiten Regenmantel trug und den Kragen hochgestellt hatte, war ungeduldig. »Könnt ihr nicht ein bißchen schneller machen?« fuhr er seine Leute an.

Einer der beiden Grabenden warf ihm einen beleidigten Blick zu. »Es ist nicht Platz genug für mehr Leute«, gab er gereizt zurück, »und wir arbeiten, was das Zeug hält.«

Er wischte sich mit dem durchnäßten Mantelärmel die Stirne und schaufelte dann weiter. Einen Augenblick später traf die erste Schaufel auf etwas Festes.

»Langsam«, mahnte der andere Gräber. »Wir müssen erst die Erde wegkratzen, damit die Seile nicht abrutschen, wenn wir ihn heben wollen, und dann können die Leute, die da oben nur herumstehen, ziehen helfen.«

Burger überhörte diese sarkastische Bemerkung, beugte sich vor und sah in das rechteckige Loch hinunter.

Perry Mason zündete sich eine Zigarette an und trat von einem Fuß auf den anderen. Paul Drake trat neben ihn. »Was wirst du für ein Gesicht machen, wenn der Medikus feststellt, daß Laxter tatsächlich beim Brand umgekommen ist?«

Mason schüttelte ungeduldig den Kopf.

»Ich habe nur Tatsachen gemeldet. Sie werden die Dinge rekonstruieren. Wenn sie Edith De Voe befragen und dann Sam Laxter, müssen sie meines Erachtens allerlei herausbekommen.«

»Aber Burger hat Angst, daß du ihm eine Falle stellen willst. Ergo wird er zuerst ganz geheim Nachforschungen anstellen, ehe er mit dem Fall an die Öffentlichkeit tritt. Er hat schon mit dir zu tun gehabt, und ein gebranntes Kind scheut bekanntlich das Feuer!«

»Schön, vielleicht ist er eben zu vorsichtig. Diese Sache schlüpft ihm durch die Finger, wenn er nicht sehr genau aufpaßt.«

Tom Glasman, der erste Ermittlungsbeamte des District Attorney, putzte sich sehr geräuschvoll die Nase. »Was ist das beste, um sich bei einem solchen Wetter keinen Schnupfen zu holen?« fragte er.

Dr. Jason antwortete kurz und unfreundlich: »Im Bett bleiben ... Mußten Sie ausgerechnet diese Regennacht dafür aussuchen? Der Mann ist seit Tagen begraben, aber bis es regnete, hat sich kein Mensch für ihn interessiert!«

»Wie lange werden Sie für Ihre Untersuchung brauchen?«

»Nicht lange. Immerhin hängt es davon ab, wie stark der Körper verbrannt ist.«

Nach wenigen Augenblicken, während welcher alle an den Seilenden zogen, hatte sich der Sarg vom Boden gelöst und glitt schwankend nach oben.

»Gleichmäßig ziehen! Sonst rutscht er! Langsam!«

Der Sarg kam an der Oberfläche an. Man schob Bretter unter ihn, und endlich stand er auf festem Boden.

Einer der Männer wischte ihn ab. Ein Schraubenzieher trat in Aktion, und nach wenigen Augenblicken wurde der Sargdeckel zurückgeklappt. Eine Stimme aus der Dunkelheit murmelte: »Doktor, wir räumen Ihnen das Feld.«

Dr. Jason trat vor, beugte sich über den Sarg, stieß einen kleinen, erstaunten Schrei aus und suchte in seiner Manteltasche nach der Taschenlampe.

Die anderen drängten sich um ihn, aber niemandem war die Idee gekommen, die Lampen aufzunehmen, so daß der Sarg noch immer im tiefsten Dunkel stand.

»Nun, Doktor?« drängte der District Attorney.

Dr. Jasons Taschenlampe beleuchtete das Innere des Sarges. Er tastete den Leichnam ab.

»Der Mann ist vollkommen verbrannt. Ich werde nach Stellen suchen müssen, die vielleicht durch Stoff etwas geschützt waren.«

Er machte sich wieder am Inneren des Sarges zu schaffen und

zog ein scharfes Messer aus der Tasche. Das Geräusch der Klinge, die Stoff durchschnitt, übertönte eigentümlich laut das eintönige Rauschen des Regens. Nach einer Weile richtete sich Dr. Jason auf und nickte Burger zu. »Sie wollten einen Rat?«

»Richtig! Eine klare und unzweideutige Auskunft!«

Dr. Jason ließ sein Messer zuklappen. »Dann leiten Sie unverzüglich eine Untersuchung ein.«

Hamilton Burger starrte erbittert in den offenen Sarg; aber dann riß er sich zusammen. »Gut, dann wollen wir gehen. Sie fahren mit uns, Mason. Paul Drake kann in Ihrem Wagen nachkommen. Doktor, übernehmen Sie den Leichnam.«

Mason folgte Burger in seinen Dienstwagen. Tom Glasman saß am Steuer. Die drei Männer schwiegen. Die Scheibenwischer schwangen hin und her, und ihr eintöniges Geräusch vermischte sich mit dem Brummen des Motors und dem Zischen der Reifen auf der nassen Straße.

»Fahren wir zu Laxters Haus?« fragte Mason endlich.

»Ja, dorthin, wo sie jetzt wohnen – in das Stadthaus, wie sie es nennen. Ich habe verschiedene Fragen zu stellen.«

»Werden Sie auch Anklagen erheben?«

»Ich werde einige sehr direkte Fragen stellen«, gab Burger ausweichend Antwort, »aber anklagen werde ich wahrscheinlich niemanden. Und ich glaube, daß es besser wäre, Mason, wenn Sie und Ihr Detektiv bei dieser Befragung nicht zugegen wären.«

»Schön, wenn Sie das Gefühl haben, daß wir getan haben, was wir konnten, dann weiß ich irgendwo ein feines, weiches Bett, eine heiße Wärmeflasche und . . .«

»Damit müssen Sie noch warten«, fiel ihm der District Attorney grimmig ins Wort. »Sie haben diese ganze Affäre in Gang gebracht, und jetzt werden Sie so lange bei uns bleiben, bis wir wissen, ob wir nicht eine Niete gezogen haben!«

Mason seufzte und lehnte sich wieder in die Polster zurück. Der Wagen fuhr durch menschenleere Straßen und kletterte die gewundene Straße zu einem Hügel hinauf. »Dort ist das Haus«, erklärte Burger, »das sogenannte große Stadthaus. Schalten Sie die Scheinwerfer aus, Tom. Ich möchte mir die Garage ansehen, bevor jemand auf uns aufmerksam wird.«

Glasman verlangsamte die Fahrt, schaltete dann den Motor aus und hielt an. Es war kein Laut zu hören, nur der Regen klatschte auf das Dach des Wagens.

»Da wären wir«, verkündete er überflüssigerweise.

»Haben Sie einen Dietrich bei sich?« fragte Burger.

»Klar«, lachte Glasman. »Soll ich die Garage öffnen?«

»Ich möchte mir die Wagen ansehen, ja.«

Die Männer betraten die Garage.

»Vorsicht«, mahnte Burger, »schlagen Sie die Türen nicht zu! Wir wollen niemanden alarmieren, bevor wir uns nicht gründlich umgesehen haben.«

Drei Wagen standen in der Garage. Glasmans Taschenlampe beleuchtete sie der Reihe nach. Mason sah mit zusammengekniffenen Augen einen neuen grünen Packard an. Burger fiel sein gespannter Ausdruck auf. »Haben Sie etwas entdeckt, Mason?«

Perry Mason schüttelte nur den Kopf.

Glasman hatte inzwischen die Wagenpapiere kontrolliert und deutete nun auf ein Kabriolett. »Das gehört Samuel C. Laxter.« Es war ein niedriger, starker Wagen, dessen Lack und Chromstahl blitzten.

»Ein Rennwagen«, murmelte Burger. »Leuchten Sie einmal den Auspufftopf an, Tom.«

Glasman hielt seine Taschenlampe über den Auspuff, und Burger bückte sich, um ihn genau zu inspizieren. Dann nickte er langsam. »Ja, da ist Gummi darübergestülpt worden.«

»Reden wir doch mit Mr. Samuel Laxter und fragen wir ihn«, schlug Glasman vor.

Perry Mason, der nachlässig an der Garagenwand lehnte, klopfte sich eine Zigarette auf dem Daumennagel zurecht. »Ich möchte mich natürlich keineswegs einmischen, aber ich glaube, Sie könnten diesen Schlauch finden, wenn Sie eingehend genug danach suchen.«

»Wo?« fragte Burger.

»Irgendwo im Wagen.«

Glasman öffnete den Notsitz des Kabrioletts, kroch ohne große Begeisterung hinein und suchte alles mit seiner Taschenlampe ab. Er schob den Führersitz nach vorne und durchsuchte die Seitentaschen des Wagens.

»Da ist eine Art Kofferraum, der abgesperrt ist«, sagte Burger plötzlich.

»Für Golfschläger«, erklärte Glasman.

»Versuchen Sie, ob einer Ihrer Schlüssel paßt.«

Glasman bemühte sich sehr, doch seine Versuche schlugen fehl.

»Vielleicht können Sie vom Wageninnern aus dort hineinsehen«, schlug Burger vor.

Die Federn des Wagens kreischten auf, als Glasmans massiger Körper sich im Wagen bewegte. »Ja, da liegt etwas, was wie ein Schlauch aussieht«, sagte er dann.

»Öffnen Sie diese Tür«, befahl Burger erregt. »Das müssen wir uns näher ansehen!«

Glasman machte sich an dem Schloß zu schaffen. »Eigentlich ist das verboten«, warnte er. »Und wenn wir uns irren sollten, können wir ganz gehörige Unannehmlichkeiten bekommen.«

»Ich glaube nicht, daß wir uns irren«, antwortete ihm Burger fest.

Glasman griff mit der Hand in das Behältnis und zog einen ungefähr vier Meter langen Schlauch heraus, an dessen einem Ende eine Art Metallschraubschloß angebracht war.

»Also werden wir Laxter aus dem Bett holen müssen«, bemerkte Burger trocken.

»Sollen wir hier warten?« fragte Perry Mason.

»Nein, Sie kommen mit und warten im Haus. Vermutlich wird es nicht lange dauern. Wenn er so unerwartet aus dem Bett gerissen wird, dürfte er ziemlich rasch ein Geständnis ablegen.«

Das Haus lag prachtvoll auf einem Hügel. Die Garage war, von der Vorderfront aus betrachtet, unterirdisch angelegt, weil das Haus an einem Hang stand. Vorne wand sich eine breite Auffahrt bis an den Fuß der Freitreppe, die zum Haupteingang emporführte. Ein schmalerer Fahrweg ging um das Haus herum, direkt zu der Garage und der Hintertür.

Die Männer gingen die Freitreppe hinauf, eine kleine, schweigsame Gruppe. Oben angelangt, hielt Burger plötzlich inne. »Hören Sie!« flüsterte er. »Was ist das?«

Aus der dunklen Regennacht kam ein metallisches Geräusch, und man hörte ein Scharren in der feuchten Erde.

»Da gräbt jemand«, sagte Mason leise. »Es ist eindeutig das Geräusch eines Spatens, der auf eine feste Unterlage stößt.«

»Wahrhaftig, Sie haben recht«, gab Burger ebenso leise zurück. »Mason, bleiben Sie mit Drake dicht hinter uns. Tom, halten Sie Ihre Taschenlampe bereit und auch Ihren Revolver – für alle Fälle.«

Burger ging voran. Die vier Männer bewegten sich so geräuschlos wie möglich die Terrasse entlang.

Im Haus brannten Lichter, und helle Streifen fielen da und dort in die Nacht. Der Mann im Dunkeln grub weiter.

»Dort hinter dem großen Weinstock«, flüsterte Glasman.

Jetzt machte die Schaufel wieder mehr Lärm.

»Man füllt ein Loch auf«, stellte Mason fest.

Der Strahl von Glasmans starker Taschenlampe zuckte plötzlich auf.

Ein erschreckter Mensch fuhr hoch und sprang in den Busch, ein Strauch von Kletterrosen, wie sich in dem grellen Licht herausstellte. »Kommen Sie hervor, und heben Sie die Hände hoch«, befahl Glasman barsch. »Polizei!«

»Was wollen Sie hier?« fragte der Unbekannte.

»Kommen Sie her!« bellte Glasman.

Die Gestalt war zuerst nur ein schwarzer Fleck inmitten der glänzenden, tropfenden Blätter, die im Schein der Taschenlampe aufblitzten. Aber als sie durch die Zweige nähertrat, konnte Perry Mason das Gesicht des Mannes sehen, und er raunte Burger leise zu: »Es ist Frank Oafley.«

Burger machte einen Schritt auf den Mann zu. »Wie heißen Sie?«

»Oafley – Frank Oafley, ich bin einer der Eigentümer dieses Hauses. Wer sind Sie, und was wollen Sie hier?«

»Wir führen eine Untersuchung durch. Ich bin der District Attorney, dies ist Tom Glasman, mein Assistent. Wonach haben Sie gegraben?«

Oafley brummte etwas vor sich hin, zog ein Telegramm aus der Tasche und reichte es dem District Attorney. Ein Telegrammformular, ein zerrissener Mantelärmel und eine zerkratzte, mit Erde bedeckte Hand tauchten in dem hellen Lichtkegel auf.

»Sie haben mich dermaßen erschreckt vorhin, daß ich mitten in die Dornen sprang ... aber das tut ja nichts. Ich war ohnehin schon ganz zerschunden. Meine Kleider müssen vollkommen zerfetzt sein.«

Er sah an sich hinunter und lachte dann entschuldigend.

Die vier Männer schenkten ihm keinerlei Beachtung, sondern lasen das Telegramm.

›Koltsdorf-Diamanten in Ashtons Krücke versteckt – stop – Mehr als Hälfte des Vermögens Deines Großvaters unter Fenster der Bibliothek vergraben, bei Kletterrosenstrauch vor Spalier gekennzeichnet – stop – Nicht tief vergraben, höchstens ein paar Zentimeter – stop.‹

Das Telegramm war nur mit ›Ein Freund‹ unterzeichnet.

Glasman sagte leise: »Sieht aus wie ein echtes Telegramm. Es wurde vom Telegrafenamt durchgegeben.«

»Was haben Sie gefunden?« fragte Burger.

Oafley, der etwas nähertrat, entdeckte nun erst Perry Mason. Er schien zu erstarren. »Was macht dieser Mensch hier?«

»Er kam auf mein Ersuchen mit«, antwortete Burger nicht unfreundlich. »Mr. Mason vertritt den Hausverwalter Charles Ashton. Da ich Ashton einige Fragen zu stellen habe, wünsche ich, daß Mason dabei sein soll. Haben Sie etwas gefunden bei Ihrer Graberei?«

»Den Stecken habe ich gefunden«, sagte Oafley und zog ein kleines Stück Holz aus seiner Tasche. »Er war nicht sehr tief vergraben. Ich bin bis auf den Sandboden unter dem Lehm geraten, aber gefunden habe ich nichts.«

»Wer schickte Ihnen das Telegramm?«

»Keine Ahnung.«

Burger wandte sich flüsternd an Glasman. »Tom, notieren Sie sich die Kennummer, gehen Sie ans Telefon und veranlassen Sie das Telegrafenamt, das Original herauszusuchen. Machen Sie jede Einzelheit darüber ausfindig, vor allem aber den Absender!«

»Sind Sie wegen des Telegramms hierher gekommen?« fragte Oafley. »Eine scheußliche Nacht! Ich hätte gar nicht zu graben anfangen sollen; aber Sie können sich ja denken, wie mir zumute war, als ich diese Nachricht erhielt.«

»Wir sind in einer anderen Sache hier. Wo ist Sam Laxter?«

Oafley schien plötzlich nervös zu werden. »Er ist ausgegangen. Weshalb? Wollten Sie ihn sprechen?«

»Wir haben ihm ein paar Fragen zu stellen.«

Oafley zögerte einen Augenblick, dann fragte er langsam: »Haben Sie . . . mit Edith De Voe gesprochen?«

»Nein«, erwiderte Burger, *»ich* gerade nicht.«

Mason sah Oafley ruhig an. *»Ich* habe gerade mit ihr gesprochen.«

»Das wußte ich. Es wäre ein Wunder, wenn Sie sich nicht in fremde Angelegenheiten einmischen würden!«

»Das genügt«, schnitt ihm Burger das Wort ab. »Kommen Sie ins

Haus. Was heißt das, daß die Koltsdorf-Diamanten in Ashtons Krücke versteckt sein sollen?«

»Darüber weiß ich nicht ein Jota mehr als Sie«, gab Oafley mürrisch zurück.

Er zog einen Schlüsselbund aus der Tasche und schloß die Eingangstür auf. »Entschuldigen Sie mich einen kleinen Moment bitte. Ich will mir nur die Hände waschen und einen trockenen Anzug anziehen.«

»Einen Augenblick«, sagte Glasman. »Es geht hier immerhin um eine halbe Million Dollar, mein Freund. Wir zweifeln zwar nicht an Ihren Worten, aber wir sollten Sie doch besser durchsuchen und uns vergewissern, ob . . .«

»Glasman«, warnte Burger, »so können Sie Mr. Oafley nicht behandeln.« Er wandte sich an Oafley. »Ich bedauere, daß Mr. Glasman sich so taktlos ausdrückte; aber mir ist dieser Gedanke auch schon gekommen, und ganz sicher werden auch Sie ihn verstehen. Es geht um eine große Summe Geldes. Nehmen Sie an, der Absender des Telegramms macht plötzlich geltend, Sie seien im Garten gewesen und hätten das Geld gefunden!«

»Ich habe es aber nicht gefunden!« wehrte sich Oafley.

»Würden Sie sich freiwillig einer Durchsuchung unterziehen?«

Oafley sah finster drein. »Meinetwegen«, brummte er, »so durchsuchen Sie mich schon.«

Sie tasteten ihn eingehend ab.

Burger nickte befriedigt. »Es ist nur eine notwendige Feststellung, zur Klärung der Situation. Vielleicht werden Sie später sehr froh darüber sein, mit uns zusammengearbeitet zu haben.«

»Das wage ich zwar zu bezweifeln, aber ich will keinen ernstlichen Einspruch gegen diese Behandlung erheben, weil ich Ihre Situation begreifen kann. Darf ich mich jetzt umziehen gehen?«

Burger schüttelte den Kopf. »Lieber nicht. Setzen Sie sich. Sie werden bald trocken sein.«

Oafley seufzte. »Schön, aber dann wollen wir uns wenigstens einen Whisky genehmigen. Sie sehen auch alle aus, als ob Sie reichlich lange im Regen gestanden hätten! Welche Marke?«

»Irgendeine«, antwortete Mason, »wenn es nur Whisky ist.«

Oafley warf ihm einen forschenden Blick zu und drückte dann auf eine Klingel.

Ein Mann, der quer über seinem rechten Backenknochen eine weißliche Narbe hatte, die seinem Gesicht den Ausdruck hämischer

Freude verlieh, erschien unter der Tür. »Sie haben geläutet?« fragte er Oafley.

»Ja. Bringen Sie uns Whisky, James. Scotch und von dem Bourbon.«

Der Mann nickte und wandte sich zum Gehen.

»Jim Brandon«, erklärte Oafley. »Er arbeitet als Chauffeur und Butler bei uns.«

»Wo hat er sich so schwer verletzt?« fragte Burger.

»Bei einem Autounfall, glaube ich. – Sie sind Mr. Burger, der District Attorney, nicht wahr?«

»Ja.«

Oafley sagte langsam: »Ich bedaure, daß Edith De Voe geredet hat.«

»Wieso?«

»Weil der Brand nicht durch die Gase aus Sams Auspuff entstanden ist. Das ist ja praktisch unmöglich.«

»Wo ist Ihr Telefon?« fragte Glasman ziemlich unvermittelt.

»Draußen im Korridor. Ich werde es Ihnen zeigen ... oder James kann das übernehmen.«

»Nicht nötig. Unterhalten Sie sich nur mit dem Chef. Ich werde es schon selbst finden.«

»Haben Sie jemals von Kohlenoxydvergiftungen gehört, Mr. Oafley?«

»Natürlich.«

»Wissen Sie, daß Kohlenoxyd entsteht, wenn der Motor eines Autos läuft?«

»Aber was hat denn Kohlenoxyd mit dieser Sache zu tun? Es ist schließlich kein brennbares Gas.«

»Es ist ein tödliches Gas!«

Der scharfe und endgültige Ton in Burgers Stimme ließ Oafley entsetzt die Augen aufreißen.

»Großer Gott«, stieß er hervor, »Sie denken doch nicht vielleicht ...? Nein, das wäre doch undenkbar! Das kann ich niemals glauben!«

»Was immer Sie nun glauben oder nicht glauben können, Mr. Oafley – wir müssen verschiedene Auskünfte bekommen! Wir haben auf dem Weg hierher Sam Laxters Wagen in der Garage besichtigt und darin einen langen Schlauch gefunden.«

»Ja, Edith sagte, sie habe ihn auch ganz deutlich gesehen.« Das stellte Oafley ohne Erstaunen fest.

»Wo ist Sam Laxter jetzt?«

»Das weiß ich nicht. Er ist ausgegangen.«

»Wie das? Sein Wagen steht doch in der Garage.«

»Ja, *sein* Wagen schon. Er wollte ihn nicht naß werden lassen. Der Chauffeur hat ihn im Packard in die Stadt gefahren und den Packard sofort wieder zurückgebracht. Ich weiß nicht, wie Sam nach Hause kommen will, es sei denn, der Chevrolet steht irgendwo in der Stadt.«

»Der Chevrolet?«

»Ja, das ist eine Art Dienstwagen. Meistens benutzt ihn Ashton, aber wir brauchen ihn zu allen möglichen Besorgungen und Botengängen.«

»Haben Sie auch einen Wagen?«

»Jawohl. Der Buick in der Garage gehört mir.«

»Und der große Packard?«

»Den hat mein Großvater kurz vor seinem Tode noch gekauft.«

»Die Autos konnten vor dem Feuer gerettet werden?«

»Ja, denn die Garage war im Tiefparterre des einen Flügels.«

»Das heißt, daß das Feuer in ganz entgegengesetzter Richtung seinen Anfang nahm?«

»Es muß in der Nähe von Großvaters Schlafzimmer ausgebrochen sein.«

»Können Sie sich vorstellen, wie?«

»Nein . . . Hören Sie, Mr. Burger, ich möchte, daß Sie alle diese Dinge mit Sam besp echen. Ich bin in einer sehr verzwickten Lage. Sam ist immerhin mein Verwandter. Als mir Edith De Voe diese Geschichte von den Abgasen erzählte, habe ich offen gestanden gar nicht richtig hingehört. Natürlich wäre mir diese Kohlenoxydtheorie nicht im Schlaf eingefallen. Und ich kann auch nicht daran glauben! Es muß einfach eine andere Erklärung dafür geben!«

Glasman trat wieder ein. »Das Telegramm ist echt. Es wurde telefonisch aufgegeben und mit ›Ein Freund‹ unterzeichnet; aber die Telefonnummer des Absenders ist Exposition sechs-zwei-dreineun-acht, und diese Nummer gehört Winnies Waffelstube.«

Mason sprang auf. »Das ist nicht wahr!«

»Mason, was soll das heißen!« herrschte Burger ihn an. »Mischen Sie sich nicht ein!«

»Und ob ich mich einmische!« fauchte Mason zurück. »Sie können es mir nicht verbieten, Burger! Winifred Laxter hat dieses Telegramm nicht abgeschickt!«

Oafley starrte Tom Glasman an. »Nein«, stotterte er, »Winifred hat ... sie würde bestimmt kein solches Telegramm aufgeben. Da muß ein Irrtum vorliegen.«

»Natürlich, zum Teufel!« explodierte Mason. »Man kann mit Leichtigkeit eine andere Nummer angeben bei einer telefonischen Telegrammaufgabe!«

»Klar, klar«, höhnte Glasman, »Ihre Mandanten sind ja immer die armen Opfer übler, bösartiger Machenschaften!«

»Sie ist nicht meine Mandantin!«

»Wer ist denn eigentlich Ihr Mandant?«

Mason mußte lachen. »Eine Katze.«

Ein Augenblick vollkommener Stille. Man hörte einen Wagen den Hügel herauffahren. Scheinwerfer huschten über die Fenster, und eine Hupe heulte gebieterisch auf. Jim Brandon, der eben mit einem Tablett, auf dem Flaschen und Gläser standen, ins Zimmer trat, stellte es rasch ab und wollte zur Eingangstür eilen, als die Hupe zum zweitenmal ertönte.

»Das ist Mr. Sam«, stellte er fest.

Burger hielt ihn am Ärmel fest. »Nicht so rasch, warten Sie.«

Glasman öffnete die Tür, als die Hupe wieder lärmte. »Gehen Sie, Jim, sehen Sie nach, was er wünscht.«

Jim Brandon schaltete die Beleuchtung vor dem Haus ein und ging auf die Terrasse hinaus. »Jim, ich habe einen unangenehmen Unfall gehabt«, schrie Sam Laxter. »Kommen Sie! Stellen Sie den Wagen fort!«

Burger schob einen Vorhang beiseite. Das helle Licht des Eingangs beleuchtete einen ziemlich altmodischen Chevrolet, dessen Windschutzscheibe zerbrochen war und der vollkommen zerbeulte Kotflügel und Stoßstangen aufwies. Sam Laxter kroch hinter dem Steuer hervor. Sein Gesicht war zerschnitten, und um seinen rechten Arm hatte er ein blutiges Taschentuch gewickelt.

Burger ging zur Tür. Noch ehe er sie erreichte, durchschnitten wieder Scheinwerferkegel die regennasse Nacht. Ein Wagen bog in die Auffahrt ein und hielt vor dem Haus an. Eine schlanke Gestalt sprang heraus, rannte mit allen Zeichen der Erregung die Freitreppe hinauf, sah Sam Laxter dort stehen und blieb wie angewurzelt stehen.

Perry Mason kicherte und flüsterte Burger zu: »Wir haben keinen Geringeren als den ehrenwerten Zeitgenossen Nathaniel Shuster in unserer Mitte! Im Verlaufe der nächsten halben Stunde werden Sie herausfinden, ob er Sam Laxter nachfuhr, weil er wußte, daß Sie hier sein würden, oder ob er rein zufällig auftauchte.«

Shusters Stimme überschlug sich beinahe, als er rief: »Haben Sie es schon gehört? Haben Sie es gehört? Wissen Sie, was sie machen? Sie haben einen Befehl bekommen, den Leichnam Ihres Großvaters auszugraben, und sie sind auf den Friedhof gegangen und haben ihn exhumiert!«

Sam Laxters blutverkrustetes Gesicht verzog sich zu einer erstaunten Grimasse. Frank Oafley, der neben Burger stand, stieß hervor: »Was zum Teufel ist das?«

»Immer mit der Ruhe«, mahnte Glasman.

»Ich habe das eben herausbekommen, worauf ich sofort Nachforschungen anstellte. Man hat die Leiche bereits ausgegraben. Wünschen Sie, daß ich gerichtliche Schritte untern ...«

Er verstummte plötzlich, als er Burger im Eingang stehen sah.

»Kommen Sie herein, Shuster«, rief Burger ihm zu. »Sie werden naß da draußen.«

Auf Sam Laxters Gesicht funkelten Regentropfen. Aus der Wunde an seiner Wange tropfte unablässig Blut. Seine Lippen zitterten vor Erregung. »Was ist hier los?« keuchte er.

»Ich führe eine Untersuchung durch«, erklärte Burger, und ich möchte Sie verschiedenes fragen. Haben Sie etwas dagegen?«

»Nein, natürlich nicht«, erwiderte Laxter, »aber die Art, wie Sie vorgehen, paßt mir nicht! Wie kommen Sie dazu, Großvaters Leichnam ...«

»Keine Fragen! Keine Fragen!« kreischte Shuster. »Nicht ohne mein Beisein und nicht ohne meine Einwilligung!«

»Ach, Quatsch, Shuster«, fuhr ihn Laxter an. »Ich kann doch bestimmt noch selbst auf Fragen antworten, die mir der District Attorney stellen will!«

»Seien Sie vernünftig«, schrie Shuster hysterisch. »Der District Attorney ist es ja gar nicht! Die ganze Sache hat dieser zudringliche Kerl, dieser Mason, angezettelt. Alles wegen der verdammten Katze! Antworten Sie nicht! Sonst stecken Sie plötzlich in einem Schlamassel, und was dann? Dann können Sie Ihre Erbschaft suchen gehen! Und Mason triumphiert! Und Winifred erbt alles! Die Katze kann lachen ...«

»Halten Sie den Mund, Shuster!«, befahl Burger barsch. »Ich werde mit Sam Laxter sprechen, und zwar ohne Ihre Einmischung! Kommen Sie, Laxter. Brauchen Sie einen Arzt?«

»Nein, ich glaube nicht. Ich kam ins Schleudern und fuhr in einen Telefonmasten. Der Anprall warf mich nach vorn, und der rechte Unterarm ist bös zerschnitten; aber ich glaube, wenn ich die Wunde auswasche und einen sauberen Verband anlege, geht es schon. Später kann man ja dann einen Arzt holen; aber ich will Sie nicht länger warten lassen.«

Shuster rannte auf ihn zu. »Bitte«, flehte er, »bitte! Sagen Sie nichts!«

»Ruhe!« sagte Burger nur, und dann ging er mit Laxter ins Haus, gefolgt von Glasman. Shuster schlich ihnen nach wie ein alter Mann, dem jeder Schritt eine Anstrengung bedeutet.

Jim Brandon, der im Korridor stand, wollte ihn aufhalten. »Ich weiß nicht, ob Sie hineingehen dürfen.«

»Seien Sie doch nicht dumm!« zischte Shuster ihn an. Dann sprach er im Flüsterton auf den Mann ein, aber was er ihm sagte, blieb für Perry Mason und Drake unhörbar.

Das Telefon klingelte. Nach einigen Minuten erschien eine dicke Frau mit verschlafenen Augen. Sie schlurfte durch den Korridor und hielt einen Bademantel um sich zusammengerafft. Sie hob den Telefonhörer ab und brummte ein unfreundliches, schlaftrunkenes ›Hallo‹ hinein. Dann wurde sie sofort wacher und schien erstaunt zu sein. »Ach, Miss Winifred? . . . Ja, ich kann ihn holen. Er schläft natürlich, aber . . . Wie? Mr. Mason soll Sie sofort anrufen, wenn er kommt?«

Perry Mason war mit zwei Schritten neben ihr. »Ich bin Mr. Mason. Für mich?«

Sie reichte ihm den Hörer. »Es ist Miss Winifred Laxter«, teilte sie ihm mit.

Mason meldete sich, und Winifreds Stimme kam schrill und aufgeregt aus der Hörmuschel. »Gott sei Dank, daß ich Sie erreiche! Ich wußte nicht, wo Sie zu finden wären! Nun wollte ich Ashton eine Nachricht für Sie hinterlassen. Es ist etwas Schreckliches passiert. Sie müssen sofort kommen.«

Mason antwortete sehr vorsichtig. »Ich bin im Augenblick noch hier beschäftigt. Könnten Sie mir in großen Zügen sagen, was geschehen ist?«

»Ich weiß es nicht, aber Douglas ist in großen Schwierigkeiten . . . Sie wissen doch – Douglas, Sie trafen ihn hier . . . Douglas Keene . . .«

»Und was ist ihm widerfahren?«

»Ich weiß es nicht, aber ich muß Sie sofort sprechen.«

»Ich werde in zehn Minuten von hier fortgehen. Eher geht es wirklich nicht. Hier ist auch allerhand los, woran ich sehr interessiert bin. Wo kann ich Sie treffen?«

»Ich bin im Geschäft. Licht wird nicht mehr brennen, aber kommen Sie einfach herein.«

»Gut«, sagte Mason nervös. »Ich komme.«

Mason legte eben den Hörer auf, als Shuster mit kleinen, aufgeregten Schritten durch den Korridor gelaufen kam. Er packte Perry Masons Mantelaufschlag.

»Das können Sie nicht tun!« Er heulte beinahe. »So können Sie nicht weitermachen! Es ist ungeheuerlich! Ich werde Sie bei der Anwaltskammer anzeigen! Das sind Allüren eines Winkeladvokaten!«

Mason legte seine flache Hand auf die Brust des kleinen Mannes und schob ihn auf Armlänge von sich. »Sie sollten Dozent werden, Bester! Niemand könnte Ihnen den Vorwurf machen, daß Sie trokkene Vorlesungen halten!« Dann zog er sein Taschentuch hervor und trocknete sich ostentativ das Gesicht ab. Shuster hüpfte wieder herum wie ein aufgeregter Foxterrier um einen Stier. »Sie wußten ganz genau, daß Sie dieses Testament nicht anfechten konnten, weil es klar und goldrichtig ist! Deshalb versuchen Sie nun, meinen Klienten eine Mordanklage anzuhängen. Aber das wird Ihnen auch nicht gelingen! Sie und Ihr Hausverwalter werden noch in Teufels Küche kommen! Sie werden schon sehen!«

Er brach ab, weil District Attorney Burger mit Glasman hereinkam. Burgers Gesicht drückte Verblüffung aus. »Mason, wissen Sie etwas über die Diamanten, die Ihr Mandant Ashton in seinem Besitz hat?«

Mason schüttelte den Kopf. »Wir können ihn ja danach fragen.«

»Jawohl, ich glaube, wir werden den Hausverwalter jetzt aufsuchen, aber ohne ihn vorher davon zu verständigen.«

»Angesichts der Umstände«, wagte Perry Mason vorzuschlagen, »wäre es vielleicht fair, mir zu sagen, was Sie eigentlich damit bezwecken?«

»Kommen Sie«, antwortete Burger, »und Sie werden es sehr bald begreifen. Aber bitte, unterbrechen Sie mich nicht, und fragen Sie nichts.«

Shuster rannte um den Tisch herum. »Passen Sie auf ihn auf«, keifte er. »Er hat diese ganze Affäre provoziert!«

»Maul halten«, brummte Tom Glasman über seine Schulter.

»Bitte, Mrs. Pixley«, wandte sich Burger an die dicke Frau, die nun gar nicht mehr verschlafen aussah und deren Mund im Gegensatz zu ihrer übrigen Molligkeit hart und verkniffen wirkte, »zeigen Sie uns den Weg zu Mr. Ashtons Schlafzimmer.«

Sie ging voran und führte die Männer eine Treppe hinunter ins Untergeschoß. Sie öffnete eine Tür, überquerte einen Gang mit Zementboden, blieb dann vor einer Zimmertür stehen und fragte: »Soll ich klopfen?«

»Nur, wenn die Türe abgesperrt ist.«

Sie drehte den Türknauf, öffnete und trat etwas beiseite, als sie die Tür aufstieß.

Mason konnte nicht in das Zimmer hineinblicken, aber er sah das Gesicht der Frau, das vom herausfallenden Licht beleuchtet wurde. Das schwammige Gesicht schien zu erstarren vor Entsetzen. Die harten Lippen öffneten sich. Und dann schrie sie.

Burger sprang auf sie zu. Die Haushälterin schwankte, warf die Arme hoch und fiel zu Boden. Glasman war mit einem Sprung im Zimmer des Hausverwalters. Oafley faßte die Frau unter den Armen. »Ruhe«, sprach er ihr zu. »Was ist denn?«

Mason drängte sich auch in das Zimmer.

Charles Ashtons Bett stand unter dem Fenster, das sozusagen ebenerdig lag. Es wurde durch ein Stück Holz offengehalten, nicht weit, höchstens zwanzig Zentimeter, eben genug, damit eine Katze durchschlüpfen konnte.

Direkt unter diesem Fenster stand das Bett. Es war mit einem weißen Bettüberwurf bedeckt, über den eine Menge schmutziger Katzenpfoten liefen. Nicht nur über die Decke, sondern auch über das Kissen.

Auf dem Bett lag mit gräßlich verzerrtem Gesicht Charles Ashton. Ein Blick auf die vorquellenden Augen und die heraushängende Zunge genügte, und die Männer wußten, auf welche Art der Mann getötet worden war.

»Räumen Sie das Zimmer«, befahl Burger Glasman. »Rufen Sie das Überfallkommando an. Behalten Sie Sam Laxter in den Augen, bis die Sache abgeklärt ist. Ich werde mich inzwischen hier umsehen. Los!«

Glasman stieß Perry Mason mit der Schulter an. »Gehen wir«, sagte er.

Mason verließ das Zimmer. Glasman schlug die Tür zu. »Ich muß zum Telefon. Oafley, bleiben Sie da.«

»Warum sollte ich weggehen wollen?« fragte Oafley gereizt.

»Geben Sie keine Auskünfte! Geben Sie keine Auskünfte! Bitte nicht!« Shuster gebärdete sich vollkommen irrsinnig. »Schweigen Sie! Lassen Sie mich reden! Verstehen Sie denn nicht? Das ist Mord! Lassen Sie sich auf nichts ein! Seien Sie . . .«

Glasman machte einen Schritt auf ihn zu. »Entweder machen Sie jetzt Ihren Mund zu, oder ich werde ihn Ihnen stopfen, damit Sie eine Weile schweigen!«

»Was wollen Sie eigentlich?« fuhr nun auch Oafley den kleinen Anwalt an. »Mir liegt genauso wie der Polizei an einer baldigen Aufklärung dieser Sache. Sie sind ja hysterisch! Schweigen Sie!«

Die Gesellschaft ging die Treppe hinauf. Perry Mason bildete den Schluß der Prozession. Er flüsterte Paul Drake ins Ohr: »Bleib da, Paul, und beobachte alles, was geschieht. Was du nicht sehen kannst, versuche wenigstens zu hören.«

»Verschwindest du?«

»Jawohl, ich verdrücke mich.«

Oben an der Treppe, die aus dem Untergeschoß hinaufführte, rannte Glasman sofort ans Telefon. Perry Mason wandte sich nach rechts, durchquerte eine Küche, schloß eine Türe auf, stieg einige Treppenstufen hinunter und stand wieder im Regen.

8

Das elektrisch beleuchtete Firmenschild von Winnies Waffelstube war dunkel. Über dem Eingang brannte ein Licht. Perry Mason drückte die Türklinke nieder, und die Tür gab nach. Er ging den Korridor entlang und gelangte an eine Schwingtür. Der Raum dahinter war finster. Er hörte ein Schluchzen. »Hallo«, rief er leise, worauf ein Lichtschalter knackte. Dann verbreitete eine Tischlampe mit einem rosa Seidenschirm weiches Licht.

Winifred Laxter saß auf dem Bett. Ihre Augen waren rot vom Weinen. Eine große Perserkatze lag behaglich eingerollt neben ihr und schnurrte vernehmlich. Als das Licht plötzlich aufzuckte, machte sie einen gewaltigen Buckel und sah Perry Mason aus glühenden Augen an. Dann kniff sie die Augen zusammen, streckte die Pfoten weit von sich und begann wieder zu schnurren.

»Was ist los?« fragte Mason.

Das Mädchen deutete nur hilflos auf das Telefon, als liege in dieser Bewegung die Erklärung für alles. »Und ich glaubte, nun restlos glücklich zu sein«, jammerte sie.

Mason zog einen Stuhl neben sie und setzte sich. Er erkannte, daß sie einem hysterischen Anfall nahe war, und sprach ganz leichthin und im selbstverständlichsten Ton der Welt. »Eine sehr hübsche Katze.«

»Das ist Clinker.«

Mason hob die Augenbrauen.

»Ja, Doug ging hinaus und holte ihn.«

»Weshalb?«

»Weil er fürchtete, Sam könnte ihn sonst vergiften.«

»Wann ging er hinaus?«

»Gegen zehn Uhr. Ich schickte ihn hin.«

»Hat er mit Ashton gesprochen?« Mason schien diese Frage ganz geistesabwesend zu stellen.

»Nein, Ashton war nicht dort.«

»Sie haben es recht einsam hier«, plauderte er weiter.

»Jetzt wird es erst einsam werden!« schluchzte sie auf.

»Sobald Sie sich etwas gefaßt haben, müssen Sie mir Ihren Kummer erzählen, ja?« sagte er freundlich. »Um wieviel Uhr ist Keene bei Ashton weggegangen?«

»Ungefähr um elf, denke ich.«

»Er war also etwa eine Stunde dort.«

»Ja.«

»Hat er gewartet, daß Ashton zurückkam?«

»Ich glaube.«

»Und dann brachte er Ihnen die Katze?«

»Ja.«

»Warten Sie – wann hat es zu regnen begonnen? Vor oder nach elf Uhr?«

»Oh, viel früher! Um neun schon.«

»Und wann genau brachte er Ihnen die Katze?«

»Genau weiß ich es nicht. Ich hatte eben die Waffeln gebacken, die ich nach Theaterschluß noch brauchte. Warum fragen Sie mich all das?«

»Reine Konversation«, sagte Mason und lächelte. »Ich möchte

Sie beruhigen. Hat jemand vom Personal Douglas eintreten lassen?«

»Ins Stadthaus, meinen Sie? Nein. Ich habe Doug meinen Schlüssel gegeben, weil ich nicht wollte, daß Sam erfährt, daß ich die Katze zu mir genommen habe. Großvater hatte mir diesen Schlüssel noch selbst gegeben, und ich gab ihn nie zurück – ich hätte ja auch gar nicht gewußt, wem.«

»Warum haben Sie Ashton nichts davon gesagt, daß Sie die Katze holen ließen? Wird er sich nicht um sie ängstigen?«

»Er wußte, daß Doug kommen würde. Ich habe ihn angerufen.«

»Wann?«

»Bevor er ausging.«

»Wann ging er aus?«

»Das weiß ich nicht, aber wir sprachen miteinander und beschlossen, daß es in Anbetracht der Umstände das beste sei, wenn Clinker eine Weile zu mir käme. Dann sagte er noch, er würde Doug erwarten, aber ich solle ihm doch meinen Schlüssel mitgeben, damit Sam nichts erfährt.«

»Aber dann war Ashton nicht da, als Doug kam?«

»Nein. Doug wartete eine Stunde lang. Dann nahm er die Katze und ging.«

Mason, der in den Stuhl zurückgelehnt saß, sah dem Zigarettenrauch nach, der in Spiralen zur Decke stieg.

»Clinker schläft immer auf Ashtons Bett, nicht wahr?«

»Ja.«

»Sind noch andere Katzen da?«

»Im Haus? Nein. Clinker würde jede verjagen. Er ist sehr eifersüchtig, auf Onkel Charles ganz besonders.«

»Onkel Charles?«

»Ich nannte den Verwalter manchmal Onkel Charles.«

»Ein eigenartiger Kauz, nicht?«

»Eigenartig, ja, wenn Sie wollen, aber ein feiner Kerl.«

»Ist er ehrlich?«

»Natürlich ist er ehrlich!«

»Aber ein Geizkragen, nicht?«

»Wenn er Geld hätte, wäre er wahrscheinlich einer, aber er hat ja gar keines.«

Mason nickte und wartete, daß sie weitersprechen würde.

»Aber ich wollte Sie ja wegen Douglas sehen«, fuhr sie plötzlich fort. »Irgend etwas Schreckliches ist geschehen, und Douglas fürchtet, ich könnte hineingezogen werden. Er selbst hat auch damit zu tun – aber ich weiß nicht, weshalb.«

»Was ist passiert?«

»Ein Mord«, schluchzte sie.

»Nun, nun, nun«, versuchte Mason sie zu beruhigen und setzte sich neben sie auf das Bett. »Los, erzählen Sie mir der Reihe nach.«

»Ich weiß ja gar nichts! Ich weiß nur, daß Doug mich anrief und furchtbar aufgeregt war. Es sei ein Mord geschehen, sagte er, und er lasse nicht zu, daß ich hineingezogen werde. Er würde verschwinden und nie mehr zurückkommen, und ich solle nichts sagen und niemandem antworten, der nach ihm frage.«

»Wer wurde ermordet?«

»Das sagte er mir nicht.«

»Wie könnten Sie in die Sache verwickelt werden?«

»Wahrscheinlich nur, weil ich ihn kenne. Das ist doch zu dumm! Aber ich habe das Gefühl, als hängt alles mit Großvaters Tod zusammen.«

»Wann rief Keene hier an?«

»Ungefähr eine Viertelstunde, bevor ich mit Ihnen sprach. Ich habe Sie überall gesucht, und dann erst kam mir der Gedanke, daß ich Sie vielleicht über Ashton erreichen könnte.«

»Wußten Sie«, sagte Perry Mason ganz langsam und deutlich, »daß Ihr Großvater ermordet worden ist?«

Sie starrte ihn aus weitaufgerissenen Augen an. »Großvater? Nein!«

»Kehren wir einen Moment zu der Katze zurück«, lenkte Mason ab. »Clinker ist also seit ungefähr elf Uhr bei Ihnen?«

»Ja, kurz nach elf muß es gewesen sein.«

Perry Mason nahm die Katze auf den Arm und streichelte sie. »Charles Ashton ist heute nacht ermordet worden«, sagte er leise. »Ich weiß nicht genau, warum. Er wurde erwürgt, vermutlich kurz nachdem er zu Bett gegangen war. Über die ganze Bettdecke und die Kissen liefen nasse, schmutzige Katzenpfoten. Sogar auf seiner Stirn war ein Pfotenabdruck.«

Sie war aufgesprungen und starrte Mason entsetzt an. Die blutleeren Lippen öffneten sich, aber sie konnte nicht schreien.

Perry Mason ließ die Katze auf das Bett fallen und nahm Winifred in die Arme. Er streichelte ihr Haar. »Ruhig, Mädchen«, murmelte er, »ruhig. Ich nehme die Katze mit. Wenn jemand herkommt und Fragen stellt, verweigern Sie die Antwort, was immer man Sie fragen wird.«

Sie setzte sich wieder auf das Bett. Die Beine schienen ihr den Dienst zu versagen. Panische Angst stand ihr im Gesicht geschrieben. »Er hat es nicht getan«, stöhnte sie, »er kann es nicht getan haben! Ich liebe ihn. Er ist der feinste Kerl auf Gottes weiter Welt! Ich wußte lange nicht, wie gut er ist, weil er nicht viel redet und keine großen Worte macht. Aber er ist ehrlich und anständig. Er könnte keiner Fliege etwas zuleide tun!«

»Vor allen Dingen muß ich jetzt einen Platz für die Katze finden«, unterbrach Mason ihr schluchzendes Gestammel. »Begreifen Sie, was es bedeutet, daß Pfotenspuren auf dem Bett sind? Das bedeutet, daß die Katze dort war, nachdem der Mord geschehen war.«

»Aber das ist unmöglich!« schrie sie auf.

»Natürlich ist es unmöglich, aber das müssen wir anderen vor Augen führen können. Die Frage ist nur, ob Sie dazu mutig und stark genug sind?«

Sie nickte.

Perry Mason nahm die Katze wieder auf und ging zur Tür.

»Hören Sie«, rief sie plötzlich, »ich weiß nicht, ob ich mich klar genug ausgedrückt habe, aber Sie müssen Doug verteidigen. Sie müssen ihn suchen und mit ihm sprechen. Er ist kein Mörder. Das müssen Sie beweisen, und Sie müssen verhindern, daß er sich opfert . . . Verstehen Sie mich?«

»Ich verstehe Sie«, sagte er ernst.

Sie trat zu ihm und legte ihm die Hände auf die Schultern. »Er ist klug genug, daß ihn die Polizei nicht finden kann . . . Ich weiß, daß Sie das bezweifeln, aber Sie wissen nicht, wie gescheit Douglas ist! Man wird ihn nie, niemals aufspüren können. Und ich weiß, was das für mich bedeuten würde! Man würde annehmen, daß er mit mir in Verbindung ist, man würde meine Post überwachen, mein Telefon abhören und alles unternehmen, um Douglas zu erwischen.«

Er nickte und strich mit der freien Hand beruhigend über ihre Schulter.

»Ich will alles bezahlen . . . Ihr Honorar . . .«

»Darüber können wir später einmal sprechen«, unterbrach er sie. »Wir müssen zuerst ganz genau wissen, wo wir eigentlich stehen.

Wenn Douglas Keene schuldig ist, dann soll er sich stellen und jeden mildernden Umstand geltend machen.«

»Er ist unschuldig! Er kann nicht schuldig sein!«

»Gut, wenn er unschuldig ist, dann müssen Sie vor allen Dingen diese verdammte Katze loswerden! Sonst kann man gerade *Ihnen* die Schuld an diesem Mord zuschieben! Verstehen Sie?«

Sie nickte schweigend.

»Ich sollte eine Schachtel oder etwas ähnliches haben, worin ich die Katze transportieren kann.«

Sie ging rasch zu einem Schrank und brachte eine große Hutschachtel. Mit zitternden Fingern grub sie ein paar Luftlöcher in den Deckel.

»Ich will ihn selbst hineinsetzen«, bat sie. »Er wird es besser verstehen, wenn ich es tue... Clinker, du mußt jetzt mit dem Mann weggehen, hörst du, und du mußt eine ganz brave Katze sein.«

Sie setzte das Tier in die Schachtel, streichelte eine Weile sein glattes Fell und stülpte dann behutsam den Deckel über das enge Gefängnis. Dann überreichte sie die Schachtel Perry Mason.

Der Anwalt nahm die Schachtel und lächelte Winifred beruhigend an. »Also! Bleiben Sie hier, und vergessen Sie nicht: keine Fragen beantworten! Sie werden von mir hören.«

Sie öffnete die Tür für ihn, und Mason trat wieder in die windige, kalte Nacht hinaus. Die Katze in der Schachtel bewegte sich heftig.

Mason sprach ihr zu, stellte die Schachtel behutsam in seinen Wagen und ließ den Motor anspringen.

Von einem Restaurant aus, wo der Kellner die Hutschachtel neugierig musterte, rief Mason seine Sekretärin an. Nach wenigen Sekunden hörte er Della Streets schlaftrunkene Stimme.

»Okay, Kindchen«, sagte er. »Wachen Sie auf! Spritzen Sie sich kaltes Wasser ins Gesicht, schlüpfen Sie in irgend etwas Warmes, und seien Sie bereit, mir sofort die Tür zu öffnen, wenn ich läute. Ich komme unverzüglich zu Ihnen.«

»Wie spät ist es?«

»Etwa ein Uhr.«

Nun war ihre Stimme hellwach. »Großer Gott, Chef! Ich glaubte, daß Sie nur bei Mordfällen die Nacht durcharbeiten! Nun tun Sie das auch in Katzenfällen. Wie um alles in der Welt können Sie wegen einer Katze in solche Schwierigkeiten geraten?«

Mit einem Lachen hängte er den Hörer ein.

9

Della Street, die einen warmen Morgenrock über einer seidenen Pyjamahose trug, saß auf ihrem Bett und sah zu, wie Perry Mason die Schnur löste, die um die Hutschachtel gewickelt war.

»Wecken Sie mich um ein Uhr früh, um mir das Neueste in Hüten vorzuführen?«

Mason streifte die Schnur von dem Deckel. »Ein neuer Beweis dafür, wie man sich an jede Umgebung gewöhnen kann. In der Telefonzelle vorhin hat er sich noch wie toll gebärdet.«

Er hob den Deckel ab. Clinker erhob sich, machte einen Buckel, gähnte und schnupperte die fremde Luft ein. Dann stellte er die Vorderpfoten auf den Rand der Schachtel und sprang elegant auf das Bett. Sofort unterzog er auch Della Street einer eingehenden Untersuchung, rollte sich dann befriedigt zusammen und legte seinen Kopf auf ihre Knie.

»Hat Sie nun auch die Sammelleidenschaft gepackt?« fragte sie. »Dann sollten Sie aber doch besser Briefmarken sammeln. Sie nehmen bedeutend weniger Platz ein.«

Sie kraulte die Katze hinter den Ohren.

»Ich glaube, das ist ein großes Kompliment«, erklärte ihr Perry Mason, »daß er sich so rasch an Sie gewöhnt. Wie ich unterrichtet bin, mag er nur wenige Menschen.«

»Ist es der zukünftige Spielgefährte für die Katze des Hausverwalters?«

»Es *ist* die Katze des Hausverwalters.«

»Und warum haben Sie sie dem Mann weggenommen?«

»Als ich den Hausverwalter das letztemal sah, war er tot. Sein Gesicht war nicht schön. Über sein ganzes Bett liefen schmutzige Pfotenspuren.«

Sie richtete sich interessiert auf. »Wer hat es getan?«

»Ich weiß es nicht.«

»Wer ist in den Augen der Polizei der Täter?«

»Es können verschiedene Leute an Ashton interessiessiert gewesen sein. Es deutet einiges darauf hin, daß der Verwalter rund eine Million Dollar in bar in seinem Besitz hatte. Für eine Million Dollar sind Menschen imstande, allerhand zu tun. Ferner spielen da auch noch einige sehr wertvolle Diamanten eine wichtige Rolle. Es wäre möglich, daß Ashton auch sie verwahrte. Ich habe außerdem den grünen Packard entdeckt, der Ashton folgte, als er mein Büro verließ, und zwar in der Garage von Peter Laxters Haus.«

»Und wen vertreten wir?«

»Den Freund eines Mädchens, das eine Waffelstube führt.«

»Vorschuß?«

»Essen Sie gern Waffeln?« wich er aus.

»Chef!« Ihre Augen waren ehrlich verstört. »Sie können doch nicht einen Mordfall übernehmen, ohne vorher einen Vorschuß verlangt zu haben!«

»Trotzdem habe ich es getan.«

»Sie sind unverbesserlich! – Wie kommen Sie zu der Katze?«

»Sie wurde mir übergeben.«

»Von wem?«

»Von dem Waffelmädchen. Aber das sollen wir beide vergessen.«

»Und soll ich sie nun hier behalten und bewachen?«

»So gut wie irgend möglich! Oder noch besser wäre es, wenn Sie sie einer Freundin bringen könnten. Die Polizei wird vermutlich nach der Katze suchen, denn ich glaube, daß sie in dem Mordfall eine wichtige Rolle spielt.«

»Bitte, setzen Sie nicht ihre ganze Stellung aufs Spiel, indem Sie sich da einmischen. Lassen Sie dieser Sache ihren Lauf. Fahren Sie nach Asien. Wenn jemand verhaftet wird, verteidigen Sie ihn, wenn es sein muß, aber mischen Sie sich nicht freiwillig in diese Affäre!«

Perry Mason nahm ihre rechte Hand in die seine.

»Della, Sie sind ein lieber Kerl! Aber was Sie vorschlagen, ist einfach unmöglich. Ich würde mich auf dem Schiff vielleicht drei Tage lang ausruhen, aber dann würde mich die Untätigkeit verrückt machen. Ich muß einfach unter Hochdruck arbeiten können, und aus diesem neuen Fall werde ich viel mehr Kräfte schöpfen als aus der längsten Asienreise.«

»Glauben Sie, daß der junge Mann, von dem Sie sprachen, des Mordes angeklagt werden wird?«

»Sehr wahrscheinlich.«

»Ich nehme an, daß auch er Sie nicht bezahlt hat?«

Mason schüttelte ungeduldig den Kopf. »Der Teufel hole das Geld! Wenn Menschen, die so anständig leben, wie es ihnen nur möglich ist, eines Verbrechens angeklagt werden, das sie nicht begangen haben, dann will ich ihnen eben beistehen!«

»Und wenn er nun wirklich schuldig wäre?«

»Dann werde ich alles Entlastungsmaterial ausfindig machen und ihm zu einer möglichst milden Strafe zu verhelfen suchen, oder er soll sich einen anderen Anwalt nehmen.«

»Eine sehr orthodoxe Führung einer Anwaltspraxis ist das nicht.« Aber es lag kein Vorwurf in ihrer Stimme und in ihren Augen.

»Wer legt denn Wert auf Orthodoxie?« fragte Mason und grinste.

Er ging zur Tür. »Hüten Sie mir die Katze, und verlieren Sie sie nicht! Sie heißt Clinker. Wenn Clinker eine Möglichkeit dazu sieht, reißt er aus! Aber wir werden ihn sicher später brauchen!«

»Wird die Polizei ihn hier suchen?«

»Ich glaube nicht. Nicht sofort jedenfalls. Die Dinge sind noch zu unübersichtlich ... Wollen Sie mich noch ermahnen, nicht zu nahe zum Wasser zu gehen?«

Sie lächelte, und es war Stolz und Zärtlichkeit in ihrem Lächeln. »Nein, aber bitte lassen Sie es nicht soweit kommen, daß es Ihnen über dem Kopf zusammenschlägt!«

»Vorläufig habe ich noch nicht einmal nasse Füße«, versicherte er, »aber eine innere Stimme sagt mir, daß dies bald der Fall sein wird.«

Er zog leise die Tür hinter sich zu, betrat die Straße und fuhr zu Edith De Voes Wohnung. Dort zog er einen Schlüsselbund hervor; er zögerte noch einen Augenblick, während er auf die Klingel drückte, die über Edith De Voes Namen angebracht war. Als keine Antwort erfolgte, schob er den Dietrich in das Schloß, nach wenigen Sekunden schon sprang der Riegel zurück, und Perry Mason stand in dem langen Korridor des Apartmenthauses. Er klopfte an die Tür von Edith De Voes Wohnung. Als auch darauf keine Antwort erfolgte, bekam sein Gesicht einen gespannten Ausdruck. Er drückte die Türklinke nieder und betrat einen dunklen Raum.

»Miss De Voe«, rief er. Keine Antwort.

Perry Mason drehte das Licht an.

Edith De Voe lag auf dem Fußboden.

Das Fenster, das auf eine kleine Gasse hinausging, war nicht ganz zu. Das Bett war nicht benutzt worden. Die Tote war mit einem dünnen Seidenpyjama bekleidet. Neben ihr lag ein Stück Holz, dessen eines Ende zersplittert war und das auf der anderen Seite einen tiefroten Fleck aufwies.

Perry Mason schloß die Tür sorgfältig ab. Dann trat er vor und sah auf die Tote nieder. Der Schädel war fast an seiner Basis eingeschlagen worden.

Das Holzstück, das neben der Leiche lag, war offensichtlich als Keule benutzt worden. Die Ecken waren scharf gesägt, das Holz poliert und etwa dreieinhalb Zentimeter dick bei einer Länge von ungefähr fünfzig Zentimetern. In dem roten Fleck zeichnete sich deutlich ein Fingerabdruck ab.

Mason sah sich schnell in der Wohnung um. Er ging ins Badezimmer, wo er auf dem Waschbecken ein blutbeschmiertes Handtuch fand. Im Kamin lag heiße Asche. Mason sah auf seine Uhr. Es war ein Uhr zweiunddreißig. Durch das geöffnete Fenster war Regen eingedrungen, und Sims und Boden unmittelbar unter der Öffnung glänzten vor Nässe.

Mason ließ sich auf die Knie nieder, fühlte nach dem Puls der leblosen Gestalt und hörte, ob sie noch atmete.

Dann ging er rasch zum Telefon, legte sein Taschentuch über den Hörer, um keine Fingerabdrücke zu hinterlassen, und rief das Polizeipräsidium an. Er sprach mit verstellter Stimme. »Eine Frau liegt hier im Sterben – Schlag auf den Hinterkopf – Schicken Sie einen Krankenwagen!« Dann murmelte er noch die genaue Adresse und legte auf.

Er reinigte die Türklinke mit seinem Taschentuch, drehte das Licht aus, trat in den Korridor und zog die Tür hinter sich zu.

Aus einer Wohnung, an der er vorbeiging, klangen Männerlachen und das Klirren von Spielmarken. Mason ging den Korridor entlang. Als er beim Ausgang angelangt war, hörte er ein Auto vorfahren, zögerte, öffnete dann die Tür einen Spalt weit und sah daß Hamilton Burger eben den Wagen verlassen hatte und nun mit dem Rücken zu Mason wartete, daß Tom Glasman ebenfalls aussstieg.

Leise zog Perry Mason die Tür ins Schloß und ging wieder den Korridor entlang. An der Tür, hinter der anscheinend ein lebhaftes Spiel im Gange war, machte er halt und klopfte. Daraufhin entstand drinnen lautlose Stille. Mason klopfte noch einmal. Nach einer Weile öffnete sich die Tür, und eine Stimme fragte: »Wer ist da?«

Mason lächelte schwach. »Ich komme aus der Nebenwohnung, und euer Pokern hält mich wach. Wie wäre es, wenn wir alle schlafen gingen, oder aber, falls der Einsatz nicht zu hoch ist, wenn ihr mich mitspielen ließet? Beides soll mir recht sein.«

Der Mann schien zu zögern, aber von drinnen ertönte eine laute, vergnügte Männerstimme: »Mach ihm auf, und laß ihn herein! Wir können noch einen Spieler brauchen!«

Die Luft in dem Zimmer war verbraucht und stickig. »Also? Wie hoch?« fragte Mason und machte schnell die Tür zu.

»Fünfzig Cent bis zu einem Dollar.«

Mason zog zwanzig Dollar aus seiner Brieftasche. »Das gedenke ich einzusetzen!«

»Großartig«, sagte der Mann mit der lauten Stimme und lachte. »Das ist wie Himmelsbrot! Es tut mir leid, daß wir Sie gestört haben. Ich dachte gar nicht daran, daß man uns hören kann.«

»Macht nichts«, wehrte Perry Mason ab. »Ich spiele ohnehin lieber Poker, als daß ich schlafe. Mein Name ist Mason.«

»Ich heiße Hammonds«, sagte der Mann, der ihn hatte hereinrufen lassen. Dann stellten sich die übrigen Anwesenden vor.

Mason setzte sich, kaufte Chips und hörte Schritte den Korridor entlanggehen bis zur Wohnung von Edith De Voe. Wenig später ertönte eine Sirene.

Die Spieler blickten sich leicht verstört an.

»Wir sollten, glaube ich, besser Schluß machen«, schlug Mason vor, »und unsere Spuren verwischen!«

Einer der Männer sah ihn mißtrauisch an. »Sie sind doch hoffentlich kein Privatdetektiv?«

Mason lachte. »Keineswegs! Sie kommen nicht hierher, Leute. Weiter hinten scheint sie irgend etwas zu interessieren. Vielleicht hat ein Mann seine Frau geprügelt!«

Alle horchten angestrengt in den Korridor hinaus. Hammonds schlüpfte in seinen Mantel. »Okay, dann wollen wir sehen, daß wir weiterkommen. Auf nächste Woche dann!«

Mason streckte sich und gähnte, als er seine Chips einsammelte. »Ich glaube, ich gehe noch aus. Mich gelüstet nach einem Kaffee und einer heißen Waffel.«

»Ich habe meinen Wagen draußen. Soll ich Sie mitnehmen?«

Mason nickte. Gemeinsam verließen sie die Wohnung. Zwei Polizeiautos und ein Krankenwagen warteten vor dem Haus.

Masons Begleiter wurde neugierig. »Was ist da wohl los? Sieht so aus, als sei jemand verletzt worden.«

»Kommen Sie lieber rasch weiter«, drängte Mason. »Ich hasse es, von sturen Polizisten ausgefragt zu werden!«

Sein Begleiter schien der gleichen Meinung zu sein.

10

Perry Mason schloß die Tür zu seinem Privatbüro auf und knipste das Licht an. Er sah auf seine Uhr, ging zum Telefon und rief Drakes Detektivbüro an. Paul Drake war nicht dort; Mason hinterließ die Nachricht, daß Drake ihn so bald wie möglich anrufen sollte. Dann begann er mit vorgeneigtem Kopf ruhelos auf und ab zu gehen.

Nach einigen Minuten klopfte jemand mit den Fingerspitzen an die Korridortür. Perry Mason riß sie auf, und Paul Drake grinste ihm entgegen.

»Nun, Paul?« Er bot dem Privatdetektiv eine Zigarette an und nahm sich selbst eine. »Was ist los?«

»Ziemlich viel.«

»Was geschah, nachdem ich gegangen war?«

»Verschiedenes. Sie nahmen Shuster in die Zange. Er wollte nicht sagen, wer ihm von der Exhumierung erzählt hatte, so rief ich seine Sekretärin an. Sie wartete gerade auf einen Anruf ihres Chefs, und dann erzählte sie mir, daß er ungefähr eine Stunde vor meinem Anruf ein äußerst dringendes Gespräch am Telefon geführt habe. Worüber, wußte sie nicht genau, aber soweit sie verstanden hatte, habe es sich um einen Mord gehandelt.«

»Also nicht um die Ausgrabung der Leiche?«

»Anscheinend nicht.«

»Aber als er zum Haus der Laxters kam, wußte er jedenfalls schon von der Exhumierung.«

»Richtig!«

Mason steckte die Daumen in die Armlöcher seiner Weste und trommelte sich mit den Fingerspitzen auf die Brust. »Mit anderen Worten, Paul: Du denkst, daß Shuster, nachdem er dieses mysteriöse Telefongespräch geführt hatte, ausgegangen ist und jemanden traf, der ihm befahl, sofort zum Haus der Laxters hinauszufahren?«

»Und? Es sind schon merkwürdigere Dinge passiert! Du glaubst doch nicht, daß Shuster nur deshalb in Erscheinung trat, weil er fand, seine Mandanten müßten von der Exhumierung wissen?«

»Nein«, antwortete Mason gedankenverloren. »Und was weißt du sonst noch, Paul?«

»Viel!«

»Heraus damit!«

»Wußtest du, daß Frank Oafley und Edith de Voe verheiratet sind?«

Perry Mason blieb stehen. Seine Augen verengten sich zu Schlitzen.

»Vor vier Tagen«, fuhr Drake fort, »haben sie sich beim Standesamt eingetragen, und heute haben sie die Lizenz erhalten. Sie gaben beide falsche Adressen an. Oafley mietete in einem Apartmenthaus für ein paar Tage eine Wohnung und gab diese Adresse an, als er unter dem Namen F. M. Oafley um die Heiratslizenz nachsuchte.«

»Woher weißt du, daß sie inzwischen geheiratet haben?«

»Ganz sicher weiß ich es nicht, aber ich glaube, daß sie heute nacht getraut wurden. Oafley hat bei einem Pfarrer vorgesprochen und mit ihm vereinbart, sich mit ihm an einem genau festgelegten Ort zu treffen. Milton heißt der Mann. Wir können seine Adresse im Telefonbuch nachsehen.«

Mason nahm seinen Gang durch das Zimmer wieder auf. »Das Ekelhafte bei Shuster ist, daß er immer versucht, der Polizei beim Aufspüren der Schuldigen behilflich zu sein. Und natürlich sind das nie und nimmer seine Mandanten!«

»Shusters Mandanten haben in diesem Falle wirklich einwandfreie Alibis, Perry.«

»Inwiefern?«

»Sam Laxter war den ganzen Abend nicht zu Hause. Er tauchte erst auf, als die Polizei schon da war. Frank Oafley kam erst gegen elf Uhr heim. Und Ashton wurde ungefähr um zehn Uhr getötet, das scheint inzwischen festzustehen.«

Mason nahm seinen Hut.

»Komm, Paul, wir gehen.«

»Wohin?«

»Aus!«

Drake zog seinen Hut tiefer in die Stirn und schritt neben Mason auf den Lift zu. »Bei deinen Fällen kommt man jedenfalls kaum zum Schlafen«, murrte er.

»Hast du deinen Wagen da?«

»Ja.«

»Dann fahre uns in die Melrose Avenue, Nummer drei-neun-sechs-eins.«

Der Detektiv wiederholte die Adresse mißgelaunt, sah dann aber Perry Mason verwundert an. »Dort wohnt ja Keene.«

Mason stieg ein. Drake setzte sich hinter das Steuer und ließ den Motor anspringen.

»Interesiert sich die Polizei für den Jungen?« fragte er.

»Das ist sehr wohl möglich«, erwiderte Mason kurz.

»In diesem Fall werden wir meinen Wagen einige Häuser weiter vorn parken. Wir können die paar Schritte zu Fuß gehen.«

Mason nickte. »Und dann können wir nur beten, daß wir nicht unterbrochen werden, während wir das Zimmer durchsuchen.«

»Werden wir es aufbrechen?« erkundigte sich Paul Drake und sah Mason von der Seite an.

»Etwas in dieser Art, ja.«

»Und wenn uns die Polizei doch erwischt?«

»Das Zimmer gehört Douglas Keene«, sagte Perry Mason, »und Douglas Keene ist mein Mandant, auch wenn er es noch gar nicht weiß. Ich muß also sein Zimmer betreten, um seine Interessen wahren zu können. Einbruch ist nur strafbar, wenn er aus diebischen oder anderen gemeinen Absichten erfolgt.«

»Diese feinen Unterscheidungen sind mir zu hoch«, stellte Paul Drake fest. »Ich überlasse es also voll und ganz dir, uns vor dem Gefängnis zu bewahren.«

Eine Viertelstunde später lenkte er den Wagen in eine dunkle, völlig menschenleere Kurve, sah vorsichtig nach allen Seiten, bremste dann ab und löschte die Scheinwerfer. »Zwei Häuserblocks weiter«, bemerkte er lakonisch.

Die beiden Männer gingen schnell und ohne ein Wort zu sprechen, aber sie fuhren jedesmal zusammen, wenn ein Polizeiwagen vorbeikam. Sie rannten beinahe, als sie zu der Ecke kamen, die es zu umgehen galt. Dann stieß Drake Perry Mason mit dem Ellbogen an. »Dort ist das Haus!«

»Die Haustür dürfte keine Schwierigkeiten bereiten«, gab Mason trocken zu Antwort.

»Aber keineswegs«, sagte Drake und lachte. Und wirklich gab das Schloß der Haustür nach einigen wenigen Manipulationen des Privatdetektivs nach. Sie betraten den Hausgang.

»Welcher Stock?« fragte Drake.

»Dritter.«

»Wir wollen die Treppe hinaufgehen«, rief Drake.

Sie schlichen die Stufen hinauf. Im dritten Stock betrachtete Drake die Türschlösser mit fachmännischen Blicken.

»Schnappschlösser«, stellte er fest. »Halt die Taschenlampe, Perry.«

Mason leuchtete ihm. Drake schob einen Eisenspachtel in das Schloß, als Mason plötzlich sein Handgelenk umklammerte. »Was ist das?« flüsterte der Anwalt erregt.

Drake bemerkte erst jetzt, daß das Holzwerk der Tür seltsame Kratzer aufwies. »Jemand ist uns zuvorgekommen«, sagte Mason. »Vielleicht ist jemand drinnen!«

Sie starrten beide die Stelle an, die durch ein scharfes Instrument aufgekratzt worden war. »Stümperarbeit!« sagte Drake wegwerfend.

»Gehen wir hinein«, befahl Mason.

»Schön, du bist der Doktor«, sagte Paul Drake und machte sich mit seinem Instrument einige Sekunden an dem Schloß zu schaffen, worauf es plötzlich aufsprang.

Perry Mason drehte den Türknauf, und sie traten ein.

»Licht?« fragte Drake.

Mason nickte und zündete die Deckenlampe an.

»Hier sollte man vielleicht besser nirgends Fingerabdrücke hinterlassen, Paul!«

Mason ging durch das Zimmer.

»Das Bett ist nicht benützt«, stellte er fest.

Drake nickte und machte sich seinerseits an eine gründliche Durchsuchung des Raumes. Es war ein typisches Junggesellenzimmer. Überall standen gebrauchte Aschenbecher herum. Auf dem Schreibtisch befanden sich eine Whiskyflasche und ein schmutziges Glas, und über dem Spiegel hing ein halbes Dutzend Krawatten. Ein Schrank stand offen, und man sah ein paar Anzüge darin hängen. Bei einer Kommode waren die Schubladen halb offen.

Mason sah sie nachdenklich an. »Handkoffer«, murmelte er, »ein Handkoffer wurde in aller Eile gepackt.«

»Was suchen wir eigentlich?« fragte Paul Drake.

»Ich weiß nicht. Ich schaue mich einfach um.«

Mason öffnete die Badezimmertür, fuhr aber sofort wieder zurück.

Drake, der ihm über die Schulter sah, pfiff leise und sagte dann unterdrückt: »Wenn er dein Mandant ist, Perry, kannst du gleich auf mildernde Umstände plädieren!«

Jemand, der in einem Taumel irrsinniger Angst gehandelt haben mußte, hatte anscheinend versucht, Blutflecken aus seinen Kleidern zu waschen, und er war dabei recht sorglos zu Werke gegangen. Das Waschbecken war rot verspritzt. Man hatte Wasser in die Badewanne einfließen, aber nicht wieder abfließen lassen, so daß sich in ihr eine rotbraune Brühe gesammelt hatte. Ein Paar Hosen war gewaschen worden und hing nun zum Trocknen an dem Metallstab, an welchem der Vorhang vor der Brause angebracht war. Auch ein Paar Schuhe hatte jemand mit Wasser und Seife zu waschen versucht, aber auch das war nur ungenügend geschehen, denn das Leder wies noch immer dunkle Flecken auf.

»Wir wollen uns noch den großen Wandschrank ansehen.«

Drakes Taschenlampe leuchtete in die hinterste Ecke; Drake zog einen Stoß schmutziger Wäsche hervor und bemerkte, daß die obersten Stücke blutbespritzt waren.

»Das wär's«, stellte er abschließend fest.

Aber Mason schob die Wäsche in die Ecke zurück.

»So, Paul, nun sind wir hier fertig.«

Sie verließen die Wohnung, ließen das Schnappschloß ordnungsgemäß wieder einrasten und löschten alle Lichter.

»Jetzt müssen wir diesen Pfarrer finden.«

»Ach?« wunderte sich der Detektiv. »Bitte, sag mir, wie man das nennt, was wir hier tun?«

»Das«, belehrte ihn Mason, »hängt ausschließlich davon ab, ob ein District Attorney diese Tätigkeit definieren würde oder ich. Komm, gehen wir.«

»Er wird uns nicht aufmachen, Perry! Er wird uns auch keine Fragen beantworten . . . nicht zu dieser frühen Morgenstunde! Eher ruft er sofort die Polizei.«

»Della muß uns helfen«, sagte Mason. »Er soll glauben, daß es sich um eine Entführung handelt.«

Von einem Restaurant aus rief er Della Street an. Er hörte sie schlaftrunken etwas ins Telefon murmeln.

»Es wird langsam zur Gewohnheit, daß ich Sie aus dem Schlaf reiße, wie? Della, möchten Sie entführt werden?«

Sie schien schnell den Atem anzuhalten.

»Ich meine – jemand soll glauben, daß Sie entführt worden sind.«

»Oh!« sagte sie ziemlich tonlos. »So meinen Sie es!«

»Jawohl, so meine ich es. Ziehen Sie sich an! Wir kommen sehr bald. Immerhin bieten wir Ihnen immer neue Sensationen, nicht wahr? In Pauls Wagen werden Sie außerdem so durcheinandergeschüttelt, daß es der teuersten Massage gleichkommt! Duschen Sie nicht noch lange, denn Sie werden sehr rasch völlig wach sein!«

Paul Drake gähnte ostentativ, als Mason aus der Telefonzelle trat. »Die erste Nacht ist immer die schlimmste«, murrte er verbittert. »Später gewöhnt man sich ja daran, ohne Schlaf auszukommen – in deinen Fällen! Eines Tages, lieber Freund, werden wir beide ins Gefängnis wandern! Warum zum Teufel kannst du nicht an deinem Schreibtisch sitzen und warten, bis ein Mandant dich aufsucht, so wie das andere Anwälte auch tun?«

»Aus genau demselben Grund, aus welchem ein Hund nur der warmen Spur folgt. Ich liebe es, wenn mir meine Fälle heiß serviert werden!«

»Heiß! Das kann man wohl sagen!« Drake war ernstlich verstimmt. »Wir werden uns noch einmal beide die Finger daran verbrennen!«

11

Perry Mason drückte auf den Klingelknopf. Della Street schmiegte sich an Paul Drake und himmelte ihn an. »Sagen Sie etwas! Lachen Sie! Wir sind alle viel zu seriös für eine Entführung! Sie sähen mit einem Schießeisen weit glaubwürdiger aus. Kommen Sie näher zu mir, Chef! Er wird ja bestimmt das Eingangslicht anzünden und erst einmal hinausschauen.«

Drake bemerkte finster: »Warum sollen Leute lachen bei einer Heirat? Heiraten ist eine ernste Sache.«

Della Street verzog den Mund. »Ich hätte mich auch nicht von zwei so hartgesottenen Junggesellen entführen lassen sollen! Ihr habt beide solche Angst, es könnte euch doch noch eine ernstlich einfangen, daß ihr nicht einmal zum Spaß so zu tun wagt, als ob!«

Plötzlich flammte drinnen Licht auf. Della gab Paul Drake einen Tritt ans Schienbein und zischte: »Los! Lachen Sie!«

Sie selbst brach in eine Kaskade hellen, fröhlichen Lachens aus, als nun auch das Licht über der Eingangstür angezündet wurde und das Trio überflutete.

Der Detektiv griff sich an das schmerzende Bein und stieß ein freudloses ›Ha ha ha‹ hervor.

Die Tür öffnete sich nur wenige Zentimeter. Eine Sicherheitskette zog an, und ein Mann spähte vorsichtig durch den Spalt.

»Reverend Milton?« fragte Perry Mason.

»Ja.«

»Wir wollten Sie gerne sprechen ... wegen einer Heirat.«

Die Augen des Mannes sprühten Mißbilligung. »Jetzt ist nun wirklich nicht die Zeit, um zu heiraten!«

Mason zog seine Brieftasche, entnahm ihr einen Fünfdollarschein, dann noch einen und noch einen und schließlich einen vierten. »Ich bedaure sehr«, flötete er dabei, »daß wir Sie wecken mußten.«

Nach einigen Sekunden ließ Milton die Sicherheitskette ausschnappen, öffnete die Tür und lud zum Eintreten ein. »Haben Sie eine Lizenz?«

Mason machte Della Street Platz, als sie eintrat; aber Drake und er drängten fast gleichzeitig durch die enge Tür. Mason richtete es so ein, daß er zwischen die Eingangstür und dem Mann im Schlafrock und Pantoffeln zu stehen kam.

»Sie haben heute abend einen Anruf von Oafley erhalten«, sagte Mason und ging direkt auf sein Ziel los.

»Was hat das mit dieser Heirat zu tun?« fragte Milton.

»*Das* ist die Heirat, um derentwillen wir herkamen.«

»Bedaure! Sie haben sich unter falschen Angaben hier eingedrängt. Sie sagten, Sie wollten heiraten!«

»Das habe ich keineswegs gesagt«, gab Perry Mason zurück. »Ich sagte, wir wollten Sie wegen einer Heirat sprechen. Nämlich wegen der Heirat von Frank Oafley und Edith De Voe!«

»Es tut mir sehr leid, meine Herrschaften, aber ich habe darüber gar nichts zu sagen.«

Mason sah Paul Drake vielsagend an und deutete mit dem Kopf auf das Wandtelefon, das neben der Tür hing. »Also gut, Paul, dann rufe das Polizeipräsidium an.«

Drake trat einen Schritt auf das Telefon zu. Milton feuchtete nervös seine Lippen mit der Zunge an und stieß hervor: »Das Polizeipräsidium? Wozu?«

»Gewiß«, erwiderte Mason im selbstverständlichsten Ton der Welt.

»Ich bitte Sie«, flehte nun Milton verängstigt, »ich möchte keine Schwierigkeiten haben wegen dieser Sache.«

»Ich glaube fest, daß ... Warte noch, Paul! Vielleicht ist der Mann ja wirklich unschuldig..«

»Unschuldig?« fuhr Milton auf. »Natürlich bin ich unschuldig! Ich habe eine Trauung vollzogen, das ist alles!« Seine Stimme überschlug sich fast vor Empörung. »Wer sind Sie eigentlich, und was wollen Sie?«

»Ich werde zuerst Ihre zweite Frage beantworten. Wir wollen wissen, wann genau Sie Edith De Voe und Frank Oafley getraut haben.«

Plötzlich war Milton nur zu bereit, Auskunft zu geben.

»Die beiden waren sehr bemüht, die Zeremonie geheimzuhalten, aber ich glaube nicht, daß sie Bigamisten waren. Ungefähr um neun Uhr wurde ich angerufen und gebeten, zu einer bestimmten Adresse zu kommen. Man sagte mir nicht, worum es sich handelte, betonte aber, die Sache sei von ungewöhnlicher Wichtigkeit. Außerdem versprach man mir eine reichliche Entschädigung. Ich fuhr also zu der angegebenen Adresse. Dort war Mr. Oafley, dem ich schon früher begegnet war, und eine junge Frau, welche mir als Edith De Voe vorgestellt wurde. Sie hatten die Heiratslizenzen – ordnungsgemäß ausgestellte Dokumente –, und als Diener des Herrn segnete ich ihren Bund.«

»Waren auch Zeugen da?«

»Ja ... einige Herren, die in der Nachbarwohnung ein wenig ... eine Zusammenkunft hatten. Ich glaube sogar, daß sie vielleicht Karten spielten. Mr. Oafley bat sie, als Zeugen für die Eheschließung herüberzukommen.«

»Um wieviel Uhr fand die Zeremonie statt?«

»Ungefähr um zehn Uhr.«

»Können Sie mir genau sagen, wann Sie dort fortgingen?«

»Genau nicht, es mag zehn Uhr fünfzehn gewesen sein, vielleicht auch etwas später.«

»Wurden Sie gut honoriert?«

»Sehr gut, ja, sehr gut, wirklich.«

»Sagte man Ihnen, weshalb man so ängstlich bemüht war, diese Eheschließung geheimzuhalten?«

»Nein, das sagte man mir nicht. Ich glaube jedoch verstanden zu haben, daß sich die Verwandten der einen Seite der Verbindung widersetzen würden. Ich glaube, die junge Frau ist Krankenschwester, und Mr. Oafley ist immerhin aus einer sehr reichen Familie ... Aber wie gesagt, dem allem schenkte ich wenig Beachtung.«

Mason nickte Paul Drake zu und ergriff den Knauf der Eingangstür.

»Das wäre alles«, teilte er Milton mit.

»Bitte, waren es Bigamisten?«

»Angesichts aller Tatsachen, die Sie mir erzählten, glaube ich es nicht. Aber ich mußte die Sache untersuchen. Sie werden bestimmt begreifen, daß so heimlich und rasch geschlossene Ehen immer Grund zu gewissem Verdacht geben.«

Das Trio schlüpfte hastig in die Nacht hinaus und ließ den verwirrten Milton einfach stehen.

»Und was tun wir jetzt?« erkundigte sich Paul Drake.

»Wenn wir eine weitere Fahrt in deinem Wagen überleben, dann wollen wir Winnie besuchen.«

»Ist dir aufgefallen«, sagte Drake langsam, »daß diese Hochzeitszeremonie genau zu der gleichen Zeit stattfand, als Ashton ermordet wurde, und daß damit Oafley und Edith De Voe ein hieb- und stichfestes Alibi haben?«

»Mir ist eine ganze Menge aufgefallen«, versicherte Mason, »worüber ich gerade jetzt nicht zu sprechen wünsche.«

Sie stiegen in Paul Drakes Wagen und fuhren los. An einer Telefonzelle ließ Mason anhalten, um Winifred sein Kommen anzukündigen. Dann, als Drake seinen Wagen gegenüber der Waffelstube geparkt hatte, bedeutete er den beiden anderen, sich im Schatten neben der Tür zu halten, während er mit den Knöcheln an die Glastür pochte.

Nach einer Weile kam Licht vom Ende des Korridors her, und dann erschien Winifreds schmale Gestalt in einem seidenen Schlafrock. Sie schloß die Tür auf.

»Was ist geschehen?« fragte sie sofort.

Mason antwortete fest: »Sie kennen Paul Drake. Er war schon mal mit mir hier, und das ist Della Street, meine Sekretärin.«

Winifred stieß einen kleinen Schrei der Ablehnung aus. »Ich wußte nicht, daß fremde Leute herkommen werden, und überhaupt will ich nicht, daß jemand erfährt ...«

»Keine Sorge«, fiel ihr Mason ins Wort, »niemand weiß irgend etwas! Wir möchten mit Ihnen sprechen.«

Er stieß die Tür ganz auf, und als alle in dem Korridor standen, schloß er sie sorgfältig wieder zu. Winifred ging voran und führte sie in ihr Schlafzimmer, das genauso aussah wie das erstemal, nur daß inzwischen das Bett benutzt worden war.

»Wo ist Douglas Keene?« Mason stellte die Frage schnell und hart.

»Ich habe Ihnen alles gesagt, was ich von ihm weiß.«

»Sie dürfen nicht denken, daß ich Ihr Vertrauen mißbrauche;

aber diese beiden müssen erfahren, was los ist, weil sie uns helfen sollen. Paul Drake ist Detektiv und arbeitet für mich, und Della Street ist meine Sekretärin, die über alles Bescheid weiß. Sie können ihnen beiden vertrauen, Winnie! – Und nun will ich wissen, wo Douglas Keene ist.«

Sie zwinkerte mit den Augen, als würde sie gleich zu weinen anfangen; aber sie sah Mason fest an. »Ich weiß nicht, wo er ist. Ich weiß nur, daß er mir eine Nachricht schickte, daß er fortgehen und niemand ihn finden würde.«

»Darf ich diese Nachricht sehen?«

Sie schob ihr Kopfkissen beiseite und zog darunter einen Briefumschlag hervor, auf welchem ihr Name stand. Sonst war nichts auf dem Umschlag, weder ihre Adresse, noch eine Briefmarke. Sie reichte Mason zögernd das beschriebene Papier.

Mason las den Brief mit ausdruckslosem Gesicht. Als er damit fertig war, sagte er: »Ich werde das vorlesen.« Ohne aufzublicken und mit monotoner Stimme teilte er seinen Zuhörern den Inhalt des Schreibens mit: »›Liebling! Ich sehe mich von Schwierigkeiten umgeben, mit denen ich nicht fertigwerden kann. Ich habe den Kopf verloren und einen Fehler begangen, den ich nie wieder gutmachen kann. Bitte, glaube mir, daß ich kein Verbrechen begangen habe! Aber Du wirst viel Kraft aufbringen müssen angesichts der Beweise, die gegen mich sprechen. Ich gehe fort aus Deinem Leben – für immer. Die Polizei wird mich niemals erwischen. Ich bin viel zu geschickt, um in die Fallen zu gehen, die man Flüchtigen stellt. Ich reise im Flugzeug, und niemand wird mich je wiederfinden. Ashton hatte die Koltsdorf-Diamanten in seiner Krücke versteckt, die er eigens zu diesem Zweck hat aushöhlen lassen. Die Diamanten sind noch dort. Gib der Polizei anonym diesen Tip, damit sie sie Krükke beschlagnahmt. Ich werde Dich immer lieben, aber ich will nicht, daß Dein Name in einen Mordprozeß verwickelt wird. Versuche, Ashton zum Sprechen zu bringen. Er weiß sehr viel. In Liebe – Dein Douglas.‹«

Mason sah einen Augenblick auf das Blatt nieder; aber dann wandte er sich plötzlich und sehr schnell Winifred zu.

»Sie haben mir das nicht gezeigt, als ich vorhin bei Ihnen war«, fuhr er sie an.

»Nein, da hatte ich den Brief noch nicht!«

»Wann bekamen Sie ihn?«

»Er wurde unter meiner Tür durchgeschoben.«

»Nachdem ich fort war?«

»Ja, ich glaube, sonst hätten Sie ihn ja beim Hinausgehen sehen müssen.«

»Sie sagten, Douglas hätte Sie angerufen?«

»Ja.«

»Sagte er am Telefon nichts von den Diamanten?«

»Nein.«

»Woher wußte er, wo sich die Steine befinden?«

»Das weiß ich nicht. Ich weiß nur, was er mir schrieb.«

»Sie lieben ihn?«

»Ja.«

»Sie waren verlobt mit ihm?«

»Wir wollten heiraten.«

»Nannten Sie ihn Douglas?«

»Wie meinen Sie das?«

»Sie hatten doch bestimmt einen Kosenamen für ihn.«

Sie senkte die Augen und errötete.

»Und sogar, wenn Sie ihn nicht bei diesem Kosenamen riefen, nannten Sie ihn nie Douglas, sondern Doug.«

»Und? Ändert das etwas an der Sache?«

»Gewiß!« fuhr Mason scharf fort. »Wenn wirklich Douglas Ihnen diese Nachricht geschrieben hätte, dann hätte er ›Doug‹ oder irgendeinen Kosenamen daruntergesetzt, und dann wäre alles viel tragischer. Es hätte sicherlich auch irgend etwas Liebevolles darin gestanden, er hätte Ihnen beteuert, wie heiß er Sie liebt. Dieser Zettel wurde gar nicht an Sie geschrieben, sondern das ist ein Brief, den Sie Ihrer Umwelt zeigen sollen!«

Sie starrte ihn gebannt an. Fest preßte sie die Lippen aufeinander, als fürchtete sie, es könnte ihr ein unbedachtes Wort entschlüpfen.

»Dieser Zettel ist eine Finte! Douglas rief Sie an und sagte Ihnen, er sei in einer verzwickten Situation. Er wollte nicht fortgehen, ohne Sie noch einmal gesehen zu haben. Er kam her, um Ihnen adieu zu sagen. Sie überredeten ihn, hierzubleiben. Sie teilten ihm mit, daß Sie mich engagiert hätten und daß ich Ihre Sache vertreten wolle. Sie baten ihn, zu bleiben, aber er lehnte das ab. Dann baten Sie ihn, wenigstens so lange zu bleiben, bis ich meine Untersuchungen abgeschlossen hätte.« Mason hob seinen Zeigefinger. »Reden Sie«, schrie er sie an, »und lügen Sie Ihren Anwalt nicht an! Wie zum Teufel soll ich Ihnen helfen können, wenn Sie mir wichtige Angaben vorenthalten?«

»Nein!« schrie nun auch sie. »Nein, das ist nicht wahr! Es ... O« Sie sackte auf dem Bettrand zusammen und begann zu weinen.

Della Street setzte sich an ihre Seite, legte den Arm um die Schulter des Mädchens und streichelte ihr Haar. »Können Sie denn nicht sehen, meine Liebe, daß er Ihnen helfen will? Er ist nur so barsch, weil die Zeit drängt und weil er alle Tatsachen wissen muß, ehe er sich einen Schlachtplan zurechtlegen kann!«

Winifred ließ ihren Kopf auf Dellas Schulter fallen und schluchzte laut auf.

»Wollen Sie nicht reden?« fragte Della.

Winifred schüttelte den Kopf.

Inzwischen durchsuchten Mason und Drake die Wohnung. Der Detektiv hatte eben einen kleinen Nebenkorridor entdeckt. Plötzlich pfiff er. »Da ist es, Perry!«

Eine Tür stand offen. Dahinter sah man alte Kisten, Fässer, Farbtöpfe, zerbrochene Stühle und anderen Krimskrams, wie er sich in einem Restaurant ansammeln kann. Eine Ecke war freigemacht worden, und vor ihr war ein Stapel von Kisten und Stühlen aufgebaut. Auf dem Fußboden waren zwei Wolldecken ausgebreitet, und ein Sack, in welchen man Papier gestopft hatte, war als Kopfkissen benutzt worden. An der Wand über diesem Notlager steckte ein Stück Papier.

Winifred wollte sich auf dieses Papier stürzen; aber Perry Mason hielt sie mit eisernem Griff zurück.

»Einen Moment«, knurrte er. »Sie gehen mit der Wahrheit ziemlich großzügig um! Diesen Zettel werde ich zuerst lesen!«

Es war ein Gekritzel mit Bleistift, als sei die Notiz im Finstern geschrieben worden.

»›Ich kann es nicht tun, Winnie, Liebes! Sie würden mich vielleicht nie finden, aber wenn dies doch der Fall wäre, dann würde alles nur noch schlimmer für Dich. Ich müßte mir immer vorkommen, als hätte ich mich hinter Dir versteckt. Aber ich weiß, daß man Dich beobachten wird, Dich, Deine Post, Dein Telefon – also wirst Du eine Weile nichts mehr von mir hören. Tausend Küsse, all meine Liebe, mein Süßes! Dein Doug.‹«

Mason hatte die Notiz laut vorgelesen, faltete sie nun zusammen und konnte eben Della noch zurufen: »Auffangen, Della«, als

Winifred auch schon schwer gegen Dellas ausgestreckten Arm fiel. Aber sie richtete sich bald wieder auf. Ihre Augen waren dunkel und todtraurig. »Ich hätte ihn nicht allein lassen sollen«, schluchzte sie. »Ich hätte ja wissen müssen, daß er das tun wird!«

Perry Mason ging zur Tür, stieß eine Kiste mit dem Fuß beiseite, schritt rasch durch den Korridor und betrat Winifreds Schlafzimmer. Dort hob er den Telefonhörer ab und wählte eine Nummer. »Bitte, verbinden Sie mich mit dem District Attorney«, bellte er nach einer Weile jemanden an. Er wartete und hörte der Gegenseite nervös zu. »Hier spricht Perry Mason! Ich muß ihn in einer äußerst dringenden Angelegenheit sprechen! Wo kann ich ihn erreichen?«

Aus dem Hörer kamen quäkende Geräusche, und Perry Mason legte mit einer wütenden Grimasse auf. Er wählte eine andere Nummer und rief dann: »Polizeipräsidium?...Ist Sergeant Holcomb irgendwo erreichbar?... Hallo, Holcomb! Hier spricht Mason!... Ja, ich weiß, daß es spät ist... Nein, ich habe meine Schlafenszeit noch nicht überschritten!... Sie können Ihre Witze für sich behalten! Und wenn Sie das kluge Kind spielen wollen, soll Sie der Teufel holen! Ich rufe Sie an, um Ihnen zu sagen, daß ich persönlich dafür bürge, daß Douglas Keene sich heute abend um fünf Uhr freiwillig der Polizei stellt... Nein, nicht im Präsidium! Sonst fangen Sie ihn noch auf dem Weg dorthin ab und beschuldigen ihn der Zeugnisverweigerung in einem Straffall! Ich werde Sie von einem Ort aus anrufen, den ich selbst wähle, und dort können Sie ihn dann abholen. Versuchen Sie auch nicht, von der Presse Informationen zu beziehen, denn ich werde den Journalisten sagen, daß... Jawohl, ich werde ihn selbst um fünf Uhr übergeben...«

Winifred Laxter stürzte sich auf das Telefon. »Nein!« schrie sie außer sich. »Nein! Sie können nicht...«

Perry Mason schob sie beiseite. »Fünf Uhr«, wiederholte er und legte dann den Hörer auf.

»Das können Sie nicht tun«, schrie das Mädchen weiter. »Sie verkaufen und verraten uns!«

»Ich verkaufe niemanden!« herrschte Mason sie an. »Sie selbst wollten, daß ich seinen Fall übernehme! Gut! Er wird die Zeitungen lesen. Er wird aus diesen Zeitungen erfahren, daß ich ihn als Anwalt vertrete und daß ich persönliche die Garantie geleistet habe, daß er sich um fünf Uhr freiwillig in Untersuchungshaft begibt. Er wird merken, daß ich auch für Sie handle, und er wird kommen und sich stellen.« Er wandte sich an Della Street. »Bleiben Sie hier, bis das Kind sich beruhigt hat. Sie darf keine hysterischen Anfälle mehr bekommen und soll sich vernünftig aufführen. Sobald Sie sie allein lassen können, kommen Sie ins Büro!«

12

In Perry Masons Privatbüro herrschte fahles Zwielicht. Draußen dämmerte frisch und klar der Morgen, es war ungefähr eine halbe Stunde vor Sonnenaufgang.

Perry Mason lehnte sich tiefer in seinen Drehstuhl zurück und legte seine Füße auf die Schreibtischecke. »Wenn die Reporter kommen, Della, sammeln Sie sie bitte draußen und bringen Sie sie alle miteinander herein.« Er zündete sich eine Zigarette an.

Della nickte stumm. Sie sah sehr besorgt aus.

Paul Drake setzte sich auf die andere Ecke des Schreibtisches. »Du und ich, wir sollten uns noch über etwas unterhalten«, brummte er verschlafen.

Masons Gesicht blieb ausdruckslos. »So? Und worüber?«

»Meine Leute meldeten mir, daß Edith De Voe ermordet worden ist. Erschlagen, mit einer Holzkeule. Und die Keule ist ein Stück von einer Krücke, die man zersägt hat!«

Perry Mason rauchte schweigend.

»Ich wußte sofort, daß du etwas Bestimmtes wolltest in der Wohnung von Keene. Und als ich die blutigen Kleider dort sah, wußte ich natürlich, daß dieses Blut nicht vom Mord an Ashton sein konnte.«

»Aber damals wußtest du noch nichts vom Mord an Edith De Voe?«

»Nein, natürlich nicht.«

»Daran sollst du dich bitte ganz genau erinnern – falls man dich je danach fragen wird.«

»Wußtest du denn davon?«

Mason sah gedankenverloren zum Fenster hinaus in den grauen Morgen.

Als nach einigen Augenblicken feststand, daß er keine Antwort geben würde, sprach Drake weiter. »Kennst du einen Mann namens Babson? Er macht allerlei Holzarbeiten, ist aber auch ein vorzüglicher Schreiner. Unter anderem stellt er Krücken her.«

Nun blickte Mason den Freund interessiert an.

»Vor einigen Wochen tauchte Ashton bei diesem Babson auf, der ihm seinerzeit seine Krücke angefertigt hatte. Nun wollte er sie ändern lassen, und zwar verlangte er, daß man ihm das Ende der Krücke aushöhle, es mit einer Metallröhre versah, die er mit Wildleder überzogen haben wollte. Und das Ganze sollte so versteckt angebracht werden, daß es mühelos unter dem Gummizapfen unten an der Krücke verschwand.«

»Das ist allerdings interessant«, sagte Mason langsam.

»Vor drei Tagen kam ein Mann zu Babson, der sich Smith nannte und der genaueste Auskunft über diese abgeänderte Krücke haben wollte. Als Grund für seine Nachforschungen gab er an, Angestellter einer Versicherungsgesellschaft zu sein, die Ashton für die Folgen des Unfalls zu entschädigen habe. Babson wollte ihm eben bereitwillig jede gewünschte Auskunft erteilen, als er sich plötzlich eines Besseren besann und seinerseits den Mann auszufragen begann, worauf Mr. Smith verschwand.«

»Hast du eine Beschreibung des Mannes?« fragte Mason gespannt.

»Ein Meter fünfundsiebzig groß, fünfundvierzig Jahre alt, ungefähr neunzig Kilo schwer, heller Filzhut, blauer Anzug und eine auffällige Narbe im Gesicht. Fuhr einen grünen Packard.«

»Gute Arbeit«, lobte Mason. »Wie kam er dazu, bei Babson vorzusprechen? Du mußt jedenfalls deiner Liste der Verdächtigen einen weiteren Namen hinzufügen – nämlich Jim Brandon. Berichte mir jede Kleinigkeit über ihn. Vor allem versuche zu erfahren, ob er vielleicht in letzter Zeit viel Bargeld hatte.«

»Das alles habe ich bereits in die Wege geleitet, sobald ich den Bericht vom Schreiner bekam. Aber darf ich dir nun meinerseits ein paar Fragen stellen?«

»Nämlich?« fragte Mason ungeduldig.

»Was hast du eigentlich vor? Warum mußtest du die Polizei anrufen und ihr mitteilen, daß du den jungen Burschen ausliefern wirst?«

»Herrschaft, verstehst du das denn nicht?« fuhr ihn Perry Mason gereizt an. »Entweder ist er schuldig, und dann war das Ganze ein Schwindel. Wenn er aber davonläuft, macht er sich der Zeugnisverweigerung schuldig. Wenn er gefaßt wird, kann ihn das an den Galgen bringen. Wenn er schuldig ist, sich stellt und die Strafe auf sich nimmt, kann ich voraussichtlich wenigstens lebenslänglich für ihn herausschinden.«

»Aber Sie setzen doch voraus, daß er unschuldig ist«, warf nun Della Street ein.

»Jawohl, das setze ich blind voraus!«

»Jawohl, Chef, das ist es ja! Blind!« Della schien plötzlich auch die Nerven zu verlieren. »Sie spielen ein gewagtes Spiel! Ihre ganze berufliche Karriere setzen Sie aufs Spiel, um eines etwas überschwenglichen Burschen willen, den Sie kaum kennen!«

Mason fegte mit einer nervösen Handbewegung alle Einwände der beiden beiseite. »Zum Teufel! Was hat denn ein Mensch zu verlieren? Sein Leben kann er gar nicht verlieren, denn das gehört ihm nicht, das wurde ihm nur zu Lehen gegeben. Geld kann er verlieren, aber Geld wiegt leicht, verglichen mit Charakter. Was wirklich zählt, ist die Art, wie ein Mensch sein Leben lebt, was er daraus zu machen versteht, und den größten Gewinn erzielt der Mensch in immer neuen Kämpfen um das, was ihm richtig erscheint!«

Ein Summton kündete an, daß die Eingangstür geöffnet und geschlossen worden war. Della Street stand auf und ging hinaus. Sie kam sofort wieder zurück und meldete mit leiser Stimme: »Sergeant Holcomb ist draußen mit einem ganzen Rudel Reporter.«

Perry Mason grinste. Er blies einen Rauchring zur Decke. »Lassen Sie die Herren eintreten.«

Della Street versuchte zu lächeln. »Gilt das auch für Sergeant Holcomb? Er scheint schlecht gelaunt zu sein.«

»Trotzdem gilt es auch für ihn.«

Sie stieß die Tür auf. »Wollen Sie bitte eintreten!«

Sergeant Holcomb drängt als erster herein. Die übrigen Herren schwärmten fächerförmig aus, stellten sich in Positur und zückten Notizblöcke und Bleistifte. Alle schienen gespannt zu warten und glichen Zuschauern bei einem Boxkampf, die nicht einen einzigen Schlag versäumen wollen.

»Wo ist Douglas Keene?« feuerte Holcomb sein erstes Geschütz ab.

Perry Mason zog an seiner Zigarette. »Das weiß ich leider nicht, Sergeant«, antwortete er höflich.

»Aber Sie müssen es doch wissen!« Sergeant Holcomb hämmerte mit der Faust auf Perry Masons Schreibtisch. »Bei Gott, Mason, die

Zeiten sind vorbei, wo ihr Anwälte mit dem Gesetz spielen konntet! Sie wissen doch, was man heutzutage mit Leuten macht, die Feinde der Gesellschaft schützen!«

»Ist Douglas Keene das?« fragte Mason unschuldig.

»Er ist ein Mörder!«

»Ach nein? Wen hat er ermordet?«

»Zwei Menschen! Charles Ashton und Edith De Voe!«

Perry Mason schnalzte bedauerd mit der Zunge. »Das hätte er nicht tun sollen, Sergeant«, stellte er fest. »Trotzdem wird er sich um fünf Uhr der Polizei stellen.« Perry Mason suchte nach seinen Zigaretten.

»Wir werden ihn vorher schnappen!«

Mason zündete sich langsam eine neue Zigarette an.

»Sie sind doch Anwalt. Es dürfte Ihnen also bekannt sein, welche Strafe ein Mitschuldiger zu erwarten hat. Sie wissen, was mit Leuten geschieht, die einem Mörder helfen!«

»Aber nehmen Sie einmal an, Holcomb«, sagte Mason und sprach besänftigend wie zu einem erregten Kind, »daß Keene kein Mörder ist . . .«

»Kein Mörder«, stieß Holcomb hervor, »kein Mörder! Ja, wissen Sie denn nicht, wie viele Tatsachen gegen ihn sprechen? Er hat Charles Ashton besucht. Er ist der letzte Mensch, der den Hausverwalter lebend sah. Und nun merken Sie sich eines, und zwar gut: Ashton hatte eine Katze, die auf seinem Bett zu schlafen pflegte. Douglas Keene ging hin, um diese Katze zu holen, und er hat sie geholt. Es haben ihn Zeugen das Zimmer betreten und dann mit der Katze auf dem Arm wieder verlassen gesehen.

Nun, Ashton wurde ermordet, bevor die Katze fortgeschafft wurde, denn auf der Stirne der Leiche war eine Katzenpfote abgedrückt – Beweis dafür, daß Ashton tot war, bevor Keene die Katze wegbrachte. Der Mord wurde nach zehn und vor elf Uhr begangen. Keene kam kurz vor zehn in Asthons Zimmer und blieb dort bis nach elf, dann ging er mit der Katze fort.«

Mason spitzte die Lippen. »Ja, das wären wirklich erdrückende Schuldbeweise«, gab er zu, »wenn Sie ganz sicher wüßten, daß es wirklich Ashtons Katze war, die Keene fortschaffte.«

»Natürlich war es Ashtons Katze! Dafür haben wir Zeugen. Die Haushälterin sah ihn fortgehen mit der Katze auf dem Arm. James Brandon fuhr eben einen Wagen in die Garage, und die Scheinwerfer beleuchteten Keene sehr deutlich. Er ist bereit zu beschwören, daß Keene die Katze forttrug.«

»Sie sprechen doch von Clinker, nicht wahr?«

»Jawohl, wenn die Katze so hieß, meine ich Clinker! Hören Sie, Mason! Ich bin zu Ihnen gekommen, um Ihnen zu sagen, daß Douglas Keene wegen Mordes gesucht wird, daß gegen ihn Haftbefehl ergangen ist, daß Sie sich also strafbar machen, wenn Sie ihn weiterhin decken und versteckt halten, und daß ein solches Verhalten Ihrerseits zu Ihrem Ausschluß aus der Anwaltskammer führen kann. Darum kam ich zu Ihnen! Ich werde Ihnen klipp und klar Kenntnis geben von dem bereits vorliegenden Beweismaterial! Wenn ich Ihr Büro verlasse, werden Sie nicht mehr behaupten, daß Sie nicht wußten, daß Douglas Keene unter Mordverdacht steht, und vor keiner Instanz der Welt geltend machen können, ich hätte Ihnen nicht alle Beweise dafür geliefert!«

»Und haben Sie mir alles Beweismaterial bereits mitgeteilt?« fragte Perry Mason geduldig.

»Nein! Noch nicht die Hälfte!«

»Und Sie haben vor, mir restlos alles zu sagen?«

»Sehr richtig! Das habe ich allerdings vor!«

Mason senkte den Kopf und schien in intensives Zuhören versinken zu wollen; aber Sergeant Holcombs Stentorstimme hallte dröhnend von den Wänden wider.

»Edith De Voe wollte Keene sprechen. Sie versuchte, ihn an verschiedenen Orten zu erreichen. Er hat sie dann auch aufgesucht. Der Hausverwalter des Apartmenthauses ließ ihn selbst eintreten, und Keene erzählte ihm, daß Miß De Voe ihn erwartete.

Später, als der District Attorney sie aufsuchen wollte, lag sie bewußtlos auf dem Boden; man hatte ihr den Schädel eingeschlagen. Daraufhin fuhren wir zu Keene. Wir fanden blutverspritzte Kleider und Wäsche in seinem Zimmer. Er hatte versucht, das Blut auszuwaschen, aber es war ihm nicht ganz gelungen. Auch hatte er verschiedene Kleidungsstücke verbrennen wollen; aber die Überreste, die wir in der Asche fanden, wurden untersucht, und die chemische Probe ergab, daß sich menschliches Blut auf ihnen befand.«

»War die Katze in seinem Zimmer?« fragte Mason.

Holcomb konnte sich kaum mehr beherrschen. »Nein! Die Katze war nicht dort!«

»Überhaupt – wie kann man eigentlich eine Katze identifizieren?« erkundigte sich Mason interessiert. »Fingerabdrücke kann man doch nicht von ihr nehmen, was, Sergeant?«

»Nur zu, nur zu«, knurrte der arme Holcomb grimmig. »Machen Sie nur Ihre Witze! Sie verdienen ja Ihr Geld ausschließlich damit, daß Sie Mörder verteidigen. Aber innerhalb von zwei Monaten werden Sie Berufsverbot haben, und dann können Sie stempeln gehen!«

»Bis dahin«, fiel Mason sanft ein, »habe ich noch keinen Mörder verteidigt, sondern Menschen, die eines Mordes angeklagt waren. Sie werden mir zugeben müssen, Sergeant, daß darin ein gewisser Unterschied liegt. Aber ich meinte es vorhin ganz ernst wegen der Katze. Nehmen Sie an, die Haushälterin und der Chauffeur beschwören, daß sie Keene mit Clinker auf dem Arm das Haus verlassen sahen; nehmen Sie ferner an, ich lasse ein Dutzend Perserkatzen vor den beiden Zeugen aufmarschieren – glauben Sie, daß sie eine Katze bezeichnen und dann beschwören, daß dies wirklich Clinker sei? Glauben Sie, daß Sie mit einer solchen Feststellung die Geschworenen überzeugen könnten?«

»Ach, das haben Sie vor?« fauchte Holcomb.

Mason lächtelte versöhnlich. »Nein, das habe ich nicht vor, Sergeant. Ich habe Ihnen lediglich eine Frage gestellt.«

Holcomb lehnte sich über den Schreibtisch. Er hielt dabei die Kanten so fest umklammert, daß die Knöchel seiner Hände weiß unter der Haut hervortraten.

»Sie werden bald daraufkommen, Mason, daß das Polizeipräsidium nicht ganz so blöd ist, wie Sie immer glauben! Kaum hatten Sie angerufen und uns mitgeteilt, daß Keene sich heute um fünf Uhr freiwillig stellen werde, schickte ich einige Leute auf die Suche nach dieser Katze. Und zufälligerweise wußte ich auch, wo man nach ihr suchen mußte. Zu Ihrer Information: Wir haben Clinker gefunden, und er ist in Polizeigewahrsam! Er befand sich im Zimmer Ihrer tüchtigen Sekretärin, Miss Della Street! Und diese Katze wurde im Polizeipräsidium von der Haushälterin und dem Chauffeur als Clinker identifiziert, und jetzt trägt sie ein Erkennungszeichen um den Hals. Falls es Sie also gelüstet, Pfotenabdrücke zu nehmen, Katzen auszutauschen oder zu stehlen oder sonst irgendeinen Ihrer bewährten Tricks anzuwenden, denken Sie daran, daß der richtige Clinker mit einem Band um den Hals in Polizeigewahrsam ist!»

Sergeant Holcomb machte jäh kehrt und verließ das Zimmer.

Sekundenlang war Perry Masons Gesicht düster und gespannt. Aber dann lächelte er die Journalisten an. »Meine Herren, da haben Sie eine verdammt spannende Geschichte zu hören bekommen. Gehen Sie hin, und lassen Sie sie drucken!«

Dann schloß er den Mund, und man sah deutlich, daß er nicht gewillt war, weitere Erklärungen abzugeben.

13

Perry Mason legte den Telefonhörer auf und sah Della Street an. »Nat Shuster und seine beiden Mandanten Laxter und Oafley sind im Wartezimmer und wollen mich sprechen. Das wird ja eine hübsche Bescherung werden! Schicken Sie sie herein, Della, aber schalten Sie erst das Lautsprechertelefon ein, damit Sie in Ihrem Büro unsere Unterhaltung mithören können. Vielleicht müssen Sie später Zeugin für unsere Auseinandersetzung sein.«

»Aber eine Leitung soll ich wohl freihalten?« fragte sie.

»Unbedingt! Denn wenn Douglas Keene anruft, soll das nicht über unsere Bürozentrale gehen.«

»Und wenn er nicht anruft, Chef?«

»Das haben wir doch alles schon einmal durchgesprochen!«

»Und wenn er schuldig ist? Kann Sergeant Holcomb dann alle seine Drohungen gegen Sie wahrmachen?«

»Machen Sie sich doch keine Sorgen, Della! Und lassen Sie jetzt bitte Shuster eintreten. Der wartet vermutlich darauf, einige Bomben explodieren zu lassen!«

»Zum Beispiel?«

»Zum Beispiel, mich als Verleumder anzuklagen.«

»Wieso?«

»Weil ich dem District Attorney mitteilte, Edith De Voe habe mir von der Sache mit den Abgasen erzählt.«

»Aber da haben Sie doch nur weitererzählt, was sie Ihnen gesagt hatte!«

»Ich kann jetzt nicht einmal mehr beweisen, daß sie es mir gesagt hat. Sie ist tot, und Zeugen habe ich nicht für unser Gespräch. – Hören Sie jedes Wort mit, Della, und machen Sie Notizen, damit Sie wenigstens für mich aussagen können, wenn es nötig wird!«

Sie nickte ernst, schlüpfte aus dem Zimmer und ließ gleich darauf Shuster, Laxter und Oafley eintreten.

Shuster entblößte seine häßlichen Zähne durch ein vorwurfsvolles Grinsen. »Nun, Mr. Mason, haben Sie dem District Attorney mitgeteilt, daß mein Mandant, Samuel C. Laxter, seinen Großvater, Peter Laxter, ermordet habe?«

»Soll ich diese Frage mit ja oder nein beantworten?«

»Antworten Sie!«

»Nein.«

»Machten Sie ihm gegenüber nicht eine diesbezügliche Bemerkung?«

»Nein.«

»Sagten Sie ihm nicht, daß Edith De Voe meinen Mandanten dieses Verbrechens beschuldigt hatte?«

»Nein.«

»Mr. Burger behauptet aber, daß Sie ihm das gesagt hätten.«

»Es war keine Beschuldigung. Sie erklärte mir lediglich, daß sie Mr. Laxter in seinem Auto sitzen sah, daß er seinen Motor auf hohen Touren laufen ließ und dabei einen Schlauch vom Auspuff zur Warmluftheizung gelegt hate. Das teilte Miss De Voe mir mit, und genau das sagte ich Mr. Burger.«

»Das ist eine Lüge!«

»Was ist eine Lüge?« Mason erhob sich langsam.

Shuster wich nervös zurück, indem er seine Hand ausstreckte. »Üble Nachrede, wollte ich sagen«, stotterte er, »Verleumdung! Wir erwarten eine Entschuldigung von Ihnen.«

»Hol Sie der Teufel!«

Samuel Laxter trat nun vor. Sein Gesicht war weiß. »Mr. Mason! Ich kenne Sie zwar nicht, aber ich spüre, daß etwas faul ist im Staate Dänemark! Ich habe gehört, daß da ein Gerücht umgeht, das mich mit dem Tod meines Großvaters in Verbindung bringen möchte. Das ist eine verdammte Lüge! Ich habe ferner gehört, daß Sie die Polizei zu einer heimlichen Durchsuchung meines Wagens veranlaßten, obwohl dafür kein Durchsuchungsbefehl vorlag, wobei erst das Schloß der Garage mit einem Nachschlüssel geöffnet werden mußte. Jemand hat ein langes Stück Schlauch in meinen Wagen gelegt, ohne mein Wissen natürlich. Wie ich rechtlich dagegen geschützt werden kann, weiß ich nicht, das ist Mr. Shusters Sache; aber für Ihr Vorgehen, Mr. Mason, werde ich Sie zur Rechenschaft ziehen lassen.«

Perry Mason gähnte. »Sonst noch etwas?« fragte er.

Nun begann auch Frank Oafley zu sprechen. »Mr. Mason, Sie müssen meine Lage begreifen. Meine Beziehungen zu Edith De Voe sind ja kein Geheimnis mehr. Sie hat mir die Ehre erwiesen, mich kurz vor ihrem Tod zu heiraten.« Er unterbrach sich, und es ging eine Welle schmerzlicher Erregung über sein Gesicht. Dann faßte er sich und fuhr fort: »Edith hatte auch mir erzählt, was sie gesehen hatte, aber ich erinnere mich nicht, daß sie behauptet hätte, wirklich Sam in dem Wagen erkannt zu haben. Der Mann, der hinter dem Steuer saß, versteckte sein Gesicht unter dem breiten Rand eines Hutes von Sam. Das mag Edith zu der Annahme verleitet haben, daß es wirklich Sam gewesen ist.

Nun, wenn Sie also der Polizei mitteilten, daß Edith ausgesagt hat, Sam Laxter habe im Wagen gesessen, dann haben Sie damit eine Erklärung abgegeben, die keineswegs mit Ediths Aussage übereinstimmt.«

Mason, der Oafleys Gesicht eingehend musterte, fragte langsam: »Das also haben Sie sich zurechtgelegt?«

»J-ja!« murmelte Oafley und wurde rot.

Shusters Miene sollte schlau wirken. »Sie sehen, Mr. Mason, in welch heikler Lage Sie sich befinden. Sie erhoben eine Anklage gegen meinen Mandanten, die Sie nicht beweisen können. Mein Mandant kann Sie also vor Gericht bringen. Er kann Sie verprügeln. Er kann Sie zusammenschlagen. Aber er wird nichts von all dem tun, wenn Sie widerrufen!«

»Shuster will sagen«, mischte sich nun Oafley wieder ein, »daß Sie erklären sollen, daß Edith nicht wußte, wer damals in dem Wagen saß.«

Sam Laxters Gesicht blieb finster. »Ich verlange mehr als das. Ich verlange einen Widerruf und eine Entschuldigung! Ich habe nicht in dem Wagen gesessen, und Mason weiß das ganz genau!«

Perry Mason streckte die Hand aus und zog einen Band aus der Reihe seiner Gesetzbücher, schlug ihn auf und sagte: »Da Sie von Recht und Gesetz sprechen, meine Herren, erlauben Sie mir, Ihnen einen kurzen Passus aus dem Erbrecht vorzulesen: Paragraph zweihundertachtundfünfzig lautet folgendermaßen: ›Niemand, der als Mörder des Verblichenen verurteilt wurde, hat irgendwelchen Anspruch auf ein Erbteil; vielmehr gelangt sein Erbteil unter die anderen, eingangs dieses Kapitels erwähnten Personen, zur Verteilung‹. – Über diesen Gesetzesparagraphen sollten Sie vielleicht einmal nachdenken, Frank Oafley!« Mason wischte einen Einwurf Shusters beiseite, ehe er noch erfolgen konnte. »Sie versuchen, Ihren Vetter zu schützen, Oafley, aber Sie wissen genauso gut wie ich, daß Edith De Voe nicht der Mensch war, plump und dumm falsche Schlüsse zu ziehen. Vielleicht sah sie das Gesicht des Mannes nicht, aber sie sah ganz bestimmt den Hut; außerdem hörte sie die Stimme jenes Mannes, und sie dachte, daß es Sam Laxter war!«

Oafleys Stirne zog sich in krause Falten. »Ja, sie hörte seine Stimme«, murmelte er nachdenklich.

»Nur los, Frank«, fuhr Laxter ihn erbittert an. »Los, sag doch schon, das habe dich nun restlos überzeugt! Mich kannst du nicht für dumm verkaufen! In dem Moment, wo dir dieser Rechtsverdreher die Möglichkeit zeigte, wie du mein ganzes Erbteil einsacken könntest, wenn ich des Mordes überführt werden sollte, habe ich gewußt, was geschehen wird!«

»Bitte, meine Herren!« schrie Shuster. »Nicht! Nicht! Das ist eine Falle! Er will euch beide gegeneinander aufhetzen, damit seine verdammte Katze alles erbt! Oh! diese gemeinen Winkelzüge!»«

Mason sah Laxter starr an. »Wie erklären Sie denn das Vorhandensein des Schlauches in Ihrem Wagen?«

»Den hat jemand hineingelegt«, wiederholte Laxter verbissen.

Oafley trat einen Schritt näher an Laxter heran. »Willst du vielleicht damit andeuten, daß ich den Schlauch in deinen Wagen legte?« fragte er streitlustig.

»Warum nicht?« Laxters Stimme war schneidend vor Bitterkeit. »Mich kannst du nicht mehr für dumm verkaufen, Frank Oafley. Du würdest noch viel üblere Dinge begehen für eine halbe Million Dollar, das sehe ich jetzt erst richtig ein!«

»Du vergißt nur eines«, gab Oafley kalt zurück, »nämlich, daß Edith De Voe diesen Schlauch in voller Aktion sah und nicht ich!«

»Edith Oafley!« In Sam Laxters Worten hielten sich Hohn und Verachtung die Waage. »Wenn sie nicht tot wäre, könnte ich einiges von ihr erzählen!«

Oafley schob Shuster mit einer Handbewegung beiseite, stammelte dabei wutentbrannt etwas vor sich hin und schlug Sam Laxter ins Gesicht.

»Meine Herren! Meine Herren!« schrie Shuster. »Bedenken Sie doch . . .«

Sam Laxters linke Faust, die schneidend die Luft durchfuhr, um auf Oafleys Wange landen zu können, traf den kleinen Anwalt mitten ins Gesicht, als er versuchte, sich zwischen die Streitenden zu werfen. Shuster sank stöhnend zu Boden. Laxter schlug augenblicklich mit seiner bandagierten rechten Hand zu und versetzte Oafley einen heftigen Schlag hinter das Ohr. Oafley holte seinerseits mit der Linken aus, doch Laxter wehrte den Schlag mit der Rechten ab. Immer näher waren sich die beiden Kampfhähne geraten; ihre Schläge sahen bedrohlich aus, waren aber in Wirklichkeit ziemlich ungefährlich.

Shuster, der noch immer auf dem Boden saß, zupfte sie abwechselnd an den Hosenbeinen. »Meine Herren! Bitte, meine Herren!« kam es flehend und undeutlich von seinen aufgeschlagenen Lippen.

Perry Mason hatte sich inzwischen bequem in seinen Drehstuhl zurückgelehnt, die Beine auf den Schreibtisch gelegt und sah dem Ganzen behaglich rauchend zu.

Plötzlich wich Frank Oafley zurück. »Verzeih, Sam«, keuchte er, »ich vergaß, daß dein Arm verletzt ist.«

»Kümmere dich gefälligst nicht um meinen Arm«, fauchte Laxter ihn an, sah aber doch verstohlen auf den Verband, auf dem ein roter Fleck immer größer wurde, weil die Wunde wieder aufgebrochen war.

Shuster krabbelte langsam und mühselig zwischen den beiden hoch, was aber niemand merkte. »Kommen Sie fort von hier«, jammerte er. »Der Mensch ist klug. Habe ich es Ihnen nicht gesagt?«

Oafley atmete schwer, und sein Gesicht war gerötet. »Laß Edith aus dem Spiel, ein für allemal« sagte er drohend, wandte sich dann jäh um und ging zur Korridortür. Shuster zögerte sekundenlang, ehe er verzweifelt rief: »Mr. Oafley! Kommen Sie zurück, nur noch ein paar Augenblicke!«

»Der Teufel soll Sie holen«, bellte Oafley über die Schulter. »Ich nehme mir einen eigenen Anwalt!«

Shuster sah Laxter mit einem Ausdruck tiefsten Entsetzens ins Gesicht. Dann fuhr er Perry Mason an. »Das haben Sie angerichtet!« schrie er. »Und zwar haben Sie es absichtlich getan! Sie haben die beiden jungen Männer gegeneinander aufgebracht! Sie weckten den Verdacht in ihren Herzen! Sie haben Edith De Voe ins Spiel gebracht! Sie wollten . . .«

»Wollen Sie bitte die Tür schließen, wenn Sie hinausgehen«, bat Perry Mason höflich.

Shuster schob seinen Arm unter den Sam Laxters.

»Kommen Sie! Das Gesetz wird uns schützen!«

»Jetzt wird er sich einen Anwalt nehmen«, sagte Laxter bitter, »und versuchen, mir den Mord an Großvater in die Schuhe zu schieben! Herrgott! Ist das eine verdammte Schweinerei!«

Shuster schob ihn erregt zur Tür hinaus.

»Tür schließen, bitte!« rief Mason ihm nach.

Shuster schmetterte sie derart zu, daß man fürchten mußte, die Wände würden einstürzen. Es blieb aber dabei, daß nur sämtliche Bilder in Bewegung gerieten und noch wackelten, als Della Street aus ihrem Büro eintrat.

»Ich habe alles mitgeschrieben und sogar die einzelnen Hiebe gewissenhaft notiert. Im übrigen wartet Winifred Laxter im Vorzimmer – mit einer Katze.«

»Katze?« Mason schien zutiefst verblüfft zu sein.

»Jawohl, mit einer Perserkatze.«

Masons Augen verengten sich. »Sie soll hereinkommen!«

»Und das stimmt auch, daß man die Katze aus meiner Wohnung geholt hat«, fügte sie noch hinzu. »Sie sagten meiner Zugehfrau, daß sie meine Zimmer durchsuchen müßten, worauf sie ihnen den Schlüssel gab.«

»Haben Sie einen Haussuchungsbefehl vorgewiesen?«

»Ich glaube nicht.«

Mason zog nachdenklich an seiner Zigarette. »Das bringt Sie in eine ziemlich schiefe Situation, Della, und ich bedaure es sehr. Ich glaubte wirklich nicht, daß man so schnell bei Ihnen nachsehen würde; aber Sergeant Holcomb wird immer besser und besser – oder schlimmer, wenn Sie wollen!« Er sah sie an und lächelte. »Darum lockt es mich ja auch immer mehr, ihn zu reizen! Und nun schicken Sie mir Winifred herein, und seien Sie in Ihrem Büro bereit, mitzuhören.«

Sie öffnete die Tür, und Winifred Laxter trat ein. Sie trug eine große Perserkatze in den Armen, bewegte sich sicher und gefaßt, und in ihren Augen lag ein entschlossener, wacher Ausdruck.

Perry Mason sah sie mit amüsierter Nachsicht an.

»Setzen Sie sich.«

»Ich habe Sie angelogen«, sagte sie laut und blieb neben dem Schreibtisch stehen.

»In bezug auf die Katze?«

Sie nickte. »Die Katze von neulich – das war nicht Clinker. Das hier ist Clinker.«

»Und warum haben Sie mich angelogen?«

»Weil ich nämlich – Ich hatte doch mit Onkel Charles telefoniert, mit dem Hausverwalter, wissen Sie, und ihm gesagt, ich wollte, er würde Clinker fortgeben, und zwar mir. Aber er weigerte sich. Also schlug ich ihm vor, wir wollten Sam Laxter anders hinters Licht führen. Nämlich indem wir eine zweite Katze, die wie Clinker aussieht, anschaffen. Die hätte Onkel Charles dann frei herumlaufen lassen, während er Clinker sorgfältig bewachen sollte. Wenn also Sam wirklich eine Katze vergiftet hätte, dann wäre es die andere gewesen, nicht Clinker ... Verstehen Sie?«

Perry Mason sah sie durchdringend an. »Und weiter?«

»Sie glauben mir nicht?«

»Setzen Sie sich, und erzählen Sie erst fertig!«

Sie setzte sich auf den Rand des Ledersessels. Die Katze wehrte sich verzweifelt und wollte der Umklammerung entfliehen, aber Winifred hielt sie mit aller Kraft fest.

»Ja, und dann kauften wir also eine Katze, und Doug brachte sie hinaus. Als dann aber Onkel Charles nicht kam, brachte er sie mir wieder zurück und ließ sie bei mir.«

Sie versuchte, die Katze zu beruhigen, indem sie sie hinter den Ohren kraulte; aber das Tier blieb widerspenstig.

»Lassen Sie doch um Himmels willen die arme Katze los«, sagte Perry Mason lachend. »Wo haben Sie sie her?«

Sie sah ihn herausfordernd an. »Wovon sprechen Sie? Ich sage Ihnen doch, daß dies Clinker ist. Er hat mich sehr gern.«

Die Katze sprang auf den Boden.

»Das wäre eine ganz gute Geschichte«, bemerkte Perry Mason völlig unbeteiligt und kalt. »Sie könnte mir aus einer Sackgasse heraushelfen, und sie wäre für Della Street ebenfalls eine Erleichterung. Sicherlich sehen diese beiden Katzen gleich aus. Aber es würde dann doch nicht klappen! Früher oder später würde die Polizei herausbekommen, wo Sie diese Katze aufgetrieben haben. Dann würde vermutlich ein großes Hin und Her entstehen, ob es nun Clinker sei oder nicht; aber auf lange Sicht würde es Sie in Teufels Küche bringen, und das darf keinesfalls geschehen.«

»Aber es *ist* Clinker! Ich ging hinaus und fand ihn. Er war zu Tode verängstigt, der Arme – von all dem Lärm und den Aufregungen und weil er seinen Herrn tot aufgefunden hatte ...«

»Nein«, unterbrach Mason ihren Redeschwall, »ich mache nicht mit, und das ist mein letztes Wort!« Er ging zu ihr und klopfte ihr begütigend auf die Schultern, die nun vom Weinen zuckten. »Können Sie denn gar kein Vertrauen zu mir haben, Kind?«

Sie sah ihn mit tränenerfüllten Augen an.

»Glauben Sie doch nicht, daß Sie die Verantwortung für diese ganze Sache tragen müssen! Bringen Sie mir keine fremden Katzen mehr her, nur um Douglas Keene ein Alibi zu verschaffen! Überlassen Sie all das ruhig mir. Wollen Sie mir das versprechen?«

Ihre Lippen zitterten heftig; aber sie nahm sich eisern zusammen, und nach ein paar Sekunden nickte sie.

Mason hob die Katze auf und legte sie Winifred in den Schoß. »Und jetzt gehen Sie heim und schlafen sie sich aus.«

Er öffnete ihr die Wohnungstür und verabschiedete sich. Als er durch den Korridor zurückkam, stand Della Street auf der Schwelle seines Privatbüros.

Mason lächelte sie an. »Eine Totgeburt!«

Della nickte langsam.

»Machen Sie eigentlich gern Streiche, Della?«

»Es kommt darauf an.«

»Würden Sie gerne mit mir auf eine Hochzeitsreise gehen?«

Sie starrte ihn entgeistert an. »Hochzeitsreise?« stammelte sie. »Nun, ich ... Oh! ...«

Er grinste. »Okay! Aber zuerst legen Sie sich jetzt hier auf die Couch und schlafen ein wenig. Wenn Douglas Keene anruft, sagen Sie ihm, er müsse meine Aktion unbedingt unterstützen. Sie werden ihm energischer die Meinung sagen können als ich! Ich gehe zu Paul Drake hinunter!«

14

»Paul, du mußt einige deiner Leute in alle Autohäuser schicken und herausbekommen, ob kürzlich ein gewisser Watson Clammert einen neuen Wagen gekauft hat.

»Watson Clammert? Clammert? Wo zum Teufel habe ich diesen Namen bloß schon gehört?«

Mason beobachtete das krampfhafte Nachdenken seines Freundes mit spöttischem Lächeln.

Plötzlich fuhr Drake auf. »Natürlich! Ja! Das ist doch der Mann, der den Banksafe mit Ashton teilte!«

»Hat die Polizei diesen Safe eigentlich untersucht?«

»Jawohl, aber sie fand ihn sozusagen leer. Es lagen nur noch die Papierstreifen darin, die die Banken um große Notenbündel tun. Offensichtlich hat Ashton die Banknoten herausgenommen und nur die Streifen zurückgelassen.«

»Wer – Ashton oder Clammert?«

»Ashton! Die Kontrollisten der Bank beweisen, daß Clammert nie zu dem Safe kam. Er ist lediglich ein Name, der auf der Registrierkarte steht.«

»Hat die Polizei eine Ahnung, wieviel Geld aus dem Safe genommen wurde?«

»Nein, das weiß sie nicht. Es dürfte viel gewesen sein. Ashton wurde beobachtet, wie er ganze Bündel Banknoten in ein Köfferchen stopfte.«

»Hast du jemals etwas Näheres über den Autounfall gehört, den Sam Laxter hatte?«

»Ja. Er fuhr in eine Telefonstange, wie er sagte. Ein betrunkener Fahrer kam um eine Ecke gerast.«

»Zeugen?«

»Einige Leute hörten den Aufprall.«

»Hast du ihre Namen?«

»Ja. Man hat die Bremsspuren von Laxter genau festgestellt. Er war auch auf der richtigen Straßenseite. Er schien aufgeregt, aber vollkommen nüchtern zu sein.«

»Wo war er vor diesem Unfall?«

Drake zögerte etwas. »Das versuche ich gerade herauszubekommen, Perry. Laxter hat für den Mord an Ashton ein einwandfreies Alibi. Er verließ das Haus um neun Uhr abends und kam erst zurück, als die Polizei schon da war. Und Ashton wurde zwischen zehn und elf ermordet.«

Mason nickte nachdenklich.

»Später hat ja dann Shuster das Gespräch geführt! Außerdem hat er Laxter ein Alibi verschafft.«

»Wer? Shuster?«

Drake nickte. »Shuster sagte aus, daß Laxter bei ihm im Büro war.«

»Zu welchem Zweck?«

»Darüber verweigert Shuster die Auskunft.«

»Ein hübsches Alibi«, brummte Mason verächtlich.

»Moment, Perry! Ich glaube, es stimmt. Jim Brandon, der

Chauffeur, hat Laxter ungefähr um elf Uhr zu Shusters Büro gefahren. Laxter schickte ihn mit dem Wagen heim und sagte, er würde später nachkommen. Also fuhr Brandon den grünen Packard wieder nach Hause. Und bei dieser Gelegenheit hat er auch Keene gesehen. Das war kurz nach elf.«

Mason begann im Zimmer des Privatdetektivs auf und ab zu gehen. Seine Daumen steckten wie immer in den Armlöchern, und er hielt den Kopf vorgebeugt. Nach einer Weile murmelte er wie im Selbstgespräch vor sich hin: »Also verließ Laxter das Haus mit dem Chauffeur zusammen in dem grünen Packard ... Zurückgekommen ist er aber in Ashtons Chevrolet ... Wie zum Kuckuck kam er zu dem Chevrolet?«

Drake richtete sich interessiert auf. »Du! Das ist eine Idee!«

»Paul, schick ein paar Leute zum Apartmenthaus, in dem Edith De Voe wohnte. Mit allen Bewohnern sprechen. Fragen, ob jemandem der Chevrolet auffiel, als er vor dem Haus geparkt war oder in der Nähe des Hauses!«

Drake machte sich eifrig Notizen. »Das wäre eine Sache, Perry!« Er war ganz aufgeregt. »Aber ich glaube, daß wir mehr brauchen, um Sam Laxter zur Strecke zu bringen. Siehst du, jemand hat Ashton zwischen zehn und elf ermordet. Dann muß er Ashtons Krücke mitgenommen und sie zersägt haben. Danach muß er zu Edith De Voe gefahren sein. Wenn also Laxter beweisen kann, daß er bei Shuster in dessen Büro saß ...«

»Schön, wenn es so war«, fiel ihm Mason ins Wort, »und wenn Brandon Douglas Keene mit der Katze fortgehen sah ... wo war dann die Krücke? Keene hat sie jedenfalls nicht mitgenommen!«

Drake nickte. »Stimmt, aber Keene kann sie zum Fenster hinausgeworfen und später geholt haben. Perry, es wird ein harter Kampf, und ich ...«

Das Telefon klingelte. Della Street war am Apparat. Sie schien erregt zu sein. »Kommen Sie sofort herauf, Chef«, bat sie. »Douglas Keene hat eben angerufen!«

»Wo ist er?« fragte Mason.

»In einer öffentlichen Telefonzelle. Er ruft in fünf Minuten wieder an.«

»Also, Paul, geh diesen Dingen nach, und zwar rasch! Von jetzt an wird alles sehr schnell gehen!« Zwei Stufen auf einmal nehmend, rannte er in sein Büro hinauf. »Will er sich der Polizei stellen, Della?« rief er schon von weitem.

»Ich denke schon. Er schien verbittert zu sein, aber er hat es eingesehen.«

Das Telefon klingelte.

»Antworten Sie nicht sofort!« Della hielt Masons Hand fest. »Wissen Sie, wer seit langem vor dem Haus herumschleicht! Ihr kleiner Spielgefährte – Sergeant Holcomb!«

Mason runzelte die Stirne. Das Telefon läutete wieder.

»Schlimm?« fragte sie.

»Allerdings«, seufzte er. »Sie werden versuchen, Keene festzunehmen, bevor er sich freiwillig stellen kann, und dann werden sie ihn der Zeugnisverweigerung beschuldigen!«

Er nahm den Hörer ab. »Hallo!«

Eine Männerstimme sagte: »Hier ist Douglas Keene, Mr. Mason.«

»Wo sind Sie jetzt, Keene?«

»Ecke Parkway – Siebente Straße.«

»Haben Sie eine Uhr?«

»Ja.«

»Wieviel zeigt sie genau?«

»Dreizehn Minuten vor elf.«

»Genauer, bitte! Wie steht es mit den Sekunden? Sagen Sie mir ganz genau auf die Sekunde, wann Ihre Uhr elf Minuten vor elf zeigt!«

»Elf!« rief Keene.

Perry Mason hielt seine Uhr in der Hand. »Gut! Dann geht Ihre Uhr im Vergleich zu meiner etwa fünfundzwanzig Sekunden nach; aber ich werde meine nach Ihrer richten. Nun hören Sie gut zu! Man wird mir folgen, sobald ich das Haus verlasse, weil man hofft, daß ich direkt zu Ihnen gehen werde. Gehen Sie also in Richtung auf mein Büro, und bleiben Sie an der Ecke der Siebenten Straße stehen – das ist genau westlich von meinem Büro – wissen Sie, wo ich meine?«

»Ja.«

»Um elf Uhr zehn nehmen Sie den ersten Bus, der in Richtung Osten fährt. Kaufen Sie einen Fahrschein, aber gehen Sie nicht ins Innere des Wagens. Bleiben Sie auf der Plattform neben dem Schaffner stehen, damit Sie abspringen können, sobald ich es Ihnen sage. Ich werde ebenfalls in diesem Bus sein, Sie aber weder kennen noch ansehen. Eine junge Dame wird neben dem Bus in einem offenen Kabriolett herfahren, und einen oder zwei Häuserblöcke, nachdem ich den Bus bestiegen habe, werde ich plötzlich rufen: ›Springen Sie!‹, und Sie müssen unbedingt vom Bus in den offenen Notsitz dieses Kabrioletts springen! Werden Sie das können?«

»Klar kann ich das.«

»Okay, Douglas, dann verlasse ich mich auf Sie!«

»Ja, das können Sie. »Die Stimme des jungen Mannes hatte alle Bitterkeit verloren. »Ich glaube, daß ich mich wie ein Idiot benommen habe! Aber nun können Sie mit mir Pferde stehlen gehen!«

»Schön«, sagte Mason. »Also nicht vergessen: Punkt zehn nach elf!«

Er legte den Hörer auf, ergriff seinen Hut und fragte Della Street: »Haben Sie gehört? Werden Sie es schaffen?«

Della setzte sich bereits den Hut auf. »Und ob! Soll ich zuerst gehen?«

»Nein, ich gehe voraus.«

»Und ich hole den Wagen erst heraus, wenn Sie um die Ecke verschwunden sind?«

»Richtig. Holcomb wird mir nachgehen. Wenn er denkt, daß ich meinen Wagen benutze, wird er auch einen nehmen. Er hat bestimmt einen in der Nähe stehen. Wenn er aber glaubt, daß ich zu Fuß gehe, wird er auch zu Fuß gehen.«

»Und was wird er tun, wenn Sie in den Bus steigen?«

»Das weiß ich nicht. Wie spät haben Sie genau?«

»Ich habe das Gespräch abgehört und meine Uhr genau nach der von Keene gestellt.«

»Patentes Mädchen! Also, gehen wir.«

Mason rannte zum Lift, fuhr ins Erdgeschoß hinunter, aber durch die große Eingangshalle des Bürohauses schlenderte er ganz gemütlich und betrat die Straße, als wisse er nicht recht, wohin er nun gehen sollte, als müsse er seine Zeit totschlagen. Der Straßenverkehr war sehr dicht. Perry Mason machte ein paar Schritte, blieb dann stehen und zündete sich eine Zigarette an. Er war sicher, daß Holcomb ihm folgte. Nach zwei, drei Zügen sah er gelangweilt auf seine Armbanduhr.

Direkt gegenüber der Stelle, wo Mason stehengeblieben war, befand sich ein Fußgängerüberweg. Er ging langsam und in Gedanken versunken darauf zu.

Seine Uhr zeigte elf Uhr zehn.

Perry Mason beobachtete die Lichtsignale. Ein Omnibus rumpelte bis zum Fußgängerüberweg, wo er anhielt. Als er beim Aufleuchten des grünen Lichtes langsam anfuhr und an Perry Mason vorbeiholperte, sprang der Anwalt auf das Trittbrett. Douglas Keene stand neben dem Schaffner.

Mason hörte das Geräusch rennender Schritte. Holcomb erreichte den Bus eben noch, als dieser seine Geschwindigkeit erhöhte. Della Street, die dem Bus folgte, hinderte eine ganze Reihe von Wagen am Vorfahren, aber trotz wütenden Hupengeheuls hielt sie ganz genau das Tempo des großen Wagens ein. Kaum hatte Holcomb den Bus erreicht, schoß sie nach vorn, so daß der offene Notsitz von Perry Masons Wagen genau neben der Plattform war, auf der Keene stand.

»Springen Sie!« schrie Mason.

Keene sprang in den Notsitz, landete glücklich und hielt sich fest. Mason sprang inzwischen auf das Trittbrett des Kabrioletts und hielt sich mit einer Hand an der Polsterung des Notsitzes fest. Holcomb, der in diesem Augenblick eine Fahrkarte beim Schaffner gekauft hatte, schrie: »Anhalten! Sie sind verhaftet!«

»Gas, Della!« befahl Mason. »Und dann scharf an dem Bus vorbei!«

Della Streets hübscher Fuß trat das Gaspedal mit aller Macht nieder. Der Wagen sprang förmlich nach vorn. Mason hob mühsam ein Bein in den Notsitz und konnte endlich das andere nachziehen.

»Zum Polizeipräsidium, Della, und holen Sie aus dem Wagen heraus, was möglich ist!«

Della Street nickte nicht einmal. Mit kreischenden Rädern schnitt der Wagen die Kurve. Ein Verkehrspolizist hob seine Pfeife an den Mund, aber Della war schon längst über die nächste Kreuzung gefahren, als sein Pfiff endlich ertönte. Ihre rechte Hand drückte unaufhörlich auf die Hupe.

Mason achtete überhaupt nicht auf die rasende Fahrt. Er konzentrierte seine ganze Aufmerksamkeit auf Douglas Keene.

»Los, erzählen Sie, und machen Sie keine großen Umschweife! Schreien Sie mir in die Ohren, denn ich muß jedes Wort genau verstehen. Aber nur die wichtigen Sachen, bitte!«

»Edith De Voe rief mich an. Sie hatte mir schon von der Sache mit Sams Auspuff und dem Schlauch erzählt. Sie bat mich, sofort zu ihr zu kommen, weil sich etwas Wichtiges ereignet hätte. Ich fuhr zu ihr hinaus. Als ich bei ihr klingelte, gab mir niemand Antwort; aber der Hausmeister kam gerade in diesem Augenblick heraus. Ich wollte mich an ihm vorbei ins Haus drängen, aber er hielt mich auf und fragte, wer ich sei und zu wem ich wolle. Ich erklärte ihm, daß ich mit Miss De Voe eine Verabredung hätte, und ging weiter. Er schien zu zögern, verließ das Haus aber dann doch. Ich kam zur Wohnung von Edith De Voe. Sie lag auf dem Fußboden. Neben ihr sah ich eine Art Keule und ...«

»Ja, ja«, schrie Mason, um sich verständlich zu machen. »Weiter, weiter! Was geschah dann?«

»Ich fuhr sofort in meine Wohnung. Jemand war dort gewesen. Einer meiner Anzüge war vollkommen blutverschmiert, aber ich bemerkte es nicht gleich.«

»Das war, nachdem Sie Winifred die Katze gebracht hatten?«

»Ja, ich ging von Winifred fort und zu mir nach Hause, wo mich die Nachricht von Edith De Voe erreichte.«

»Und Sie gingen von Ihrer Wohnung aus zu Edith?«

»Ja.«

»Wann genau bemerkten Sie, daß Ihr Anzug blutverschmiert war?«

»Ziemlich bald.«

»Und was taten Sie dann?«

»Es war wie ein scheußlicher Traum! Ich versuchte, die Blutflekken auszuwaschen, aber es ging nicht.«

»Warum riefen Sie nicht die Polizei an, als Sie bemerkten, daß Edith erschlagen worden war?«

»Ich verlor den Kopf – nur darum! Ich hatte Angst, daß man mich für diesen Mord verantwortlich machen könnte. Ich war entsetzt und erschreckt und lief einfach davon. Und als ich dann sah, daß bei mir alles voll Blut war ... Es war ein Alptraum!«

»Haben Sie Ashton getötet?«

»Nein! Ich habe ihn nicht einmal gesehen!«

»Sind Sie zu ihm gegangen, um die Katze zu holen?«

»Ja.«

»Waren Sie in Ashtons Zimmer?«

»Ja.«

»Haben Sie dort etwas gesucht?«

Douglas Keene zögerte.

»Los! Antworten Sie!«

»Ja, ich suchte ... Beweise!«

»Beweise wofür?«

»Ich weiß es nicht recht ... Ich glaubte, daß an der Art, wie Ashton Geld ausgeben konnte, etwas nicht stimmte. Und da sah ich mich eben um. Jim Brandon hatte behauptet, daß Ashton die Diamanten in seiner Krücke versteckt habe.«

»Haben Sie Handschuhe getragen oder Fingerabdrücke hinterlassen?«

»Ich muß bestimmt Fingerabdrücke hinterlassen haben.«

»Nun hören Sie zu, Keene! War Ashton nicht da?«

»Nein«, schrie Keene Mason ins Ohr, »er war nicht da! Ich sage Ihnen die Wahrheit!«

»Erzählen Sie niemandem von diesen Dingen, Keene. Sie werden sich jetzt im Präsidium stellen. Verweigern Sie jegliche Aussage ohne mein Beisein. Das müssen Sie tun, um Winifred zu schützen! Wenn Sie den Mund nicht halten, wird sie in die Sache hineingezogen! Können Sie ihr zuliebe schweigen?«

Der Junge nickte heftig.

Der Wagen schleuderte leicht, als Della Street jäh in eine Kurve fuhr. Die Bremsen kreischten auf, und der Wagen hielt vor dem Polizeipräsidium. Mason packte Keene fest beim Arm, riß ihn förmlich aus dem Notsitz und die Treppenstufen hinauf. Kaum hatte er die Tür aufgestoßen, fuhr ein zweiter Wagen vor, auf dessen Trittbrett Sergeant Holcomb mit einem Revolver in der rechten Hand stand. Er sprang ab und rannte ebenfalls die Stufen empor. Mason zerrte Keene durch einen langen Korridor, an dessen Ende eine Tür mit der Aufschrift ›Mordkommission‹ war, die er aufriß. Dem Mann am Empfangspult teilte er im ruhigsten Tone der Welt mit: »Das ist Douglas Keene. Er stellt sich der Polizei freiwillig, gemäß meiner Vereinbarung mit . . .«

Die Tür wurde wieder aufgerissen, und Sergeant Holcomb fiel beinahe in das Zimmer hinein.

»Diesmal habe ich Sie erwischt!« keuchte er.

»Inwiefern?« fragte Mason liebenswürdig.

»Ich wollte diesen Mann verhaften, und Sie haben mich daran gehindert! Es ist mir egal, ob Sie ihn ins Polizeipräsidium brachten! Ich hätte ihn vorher verhaftet!«

Mason lächelte. »Sie übersehen eine Kleinigkeit, Sergeant. Auch ein Privatmann kann einen Menschen verhaften, sofern er glaubt, daß dieser Mensch ein Verbrechen begangen hat. *Ich* also habe Douglas Keene verhaftet!«

Sergeant Holcomb schob seine Waffe wütend in sein Halfter zurück. Der Polizist am Pult redete ihm begütigend zu. »Ruhe, Sergeant, immer mit der Ruhe. Mason hat ihn hergebracht.«

Holcomb wandte sich ohne ein Wort zum Gehen. Ein Reporter stürzte herein. Er packte Mason beim Arm. »Kann ich Keene interviewen?« stieß er aufgeregt hervor.

»O gewiß. Ich kann Ihnen aber genau sagen, was er sagen wird. Er wird Ihnen erzählen, daß wir ausgesprochen mildes Wetter haben diesen Winter, mehr auf keinen Fall.«

15

Perry Mason lachte, als Della Street seinen Wagen in Richtung Bürohaus fuhr. »Links bitte, Della, und dann zum Union Depot!«

Sie sah ihn fragend an.

»Im Büro wird es jetzt hoch hergehen mit all den Zeitungsleuten, Polizei- und Kriminalbeamten, District Attorneys und sonstigem! Ich muß in Ruhe telefonieren können, und das gedenke ich im Depot zu tun, während Sie Ihre Koffer packen. Sie nehmen alle Ihre Abendkleider mit! Sie werden in einem sehr feudalen Hotel wohnen, und ich will, daß Sie blendend aussehen!«

»Was spiele ich eigentlich für eine Rolle, Chef?«

»Die einer Braut.«

»Und der dazugehörige Bräutigam?« fragte sie, als sie an einer Verkehrsampel anhalten mußte.

»Der wird gerade lange genug in Erscheinung treten, damit er ganz plötzlich in die Stadt zurückgerufen werden kann, was seine Flitterwochen jäh beenden wird.« Perry Mason machte eine kleine, förmliche Verbeugung. »Wie fremd ich Hochzeitsreisen auch gegenüberstehen mag, ich werde mich bemühen, die Rolle des Bräutigams glaubwürdig zu gestalten während der wenigen Minuten seines Auftretens vom Eintragen in die Gästeliste bis zu seinem unerwarteten Abruf in äußerst wichtigen Geschäften.« Er zündete eine Zigarette an und gab sie ihr. »Es tut mir leid, Della, daß ich Ihnen das alles zumuten muß; aber ich weiß sonst keinen Menschen, dem ich wirklich vertrauen kann.«

»Auf einer Hochzeitsreise?« fragte sie trocken.

»Auf einer Hochzeitsreise«, gab er ausdruckslos zurück.

Sie riß das Steuer wild herum, und die Reifen kreischten laut auf, als sie in Richtung Union Depot fuhr.

»Sie müssen nicht unbedingt noch ein paar Strafzettel sammeln, Della«, bemerkte Mason sanft.

»Halten Sie den Mund«, sagte sie. »Ich versuche meine Gedanken zu sammeln! Was kümmern mich Strafzettel!«

Sie fuhr in hohem Tempo die Straße entlang, wobei sie aber geschickt anderen Fahrzeugen auswich, und bremste vor dem Union Depot jäh ab.

»Treffen wir uns hier?« fragte sie.

»Jawohl, und zwar mit viel Gepäck!«

»Okay, Chef.«

Er stieg aus und blieb neben dem Wagen stehen. Della Street saß sehr gerade hinter dem Lenkrad. Sie hielt den Kopf hoch aufgerichtet und lächelte ihn an. »Noch etwas?«

»Ja. Sie müssen sich jetzt die allerbesten Manieren zulegen und mich vor allen Dingen nicht mehr ›Chef‹ nennen.«

»Bitte, gern ... Liebling«, und blitzschnell beugte sie sich vor und preßte ihre Lippen auf seinen Mund. Ehe er sich von seiner Verblüffung erholen konnte, trat sie energisch auf das Gaspedal, und der Wagen schoß davon. Mason blieb wie angewurzelt stehen. Neben ihm kicherte ein Zeitungsjunge. Perry Mason lachte ein wenig blöd und wischte sich das Lippenrot weg. Dann ging er in eine Telefonzelle.

Zuerst rief er Winifred Laxter an. »Alles in Ordnung, Winnie. Ihr Freund hat sich als der Prachtkerl erwiesen, als den ich ihn eingeschätzt habe.«

»Sie haben ... Ist er mit Ihnen in Verbindung?«

»Er ist im Gefängnis«, antwortete Mason vergnügt.

Sie stieß einen Schrei aus. »Ich will sofort zu ihm! Ich muß ihn sehen!«

»Das ist gerade das, was Sie jetzt nicht tun können und sollen. Man würde Sie außerdem gar nicht zu ihm lassen. Aber es wird nun nicht mehr lange dauern, bis ich den Fall restlos aufgeklärt habe. Der Bursche ist jung, und er hat ganz einfach den Kopf verloren, das darf ihm niemand verübeln. Er sah sich plötzlich einem Komplott gegenüber, das auch einen viel reiferen Menschen aus der Fassung gebracht hätte.«

»Ein Komplott? Darf ich davon Gebrauch machen, daß Sie das feststellten – ich meine, falls mich jemand fragen würde, wie ...«

»Nein, das dürfen Sie nicht! Während der kommenden achtundvierzig Stunden sollen Sie Ihre ganze Aufmerksamkeit ausschließlich dem Waffelbacken widmen. Verstanden? Adieu! Ich muß zum Zug!« Er hängte ein, ehe sie noch ein Wort äußern konnte.

Mason rief nun Paul Drake an.

»Eine Menge Neuigkeiten, Perry«, rief ihm der Privatdetektiv gleich entgegen. »Soll ich am Telefon reden?«

»Ja, aber bitte rasch!«

»Es ist aber eine ganze Menge! – In dem Apartmenthaus, wo Edith De Voe wohnte, wurde Poker gespielt. Und zwar auf der gleichen Etage, in der auch Miss De Voe wohnte.«

»Ja, und?« fragte Mason.

»Nachdem einer der Spieler in den Zeitungen von dem Mord gelesen hatte, hielt er es für seine Bürgerpflicht, der Polizei mitzuteilen, daß während ihres Spieles ein Fremder aufgetaucht sei und gesagt habe, er sei der Bewohner der Nachbarwohnung. Das hat sich anscheinend genau in dem Moment zugetragen, als die Polizei das Haus betrat, und nun dachte der Mann, daß dieser Unbekannte irgendwie mit dem Verbrechen im Zusammenhang stehen könnte. Die Polizei zeigte ihm Fotos der Hauptverdächtigen in dem Fall De Voe, und nachdem sie alle Beschreibungen aus ihm herausgepreßt hatten, die er zu machen imstande war, legten sie ihm dein Bild vor, worauf er ohne Zögern sagte, das sei der Fremde gewesen.«

»Und die Moral von der Geschicht': Spiele Karten mit Fremden nicht!« sagte Mason und lachte. »Und? Hat die Polizei das geglaubt und ernst genommen?«

»Ich fürchte, ja. Sergeant Holcomb ist förmlich außer sich! Wo treibst du dich eigentlich überall herum, Perry?«

»Ich kann doch nicht meine ganze Zeit im Büro zubringen! Und übrigens war das nach Büroschluß!«

»Hhm! Nun, ich wollte dir das jedenfalls mitgeteilt haben! Aber noch etwas Komisches ist passiert: Der Vogel hat noch eine andere Fotografie identifiziert – die von Sam Laxter! Er behauptet, Laxter an jenem Abend ungefähr um elf Uhr fünfzehn im Korridor des Apartmenthauses gesehen zu haben. Daraufhin wurde er mit Sam Laxter konfrontiert, und er hat seine Aussage wiederholt!«

»Was sagte Sam dazu?«

»Gar nichts. Nat Shuster redete wie ein Buch und stritt alles kategorisch ab.«

»Hat die Polizei Sam Laxter verhaftet?«

»Sie verhören ihn im Büro des District Attorney.«

»Und Shuster ist nicht anwesend?«

»Nein, und Laxter verweigert die Auskunft.«

»Weiß man, wann genau Edith De Voe getötet wurde?«

»Nein. Sie war tot, als die Polizei kam. Sie können den genauen Zeitpunkt des Überfalls nicht feststellen. Aber die Polizei weiß nun von der Heirat. Die Zeremonie fand um zehn Uhr statt. Die Pokerspieler wurden dazugebeten und blieben ungefähr eine Viertelstunde oder zwanzig Minuten dort. Dann gingen sie wieder. Oafley sagt aus, daß er um zehn vor elf ebenfalls ging.«

»Eigentlich seltsam, daß Oafley seine junge Frau eine Stunde nach der Hochzeit wieder verließ«, bemerkte Mason.

»Was Oafley anbelangt, so hat er eine reine Weste. Die Polizei hat seine Angaben genau geprüft. Er verließ das Haus um zehn vor elf. Daheim kam er um fünf oder zehn nach elf an, und damit hat er ein lückenloses Alibi für den Mord an Ashton, denn der Alte starb um halb elf. Vier oder fünf Leute sind in der Lage zu beschwören, daß Oafley um zehn Uhr zwanzig noch in der Wohnung von Edith De Voe war, und ein anderer Zeuge sah ihn um elf oder wenige Minuten vorher aus dem Apartmenthaus fortgehen. Und die Haushälterin in Laxters Villa sah ihn um zehn nach elf heimkommen.«

»Könnte Oafley Edith De Voe den Schädel eingeschlagen haben, bevor er fortging?«

»Nein, denn sie lebte um elf Uhr noch. Zu dieser Zeit klopfte sie nämlich bei den Pokerspielern an und bat um ein paar Streichhölzer.« Paul Drakes Stimme klang wirklich erfreut. »Perry, jetzt sieht die Sache schon recht brenzlig aus für Sam Laxter! Er kann einzig und allein beweisen, daß er zu der Zeit, da Ashton ermordet wurde, in Shusters Büro gewesen ist. Shuster hat von irgend jemandem erfahren, daß der Leichnam von Peter Laxter exhumiert werden sollte, rief Laxter an, und Laxter fuhr sofort in sein Büro.«

»Was ist mit dem Chevrolet?« erkundigte sich Mason.

»Ob es der gleiche ist, weiß ich nicht, aber ein paar Leute erinnern sich, einen alten Chevrolet mit zerbeulten Kotflügeln und Stoßstangen vor dem Apartmenthaus gesehen zu haben, und zwar ungefähr um elf Uhr.«

»Konntest du die Polizei dazu bringen, Sam Laxter zu fragen, wie es kommt, daß er zu Hause in einem grünen Packard wegfuhr und im Chevrolet des Hausverwalters heimkam?«

»Ich habe es wohl vorgeschlagen, aber es nützte wenig. Sam Laxter schweigt beharrlich. Er macht eine Menge verschwommener Andeutungen in der althergebrachten, abgedroschenen Richtung: die verheiratete Frau, mit der er eine Stunde verbracht hat, nachdem er Shusters Büro verließ, und deren guten Namen er nicht gefährden will!«

Mason lachte. »Mein Gott! Nützt sich dieses Lieblingsalibi Shusters eigentlich nie ab? Jeder seiner Mandanten benutzt es doch schon seit vielen Jahren!« Aber er wurde gleich wieder ernst. »Und was ist mit dem Auto von Clammert? Hast du da etwas herausbekommen?«

»Nicht viel«, gestand Drake mißmutig. »Watson Clammert hat sich einen Buick Sedan gekauft, und der Kraftfahrzeugbrief lautet auf seinen Namen. Die Nummer des Wagens ist Drei D Vierundvierzig Strich Sechzehn. Er hat auch eine Vollkaskoversicherung für den Wagen bei der Internationalen Automobilversicherung abgeschlossen. Mehr weiß ich noch nicht, aber ich ...«

»Gib diese Sache ganz auf! Laß Watson Clammert fallen. Ruf deine Leute zurück und sag ihnen, daß sie keine weiteren Nachforschungen mehr anstellen sollen. Du hast wirklich ganze Arbeit geleistet, Paul, und darfst jetzt beruhigt schlafen gehen.«

»Heißt das, daß du meine Dienste nicht mehr brauchst?«

»Genau das. Sofern es dich betrifft, ist der Fall abgeschlossen. Weitere Ermittlungen könnten nur schaden.«

»Gut«, sagte Paul Drake ein wenig zögernd, »du mußt ja deine Arbeit kennen, Perry ... Noch einen Tip will ich dir geben – ich habe ihn aus dem Polizeipräsidium. Man hat vor, Douglas Keene einem Verhör zu unterziehen, bei welchem Sam Laxter als Zeuge auftreten soll. Dann wird man ihn fragen, wo er zum Zeitpunkt des Verbrechens war, und Laxter wird nur die Wahl haben zwischen der Preisgabe des Namens jener Frau oder der Verhaftung wegen Zeugnisverweigerung!«

»Er wird den Gentleman spielen und schweigen und ins Gefängnis gehen!« weissagte Perry Mason. »Sonst noch etwas?«

»Ashton war sehr tief in alles verwickelt«, berichtete Drake weiter. »Die Polizei beginnt zu glauben, daß er den Hauptteil von Peter Laxters Vermögen verschwinden ließ. Was hältst du davon?«

»Klar! Daraus besteht ja der Fall! Die ganze Affäre hängt mit Ashton zusammen.«

Als Paul Drake erregt Fragen stellen wollte, gab Mason jedoch vor, ihn gar nicht zu hören, und tat plötzlich sehr eilig. »Ja, nun muß ich zum Zug, Paul. Auf Wiedersehen!«

Er hängte ein, sah auf die Uhr und ging über die Straße zu einem Reiseartikelgeschäft, wo er sich einige Koffer und verschiedene Kleidungsstücke kaufte. Dann ging er zum Depot zurück. Er betrat das Telegrafenamt und schickte Watson Clammert, Biltmore Hotel, Santa Barbara, ein Telegramm.

›Ihre New Yorker Vertreter melden, Industriekreise bekämpfen Ihren Vorschlag zur Konsolidierung der Lage – stop – Dringend notwendig, daß Sie unverzüglich herkommen – stop – Von Santa Barbara nach Los Angeles fliegen und von dort mit dem ersten Flugzeug hierher – stop – Reise muß Gegnern verborgen bleiben, deshalb Flug unter anderem Namen buchen – stop – Erwarte Sie bei Ihrer Ankunft –‹

Mason zögerte keine Sekunde, dieses Telegramm mit dem Namen eines der berühmtesten Anwälte zu unterschreiben, dessen erfolgreiche Tätigkeit in allerhöchsten Industriekreisen jedem Menschen bekannt sein mußte. Er bezahlte die Gebühren, sah auf seine Uhr und lachte dann vor sich hin.

Er betrat eine Telefonzelle, suchte im Telefonbuch nach Hamilton Burgers Nummer und Adresse, und dann verlangte er die Telegrammaufgabe.

»An wen wollen Sie telegrafieren?« fragte das Fräulein vom Amt.

»An Thelma Pixley, drei – acht – zwei — vier East Washington Street.«

»Sie können diktieren!«

›Sehr beeindruckt von Ihrer Persönlichkeit, Erscheinung und Tüchtigkeit. Angesichts kürzlicher Geschehnisse sind Sie gewiß stellenlos. Möchte Sie gerne in Dienst nehmen. Bin Junggeselle und würde gut bezahlen. Zuvorkommende Behandlung zugesichert. Bitte kommen Sie bald in mein Büro, bringen Sie vorliegendes Telegramm mit, zwecks Besprechung Ihres Gehaltes.‹

»Und die Unterschrift bitte?« fragte das Fräulein.

»Hamilton Burger.«

»Geht es auf Ihre Telefonrechnung, Mr. Burger?«

»Natürlich.«

»Nummer bitte?«

»Exposition neun-sechs-neun-vier-neun.«

»Und die Adresse?«

»Drei-zwei-neun-sieben West Lakeside.«

»Danke, Mr. Burger.«

Mason hängte ein und ging vor dem Haupteingang des Depots zigarettenrauchend auf und ab, bis Della Street mit seinem Wagen vorfuhr. Dann verstaute ein rotbemützter Portier seine Koffer auf dem Notsitz, wo kaum mehr Platz für sie war.

»Und jetzt, Della«, schlug Mason vor, »kaufen wir uns zuerst einen neuen Buick. Aber bei einem Autohändler etwas außerhalb der Stadt. Vor allen Dingen muß ich noch zur Bank und Geld abheben.«

Sie fuhr zu Perry Masons Bank. Er hob dreitausend Dollar von seinem Konto ab. »Ich habe mir die Buick-Vertretungen der Außenbezirke notiert. Da, die in Franklin dürfte das Richtige sein für uns.«

»Soll ich mit hineingehen?« fragte Della Street, als sie vor dem Autohaus standen.

»Nein, Sie bleiben in diesem Wagen. Den anderen fahre ich dann.«

Mason betrat den großen Autosalon. Ein geschmeidiger Verkäufer kam lächelnd auf ihn zu. »Interessieren Sie sich für unsere Modelle?« fragte er händereibend.

»Ich möchte einen Sedan Fünfunddreißig kaufen. Was kostet er?«

Der Verkäufer rechnete den Betrag in seinem Notizbuch aus. »Wenn Ihnen an einer Probefahrt liegt, kann sofort veranlaßt werden ...«

»Nein, ich möchte den Wagen sofort kaufen, falls Sie ihn vorrätig haben.«

Der Verkäufer schnappte förmlich nach Luft, fand aber seine Fassung bald wieder.

»Gewiß, selbstverständlich! Ich werde sofort die Papiere ausstellen lassen. Auf welchen Namen, bitte?«

»Clammert, Watson Clammert.« Mason tat sehr eilig. »Und stellen Sie mir auch eine Quittung aus.«

Eine Viertelstunde später lenkte Perry Mason einen nagelneuen Wagen aus der Halle. Er nickte Della Street kaum merklich zu, und sie folgte ihm um die nächste Ecke. Zwei Häuserblocks weiter hielt Mason an und verlud die Koffer von seinem Kabriolett in den neuen Buick. »Jetzt halten wir bei der nächsten Einstellgarage, die wir sehen, und bringen meinen Wagen dort unter. Übernehmen Sie den Buick, ich fahre im alten Wagen. Sobald ich in eine Garage fahre, warten Sie draußen auf mich.«

Bei einer der nächsten Querstraßen bog Mason in eine Garageneinfahrt ein, und nach wenigen Minuten kam er schon heraus, wobei er den Parkzettel in die Brieftasche schob.

»Und nun die nächste Etappe unserer Hochzeitsreise: das Biltmore Hotel in Santa Barbara! Sie heißen jetzt Mrs. Watson Clammert. Ich werde Ihnen während der Fahrt noch genauere Instruktionen erteilen. Und Sie dürfen aus unserem neuen und sehr starken Wagen herausholen, was nur immer möglich ist!«

»Ja, Liebster«, entgegnete Della Street sanft. Sie trat dabei so energisch auf das Gaspedal, daß Perry Mason das Gefühl hatte, sein Kopf werde ihm nach hinten gerissen.

16

Flinke Pagen eilten hin und her und trugen das Gepäck des Ehepaares Clammert aus dem Wagen in die Eingangshalle. Das Luxushotel mit seiner exotischen Lage am Meer unter einem tiefblauen Himmel atmete die Ruhe und Gelassenheit ferner Tage spanischer Herrschaft.

»Ein herrlicher Ort für Flitterwochen«, raunte Perry Mason Della ins Ohr, als er mit ihr die elegante Halle betrat.

Dann ging er zum Empfangspult. Der Chef übereichte ihm Anmeldeformular und Füllfeder.

Mason schrieb eben ›Watson Clammert‹, als er hinter sich einen leisen Aufschrei und ein eigentümliches Rieseln hörte.

Er wandte sich rasch um. Della Street schüttelte einen wahren Regen von Reiskörnern aus ihrem Mantel. Der Empfangschef lächelte diskret. Mason war so verblüfft, daß er etwas dumm dreinsah; aber dann bemerkte er ein Lächeln in Della Streets Augen.

»Es tut mir leid, Liebling«, flötete sie.

Mason sah den lächelnden Chef abweisend an. Als er ihm die Anmeldekarte zurückgab, griff der Angestellte in ein Fach unter seinem Pult. »Ein Telegramm für Sie, Mr. Clammert.«

Mason runzelte die Stirne, öffnete das Telegramm und legte es vor sich auf das Pult. Della Street kam näher, legte ihm einen

Arm um den Nacken und drückte die Wange an seinen Mantelärmel.

Kaum hatte sie das Telegramm gelesen, stieß sie einen zornigen Schrei aus. Mason ließ es bei einem ärgerlichen Knurren bewenden.

»Immer kommt dein Beruf dazwischen«, stöhnte sie und schien den Tränen sehr nahe zu sein.

Der Empfangschef und ein paar Pagen betrachteten das Bild.

»Jedenfalls wollen wir jetzt auf unser Zimmer gehen«, teilte Perry Mason dem Chef verlegen und steif mit.

»Bitte sehr, Mr. Clammert«, und eifrig händigte der Angestellte einem der Pagen den Zimmerschlüssel aus.

Als sie vor dem Lift warten mußten, begann Della zu weinen. »Ich weiß, daß du abreisen wirst«, schluchzte sie in ihr Taschentuch.

Mason stand auffallend gerade da, tiefe Falten auf der Stirn. Da fiel sein Blick auf seinen Koffer. Ein alter Schuh hing vom Griff herab. »Wie zum Teufel kommt ...«, wollte er auffahren, aber Della Street schluchzte herzzerbrechend und laut.

Fünf Minuten später standen sie in einem Zimmer, von dem man einen herrlichen Ausblick auf das blaue Meer hatte.

»Sie kleiner Teufel«, sagte Mason, als die Tür ins Schloß gefallen war. »Was soll diese Reisgeschichte und der alte Schuh?«

Ihre Augen waren mehr als unschuldig. »Ich dachte, es soll alles möglichst überzeugend wirken, und da mußte ich doch irgend etwas unternehmen. Denn Sie wirkten keineswegs wie ein frischgebackener Ehemann, und Sie waren kein bißchen zärtlich. Ich habe zwar noch nie geheiratet; aber Freundinnen habe mir viel davon erzählt, und außerdem habe ich darüber gelesen. Was tun wir als nächstes? Gehen wir Hand in Hand hinaus und betrachten den Sonnenuntergang?«

Mason packte sie bei den Schultern und schüttelte sie ein wenig. »Schluß jetzt mit den Witzen, Della! Wissen Sie noch, wie Ihre Rolle jetzt weitergeht?«

»Natürlich weiß ich das.«

Mason entnahm seiner Aktenmappe eine Zwiebel und schnitt sie entzwei; dann hielt er sie ihr unter die Augen. Della griff alsbald nach dem Taschentuch. Perry Mason hob den Telefonhörer ab. »Bitte den Empfangschef.«

Della kam und lehnte sich an seine Schulter. Ihr Schluchzen war deutlich hörbar.

Der Empfangschef meldete sich. »Hier spricht Watson Clammert. Ich muß sofort abfliegen. Wollen Sie alles Notwendige veranlassen und mir ein Taxi zum Flugplatz besorgen? Meine Frau bleibt hier. Der Wagen auch. Nein, sie begleitet mich nicht zum Flugplatz.«

»Gern, Mr. Clammert. Übrigens haben Sie vorhin das Telegramm auf meinem Pult liegenlassen. Ich schicke es Ihnen unverzüglich auf Ihr Zimmer.«

»Danke«, antwotete Mason kurz. »Dann kann der Page auch gleich mein Gepäck mitnehmen, denn ich möchte in spätestens zehn Minuten abfahren. Wird das möglich sein?«

»Ich versuche mein Bestes«, versicherte der Chef.

Della Street rieb sich die geröteten Augen.

»Unsere Flitterwochen sind vorbei«, stieß sie tränenerstickt hervor. »Ich wußte ja, daß der Beruf dich nie losläßt. Du l-l-iebst mich einf-f-fach nicht!«

Mason grinste. »Sparen Sie sich das für unten, für die Zuschauer, Della.«

Es wurde geklopft. Mason ging zur Tür und öffnete sie. Ein Page überreichte ihm das gefaltete Telegramm. Mason wies auf seine Koffer, und der Junge nahm sie mit. Mason und Della fuhren wieder in die Halle hinunter.

Sie versuchte, den Empfangschef hochmütig zu übersehen. Dieser vermied es höflich, ihre rotgeweinten Augen zu bemerken. Auch der Page wandte seine Blicke verlegen ab.

»Vergiß nicht, mein Liebes, was ich dir wegen des Wagens sagte«, sprach Mason zärtlich auf sie ein. »Du fährst manchmal zu rasch, und er ist noch nicht eingefahren. Bitte, paß auf, fahr nicht zu schnell, und laß das Öl wechseln, genau nach Vorschrift, ja?«

»Ja, mein Liebling«, antwortete Della gedrückt.

»Und sag niemandem, der vielleicht anrufen könnte, daß ich nicht hier bin! Sag ihm, was du willst, nur nicht, daß ich verreist bin.«

»Ja, mein Liebling.«

»Ich komme auf dem schnellsten Wege zurück. Ich werde nicht länger als zwei Stunden in New York sein müssen.« Er nickte dem Pagen zu, schritt zur Tür und blieb dann noch einmal stehen, um Della zärtlich anzusehen.

»Leb wohl, mein Herz«, sagte er mit dunkler Stimme. Sie flog auf ihn zu, umklammerte seinen Nacken und zog seinen Kopf zu sich hinunter. Dann preßte sie ihre Lippen lange auf die seinen.

Etwas wie ehrliches Erstaunen lag in Perry Masons Ausdruck, als sie ihn endlich wieder losließ. Er machte einen Schritt auf sie zu. »Della«, begann er, aber sie unterbrach ihn.

»Beeil dich, Watson, damit du das Flugzeug noch erreichst! Ich weiß ja, wie wichtig es für dich ist, nach New York zu kommen.«

Mason zögerte noch sekundenlang, aber dann schritt er gefaßt aus der Hotelhalle.

Della Street drückte ihr Taschentuch vor die Augen und wankte unsicheren Schrittes auf den Lift zu.

17

Della Street stürzte in die Hotelhalle. »Oh!« schrie sie mit allen Zeichen des Entsetzens. »Oh! Nein!«

Der Empfangschef sah sie an und kam sofort mit besorgter Miene hinter seinem Pult hervor. »Was ist geschehen, Mrs. Clammert? Doch nicht etwa das Flugzeug . . .?«

Er war genauso besorgt und mitfühlend, wie es ein Empfangschef in einem Luxushotel sein darf. Die zarte Schönheit dieser verlassenen jungen Frau, deren Mann so jäh mitten in den Flitterwochen von ihrer Seite gerissen worden war, blieb nicht ohne Eindruck auf ihn. Er streichelte sanft ihre Schulter. »Liebe Mrs. Clammert, bitte sagen Sie mir, was geschehen ist!«

»Der Wagen«, keuchte sie.

»Wagen?«

»Ja! Watsons neuer Buick! Oh! Er ist so stolz auf diesen Wagen!«

»Ich habe ihn gesehen«, bestätigte der Empfangschef, »ein prachtvoller Wagen. Und was ist mit ihm geschehen?«

»Er wurde gestohlen!«

»Gestohlen? Auf dem Terrain des Hotels? Unmöglich!«

»Nein, nicht hier«, jammerte sie. »Ich fuhr ein paar Kilometer den Strand entlang, parkte den Wagen und setzte mich in den warmen Sand. Wahrscheinlich habe ich den Zündschlüssel steckenlassen . . . Jedenfalls war der Wagen fort, als ich zurückkam.«

»Nun, das werden wir bald haben«, versicherte ihr der Empfangschef grimmig. »Es besteht gar keine Möglichkeit, daß er die Staatsgrenzen passieren kann, ohne gesehen zu werden. Wie lautet das polizeiliche Kennzeichen?«

Della Street schüttelte hilflos den Kopf. Dann fiel ihr plötzlich etwas ein. »Ich weiß was! Rufen Sie die Internationale Automobilversicherung an! Auf meine Kosten natürlich. Wir haben den Wagen vor noch gar nicht langer Zeit versichern lassen und . . .«

Der Chef hatte sich bereits in Bewegung gesetzt. »Geben Sie mir die Internationale Automobilversicherung«, rief er der Telefonistin zu. »Ferngespräch! Und dann geben Sie mir auch gleich das Sheriff's Office. Zuerst aber die Versicherung.«

»Ich mache Ihnen soviel Mühe«, murmelte Della Street.

»Ganz und gar nicht, Mrs. Clammert. Ich bedaure nur, daß dieser Vorfall Ihnen die Freude an Ihrem Aufenthalt bei uns verdorben hat.«

Als ihm dann einfiel, daß ihr die Freude noch durch etwas viel Wichtigeres vergällt worden war, verstummte er verlegen.

»Zelle Nummer eins, bitte, Mr. Maxwell«, sagte die Telefonistin.

Der Empfangschef telefonierte ungefähr fünf Minuten; dann kam er aus der Telefonzelle mit einem Blatt Papier, auf dem er verschiedene Nummern notiert hatte.

»Und jetzt das Sheriff's Office bitte.«

Als auch dieses Gespräch erledigt war, trat er lächelnd zu Della Street.

»Sie können versichert sein, Mrs. Clammert, daß der Wagen gefunden wird. Der Sheriff hat sofort alle Verkehrspolizisten des Staates in Ventura, Los Angeles, San Luis Obispo, Bakersfield und Salinas verständigen lassen. Die Straßen werden genauestens überwacht.«

»Ich danken Ihnen viel-vielmals«, stammelte sie. »Ach, ich bin so verzweifelt, daß ich nach Los Angeles fahren werde und erst zurückkomme, wenn mein Mann wieder hier ist. Ich halte es nicht aus ohne ihn!«

»Wir werden sehr bedauern, Sie zu verlieren«, antwortete der Empfangschef, »aber ich kann es Ihnen so gut nachfühlen, Mrs. Clammert.«

Della Street schien einen Entschluß zu fassen.

»Ja, ich fahre nach Los Angeles!«

»Und wo kann ich Sie wegen des Wagens benachrichtigen?«

Sie mußte einen Augenblick nachdenken. »Ach bitte, verständigen Sie einfach die Versicherungsgesellschaft. Der Anwalt meines Mannes wird bestimmt mit ihr in Fühlung sein. Sie waren sehr, sehr liebenswürdig zu mir, und es tut mir leid, daß ich abreisen muß, aber Sie werden verstehen, wie mir zumute ist.«

Der Empfangschef versicherte, daß er verstehe, schrieb ihre Rechnung und kümmerte sich um ihr Gepäck.

Perry Mason saß in seinem Büro, mit dem Lesen der Post beschäftigt, als die Tür aufgestoßen wurde und Della Street mit einer großen Hutschachtel eintrat.

»Sieh da, sieh da!« begrüßte er sie fröhlich. »Wie geht es der enttäuschten Baut?«

Sie war voll Energie. »Es ging alles wunderbar, Chef. Sie kontrollieren jeden Wagen und belagern sämtliche Tankstellen.«

»Ja, ich habe die Polizeinachrichten gehört.«

»Sagen Sie mir jetzt endlich, warum Sie diesen ganzen Apparat in Bewegung setzten? Nur um einen Wagen als vermißt melden zu können? Hätten Sie diese Mitteilung nicht ganz einfach von hier aus an die Polizei machen können?«

»Nein, das konnte ich nicht. Ich wollte, daß Watson Clammert verhaftet wird, und zwar unter Umständen, welche ihn als ganz gewöhnlichen Autodieb erscheinen lassen. Dieses Resultat hätte ich mit gewöhnlichen Mitteln nicht erreichen können, weil ich ja keine offizielle Anklage in meinem Namen erheben durfte, und sie mit einem fingierten Namen unterzeichnen, konnte ich noch weniger. Ich kann mich irren, und in diesem Fall darf ich es mir nicht leisten, irgendwelche Spuren zu hinterlassen, denen die Polizei oder Clammert nachgehen könnten. Ergo brauchte ich jemanden, der die Polizei in rege Tätigkeit versetzt, ohne daß ich Spuren zu hinterlassen brauchte.

Also mußte ich versuchen, rein menschliche Interessen und Sympathien ins Spiel zu bringen, und die beste Methode, menschliches Interesse zu wecken, ist, einem Hotelangestellten einen Platz im Sperrsitz zu verschaffen und ihn zum mitfühlenden Zuschauer bei einer tragischen Liebesszene werden zu lassen.« Perry Mason schien nicht gewillt zu sein, mehr zu sagen. »Sind Sie mit dem Zug gekommen?«

»Nein. Ich ließ mein Gepäck in die Aufbewahrung bringen und mietete einen Wagen.«

»Fein. Dann haben Sie keine Spuren hinterlassen. Sie haben es eilig, Douglas Keene vor Gericht zu bringen. Um zwei Uhr heute nachmittag beginnt die Voruntersuchung.«

Sie sah ihn erstaunt an. »Es ist bereits zwanzig Minuten vor zwei!«

Er nickte. »Ich war eben im Begriffe, meine Sachen zusammenzupacken und zu gehen. Wollen Sie mitkommen?«

»Klar!«

»Dann stellen Sie die Hutschachtel in eine Ecke und kommen Sie. Wir können im Taxi weitersprechen.«

Ihre Augen waren ausdrucksvoll und ihre Stimme vibrierte dunkel und seltsam. »Sie sind der merkwürdigste Mensch, der mir je begegnet ist.« Als er ihr ins Gesicht schaute, fügte sie mit einem Lächeln hinzu: »Und einer der schlechtesten Ehemänner! Sie haben ja keine Ahnung, wie besorgt der Empfangschef um mich war!«

18

Die Zuschauer drängten sich in dem überfüllten Gerichtssaal.

Dick Truslow, einer der fähigsten Leute von Hamilton Burger, lachte Perry Mason über den Tisch hinweg zu.

»Sie sollten Hamilton Burger heute sehen«, flüsterte er. »Der hat eine Laune!«

»Wieso? Was ist geschehen?«

»Ich möchte natürlich nicht, daß er erfährt, von wem Sie es wissen ... Aber er hat doch so große Töne geredet, wie dumm und haltlos Ihre Theorie sei, daß jemand bei der telefonischen Telegrammaufgabe irgendeinen beliebigen Namen angeben kann, sofern er nur Telefonnummer und Adresse eines anderen Menschen genau kennt.«

Mason brachte es fertig, äußerst harmlos dreinzuschauen.

»Und nun«, fuhr Truslow fort und grinste, »hat man der verwitweten Haushälterin im Laxterhaus ein Telegramm geschickt und als Absender den Namen des Chefs angegeben. Dort drüben steht sie, mit dem Telegramm in der Hand! Sehen Sie ihren einfältigen Ausdruck? Sie hält das Ganze wahrscheinlich für nichts weniger als einen Heiratsantrag!«

»Und was hält der District Attorney davon?« fragte Mason.

»Das kann ich Ihnen bestenfalls sagen, wenn Sie sich Watte in die Ohren stopfen.«

Mason lachte. »Und hat dieser Zwischenfall Ihre Ansicht über das Telegramm, das Winifred Laxter abgeschickt haben soll, ins Wanken gebracht?«

»Nun, ich habe jedenfalls Befehl, auf dieser Sache nicht zu hartnäckig herumzureiten, – aber trotzdem fürchte ich, daß wir einen verdammt klaren Fall haben, Perry. Ihre Chancen stehen zehn zu eins. Vielleicht könnten Sie die Geschworenen dazu bringen, Ihnen Glauben zu schenken, aber Sie werden die Präliminarien nicht überleben!«

In diesem Augenblick ging die Tür auf, und Richter Pennymaker betrat das Podium. Es wurde um Ruhe gebeten. Dick Truslow stand sofort auf und wandte sich an den Vorsitzenden. »Euer Gnaden, die heutige Verhandlung in diesem Fall dient der Klärung folgender Fragen: Ob Gründe dafür vorliegen, Douglas Keene die Schuld am Mord einer gewissen Edith De Voe zur Last zu legen; doch um die Gründe für diesen Mord aufzudecken, wird es notwendig sein, auch den Mord an einem gewissen Charles Ashton zu untersuchen.«

»Einwände seitens der Verteidigung?« fragte Richter Pennymaker.

»Ich werde im Verlauf der Verhandlungen Einspruch erheben, wenn es nötig ist«, entgegnete Perry Mason.

»Ist der Angeklagte anwesend?« fragte der Richter weiter.

»Er wird eben hereingeführt«, antwortete Truslow.

Ein Polizeibeamter brachte Douglas Keene in den Saal. Der junge Mann war blaß, aber er ging hoch aufgerichtet und machte keinen gedrückten Eindruck. Mason trat ein paar Schritte auf ihn zu und drückte ihm ermutigend die Hand. »Setzen Sie sich, Doug, und seien Sie ruhig. Es wird nicht lange dauern, bis die ganze Sache vollkommen aufgeklärt ist.«

»Der erste Zeuge der Anklage ist Tom Glasman«, verkündete Truslow.

Glasman trat vor, wurde vereidigt, bestätigte, daß er ein Assistent des District Attorney sei, daß er am dreiundzwanzigsten dieses Monats in die Wohnung einer Edith De Voe ging, welche er am Boden liegend auffand, daß er schwere Kopfwunden an ihr feststellen konnte und neben ihr eine Art Keule liegen sah und daß diese mit Blut beschmiert war.

»Ich zeige Ihnen nun eine Fotografie«, sagte Truslow zu dem Zeugen, »und frage Sie, ob dieses Bild die Züge der jungen Frau trägt, die Sie an jenem Abend erschlagen auffanden.«

»Ja.«

Truslow stellte noch einige weitere Fragen und übergab dann den Zeugen Perry Mason zum Kreuzverhör.

»Auf der Keule, die Sie neben der bewußtlosen Frau liegen sahen, befand sich ein Fingerabdruck, nicht wahr?« fragte Mason.

»Ja.«

»War es der Fingerabdruck des Angeklagten?«

»Nein.«

»War es derjenige von Sam Laxter, Frank Oafley oder irgendeines Angestellten im Hause Laxter?«

»Nein.«

»Sie waren also nicht in der Lage, den Fingerabdruck zu identifizieren?«

»Nein.«

»Sie waren schon früher an jenem Abend im Hause Laxter gewesen, nicht wahr?«

»Ja.«

»Und dort hatten Sie die Leiche von Charles Ashton, dem Hausverwalter, aufgefunden?«

»Ja.«

»Der Mann lag auf dem Bett in seinem Zimmer?«

»Ja.«

»Und Ashton war tot? Er war mit einem Strick erwürgt worden?«

»Das stimmt.«

»Und über das Bett liefen Pfotenspuren einer Katze?«

»Ja, Sir.«

»Haben Sie versucht festzustellen, ob diese Spuren vor oder nach dem Tode Ashtons entstanden waren?«

»Ja, Sie sind nach seinem Tode entstanden.«

»Ich glaubte«, warf Truslow an dieser Stelle etwas nervös ein, »daß uns die Verteidigung die Beweisführung sehr erschweren würde, aber nun erbringt der Herr Verteidiger selbst den Beweis. Obwohl seine Art des Kreuzverhöres nicht eigentlich den Erwartungen entspricht, erhebe ich natürlich keinerlei Einspruch dagegen!«

»Ich möchte alle Tatsachen sammeln«, sagte Mason und lächelte.

Dann wandte er sich wieder Glasman zu. »Als Sie an jenem Abend zur Villa Laxter kamen, war Sam Laxter nicht dort?«

»Nein.«

»Aber er erschien später?«

»Ja.«

»Sein Wagen war ramponiert, nicht wahr, und Laxter hatte Verletzungen am rechten Arm?«

»Das stimmt, ja.«

»Aber Frank Oafley war anwesend, als Sie kamen?«

»Ja.«

»Wo hielt er sich auf in diesem Moment?«

»Das weiß ich nicht, weil wir zuerst in der Garage die Autos durchsuchten; aber als wir die große Terrasse betraten, bemerkten wir einen Mann, der an einer Ecke des Grundstücks in der Erde grub. Wir richteten unsere Taschenlampen auf ihn, und jener Mann war Frank Oafley.«

»Ich habe keine weiteren Fragen«, sagte Perry Mason und sank tief in seinen Stuhl zurück. Er stellte auch keine Fragen mehr an die weiteren Zeugen, die Truslow aufmarschieren ließ: den Gerichtsmediziner, Leute, die die tote Frau gekannt hatten, bezeugen konnten, daß die Keule das Stück einer Krücke war, die derjenigen von Ashton ähnelte, wenn es nicht überhaupt die seine gewesen war.

Dann rief Truslow den Schreiner Babson in den Zeugenstand, der die Krücke endgültig identifizierte, aussagte, wie er sie hatte aushöhlen und den so entstandenen Behälter mit Wildleder ausfüttern müssen. Mit Hilfe anderer Zeugenaussagen rückte Truslow den großen Wert der Koltsdorf-Diamanten ins hellste Licht und wies ausdrücklich darauf hin, wie sehr Peter Laxter an ihnen gehangen, und daß er sie niemals aus den Augen gelassen hatte.

»Samuel Laxter bitte«, rief er schließlich.

Sam Laxter betrat den Zeugenstand.

»Sie heißen Samuel Laxter, wohnen in der Villa Laxter und sind ein Enkel des verstorbenen Peter Laxter?«

»Ja.«

»Sie waren mit Edith De Voe bekannt?«

»Ja.«

»Haben Sie ihren Leichnam im Leichenschauhaus gesehen?«

»Gewiß.«

»Es war der Leichnam von Edith De Voe?«

»Zweifellos.«

»Wo waren Sie am Abend des dreiundzwanzigsten zwischen neun Uhr und ungefähr elf Uhr dreißig?«

»Ich verweigere die Aussage.«

Truslow lächelte. »Das können Sie nicht, denn es käme einer Mißachtung des Gerichtes gleich. Die Geschichte von einer Dame, deren Namen Sie schützen wollen, zieht hier nicht. Sie stehen in einem Gerichtssaal, Laxter, und Sie müssen meine Frage beantworten.«

Nath Shuster hastete herbei. »Hohes Gericht! Mein Mandant hat nicht die Absicht . . .«

»Erscheinen Sie als Vertreter von Mr. Laxter?« fragte Richter Pennymaker erstaunt.

»Ja, Eurer Gnaden.«

»Ich ermahne den Zeugen, die ihm gestellte Frage zu beantworten«, entschied der Richter.

»Ich verweigere die Aussage.«

Richter Pennymakers Stirne bewölkte sich.

Shuster beugte sich über den Tisch. »Los, Mr. Laxter, reden Sie weiter.«

»Weil die Antwort mich belasten könnte«, fuhr Sam Laxter automatisch fort, als habe er diesen Satz auswendig gelernt.

Shusters Gesicht verzog sich zu einem Grinsen.

»Wohlverstanden, nicht im Zusammenhang mit den hier zu untersuchenden Verbrechen«, wandte er sich an den Richter, »sondern ich habe meinem Klienten diesen Ausweg lediglich geraten, um den guten Namen der jungen Dame zu schützen, welche in diesen Fall verwickelt ist.«

»Verdammt noch mal!« fuhr Mason auf.

Richter Pennymaker pochte mit seinem Hammer energisch auf den Tisch. »Herr Anwalt, unterlassen Sie solche Zwischenrufe!«

»Ich sichere dem Zeugen gesetzlichen Schutz zu, aber ich bestehe auf der Beantwortung meiner Frage«, sagte Truslow, um die Verhandlung fortzusetzen.

»Ich verweigere noch einmal die Aussage«, sagte Sam Laxter verbissen, »weil die Antwort mich belasten könnte.«

»Sie waren nicht in der Villa, als Ashton ermordet wurde?« fragte Truslow weiter.

»Nein.«

»Wo waren Sie dann?«

»Im Büro von Nathaniel Shuster, und zwar von vor zehn bis nach elf Uhr.«

»War jemand bei Ihnen?«

»James Brandon, unser Chauffeur und Butler.«

»Hat er der Unterredung zwischen Shuster und Ihnen beigewohnt?«

»Nein, er saß im Vorzimmer.«

»Wann ging er fort?«

»Ungefähr um zehn Minuten vor elf sagte ich ihm, daß er heimfahren könne.«

»Und was taten Sie dann?«

»Ich blieb noch einige Minuten bei Nathaniel Shuster im Büro.«

»Und wohin gingen Sie dann?«

»Darauf verweigere ich die Antwort, weil sie mich belasten könnte.«

»In welcher Weise und womit?«

»Ich verweigere die Antwort.«

Truslow wandte sich angewidert ab. »Das wäre alles. Ich werde diese Sache untersuchen lassen.«

Sam Laxter wollte eben, begleitet von dem triumphierend grinsenden Shuster, zu seinem Sitz zurückgehen, als Perry Mason aufstand.

»Einen Augenblick noch. Ich denke, daß ich diesen Zeugen auch ins Kreuzverhör nehmen darf?«

»Mr. Shuster, setzen Sie sich«, fuhr Richter Pennymaker den kleinen Anwalt an, als er bemerkte, daß er auf Mason zustürzen wollte. »Der Herr Verteidiger hat das Recht, dem Zeugen jede ihm zweckdienliche Frage zu stellen.«

Mason trat vor Sam Laxter hin.

»Sie sind also mit Brandon zum Büro von Shuster gefahren?«

»Ja, gewiß.«

»Sie benutzten zu dieser Fahrt den grünen Packard?«

»Ja.«

»Wissen Sie, wo Douglas Keene wohnt?«

»Ja.«

»Wußten Sie das auch am Abend des dreiundzwanzigsten schon?«

»Ich weiß nicht . . . wahrscheinlich.«

»Haben Sie ihn nicht dort besucht? Einige Zeit vor dem dreiundzwanzigsten?«

»Ich glaube ... doch.«

»Sind Sie, nachdem Sie bei Shuster weggegangen waren, nicht in die Wohnung von Edith De Voe gefahren?«

»Ich verweigere die Aussage.«

»Und war zu diesem Zeitpunkt nicht der Chevrolet, den Charles Ashton meistens zu benutzen pflegte, vor dem Apartmenthaus von Edith De Voe geparkt?«

Shuster rutschte nervös hin und her und lehnte sich vor, als wollte er etwas sagen.

Laxter entgegnete im ewig gleichen verbohrten Ton: »Ich verweigere die Aussage.«

»Nun denn«, holte Mason aus, »haben Sie nicht die Wohnung von Edith De Voe betreten? Haben Sie Miss De Voe nicht bewußtlos am Boden liegend aufgefunden? Ist Ihnen nicht in diesem Augenblick klar geworden, daß diese Frau schwere Beschuldigungen gegen Sie erhoben hatte, die Sie des Mordes an Ihrem Großvater bezichtigen? Sind Sie daraufhin nicht aus der Wohnung gestürzt, in den Chevrolet, zu Keenes Wohnung gefahren, wo Sie sich mit einer Rasierklinge den rechten Arm aufschnitten oder mit sonst einem scharfen Instrument? Haben Sie dann nicht Keenes Kleider und Wäsche mit Blut verschmiert und Nathaniel Shuster angerufen, um ihm mitzuteilen, was geschehen war? Um ihm zu sagen, daß Sie befürchteten, eines Mordes angeklagt zu werden? Und haben Sie nicht den Chevrolet absichtlich, um Ihre Armwunde zu erklären, auf der Heimfahrt gegen eine Telefonstange schleudern lassen?«

Shuster sprang auf. Wild fuhr er mit den Händen durch die Luft.

»Lügen, Euer Gnaden«, schrie er. »Lauter Lügen! Ein gemeiner Angriff gegen meinen Mandanten!«

Mason ließ das weiße Gesicht des Zeugen nicht aus den Augen.

»Wenn die Antwort auf diese Fragen Sie belasten sollte, dürfen Sie es ruhig sagen.«

Im Saal schien jeder den Atem anzuhalten. Selbst Shuster starrte Sam Laxter wie gebannt ins Gesicht. Schweißtropfen perlten auf Sam Laxters Stirn. Er räusperte sich zweimal; dann murmelte er kaum hörbar: »Ich weigere mich, zu antworten.«

»Mit welcher Begründung?« fuhr Perry Mason ihn an.

»Weil die Antwort mich belasten könnte!«

Mason setzte sich mit einer verbindlichen Geste. »Das wäre alles.«

Truslow beugte sich vor und flüsterte: »Um Himmels willen, Mason, wäre es möglich, daß der Mann getan hat, was Sie eben aufzählten, oder wollten Sie damit nur das hohe Gericht zugunsten Ihres Mandanten beeinflussen?«

Mason lächelte. »Fahren Sie nur fort in Ihrer Verhandlung, Truslow. Ich glaube, wir werden die Lösung auf ganz direktem Wege erreichen.«

»Ich rufe Frank Oafley in den Zeugenstand.« Truslow machte aus seiner Verwirrung keinen Hehl.

Oafley trat vor, leistete den Eid, bestätigte seine Personalien und die Verwandtschaft mit Sam Laxter.

»Sie haben in der Nacht vom dreiundzwanzigsten im Garten der Laxtervilla nach etwas gegraben?«

»Ja, das stimmt.«

»Aus welchen Grunde?«

»Ich erhebe Einspruch!« schrie Shuster.

»Antworten Sie!« befahl Richter Pennymaker.

»Ich suchte nach einer großen Summe Geldes, welche seit dem Tode meines Großvaters unauffindbar war, und nach gewissen anderen Wertsachen.«

»Warum suchten Sie danach?«

»Weil ich ein Telegramm bekommen hatte.«

»Wir werden dieses Telegramm als Beweismaterial vorlegen«, bemerkte Truslow und sah Mason dabei an, als wollte er ihm einen Einspruch förmlich in den Mund legen.

»Keine Einwände«, bemerkte Mason ruhig. »Bitte das Telegramm vorzulegen.«

Truslow las vor: »›Koltsdorf-Diamanten in Ashtons Krücke versteckt – stop – Mehr als Hälfte des Vermögens Deines Großvaters unter Fenster der Bibliothek vergraben, bei Kletterrosenstrauch vor Spalier – stop – Stelle durch dort vergrabenen kleinen Stecken gekennzeichnet – stop – Nicht tief vergraben, höchstens ein paar Zentimeter – stop.‹«

»Wir werden zu beweisen versuchen«, fuhr Truslow fort, »daß dieses Telegramm telefonisch aufgegeben wurde und zwar über die Nummer von Winifred Laxter, der Verlobten des Angeklagten.«

Mason schwieg.

»Nun, Mr. Oafley, Sie gruben also an der Stelle nach! Waren Sie mit Edith De Voe bekannt? Stand sie zum Zeitpunkt ihres Todes in irgendwelchen Beziehungen zu Ihnen?«

»Ja.«

Der Zeuge schluckte leer. »Sie war meine Frau«, stieß er dann hervor.

Mason wandte sich an Truslow. »Bitte, fragen Sie ihn, was Edith De Voe ihm bezüglich des Todes seines Großvaters mitteilte.«

Truslow sah ihn erstaunt an, fragte aber den Zeugen sofort: »Hat Edith De Voe Ihnen irgend etwas gesagt, was mit dem Tode Ihres Großvaters zusammenhängt, oder irgendwelche Mußmaßungen über den Ausbruch des Brandes geäußert?«

Nathaniel Shuster sprang wieder auf. »Euer Gnaden! Bitte, Euer Gnaden!« schrie er. »Ich erhebe Einspruch! Das sind keine Beweise, sondern Gerüchte! Es ist unerträglich . . .«

Richter Pennymaker klopfte energisch auf den Tisch. »Setzen Sie sich, Herr Anwalt«, herrschte er Shuster an. »Sie haben keinerlei Funktionen in diesem Saal und in diesem Fall! Sie sind lediglich Anwalt des Zeugen Mr. Samuel Laxter.«

»Aber Oafley soll nicht antworten«, ereiferte sich Shuster. »Er wird Unannehmlichkeiten bekommen, wenn er redet! Ich rate ihm dringend . . .«

Nun wurde der Richter ernstlich zornig.

»Werden Sie sich nun setzen und schweigen?« Er sah Shuster streng an. »Sonst lasse ich Sie aus dem Saal weisen und verurteile Sie außerdem noch wegen Mißachtung des Gerichtshofes. Also? Wie entscheiden Sie sich?«

Langsam ließ sich Shuster auf seinen Stuhl nieder.

»Und nun verhalten Sie sich ruhig!« Damit wandte sich Richter Pennymaker wieder Frank Oafley zu. »Antworten Sie auf die letzte Frage des stellvertretenden District Attorney.«

Frank Oafley schien nach Worten suchen zu müssen. »Meine Frau . . . erzählte mir, daß sie in der Brandnacht an der Garage vorbeiging und bei dieser Gelegenheit Samuel Laxter am Steuer seines Wagens sitzen sah . . . in der Garage . . . Vom Auspuffrohr dieses Wagens zu der Warmluftheizung, welche in das Schlafzimmer meines Großvaters führte, war ein Schlauch gelegt.«

»Lief der Motor zu diesem Zeitpunkt?« fragte Truslow.

»Sie sagte, der Motor sei gelaufen.«

»Hat sie Ihnen auch gesagt, wem sie davon erzählte?«

»Ja. Sie erzählte diese Geschichte Perry Mason, dem Verteidiger in diesem Fall, und Douglas Keene, dem Angeklagten.«

»Das ist alles«, schloß Truslow seine Befragung. »Sie können den Zeugen ins Kreuzverhör nehmen.«

Perry Mason sprach leicht, fast im Plauderton. »Wenn ich mich recht erinnere, waren Sie an jenem Abend mit Ihrer Frau zusammen, und zwar bis kurz vor dem Augenblick, da sie Sam Laxter in der Garage am Steuer seines Wagens sitzen sah?«

»Ja. Wir waren spazierengegangen und hatten . . . Pläne für die Zukunft gemacht . . .« Der Zeuge verstummte und schlug die Augen nieder. Schmerz schien ihn zu übermannen. Nach einer Weile riß er sich zusammen und sah Perry Mason wieder in die Augen. Seine Stimme war rauh, als er weitersprach. »Ich hatte Angst, daß mein Großvater unserer Verbindung nicht zustimmen würde. Wir trafen uns immer heimlich, waren aber beide fest entschlossen, so bald wie möglich zu heiraten.«

»Nun, war sie ganz sicher, daß der Mann im Wagen Samuel Laxter war?«

»Ich glaube ja, obwohl sie betonte, daß sie sein Gesicht nicht deutlich sehen konnte. Sam Laxter trägt ziemlich auffällige Hüte, und sie erkannte den Hut des Mannes als den seinen.«

»Sprach er mit ihr?«

»Ja, und sie hielt die Stimme für diejenige Sam Laxters, wenngleich sie sich erinnerte, daß die Stimme irgendwie undeutlich klang, weil der Mann im Wagen über dem Lenkrad zusammengekauert saß. Anscheinend war er betrunken.«

»Können Sie mir sagen, aus welchen Grunde Sam Laxter seinen Großvater hätte umbringen können?«

»Ja, natürlich! Wegen der Erbschaft!«

»Und können Sie mir einen Grund nennen, warum er Charles Ashton ermordet haben könnte?«

Hinter dem Anwaltstisch erhob Shuster gestenreich Protest gegen diese Frage, aber eingedenk des richterlichen Machtspruches erhob er sich nicht und schwieg.

»Nein«, sagte Oafley nach langem Zögern.

»Wissen Sie, wo Sam Laxter sich aufhielt, als Charles Ashton ermordet wurde?«

»Nein, das weiß ich nicht.«

»Wo waren Sie selbst zu diesem Zeitpunkt?«

»Bei Edith De Voe.«

»Im Begriffe zu heiraten?«

Der Zeuge zuckte zusammen, und man sah, daß ihm dieses Thema schmerzlich war.

»Ich glaube, daß nach den zeitlichen Feststellungen unsere Heirat kurz vor dem Mord vollzogen wurde.«

»Ich bedaure, eine Wunde aufgerissen zu haben«, sagte Perry Mason freundlich. »Das ist alles.«

Truslow gab Perry Mason verstohlen einen brüderlichen Wink. »Ich bitte Thelma Pixley in den Zeugenstand.«

Thelma Pixley trat vor und wurde vereidigt.

»Kennen Sie den Angeklagten?«

»Sehr gut.«

»Haben Sie ihn in der Nacht des dreiundzwanzigsten – in der Nacht, als Ashton ermordet wurde, gesehen?«

»Ja, ich sah ihn.«

»Was tat er, als Sie ihn sahen?«

»Ich sah das Auto des Angeklagten die Auffahrt entlangfahren. Er fuhr um das Haus herum und parkte seinen Wagen hinter der Garage. Ich dachte, er werde nun gleich klingeln; deshalb wartete ich, um ihn einzulassen, aber er hatte einen Schlüssel zur Hintertür. Ich sah, wie er eintrat. Da ich mich wunderte, was er hier zu tun hatte, stellte ich mich an meine Tür und horchte. Er ging die Treppe hinunter, und ich hörte, wie er die Tür zu Ashtons Zimmer aufmachte.«

»Wissen Sie, wie lange er dort blieb?«

»Ich sah ihn doch wieder weggehen!«

»Wie spät war es, als er kam?«

»Etwas vor zehn Uhr.«

»Und wann ging er fort?«

»Ein paar Minuten nach elf.«

»War es ein Viertel nach elf?«

»Nein, ich glaube nicht. Die Uhr hatte erst kurz vorher elf geschlagen – nicht mehr als ein, zwei Minuten, bevor ich ihn fortgehen sah.«

»Trug er etwas mit sich?«

»Eine Katze.«

»Sahen Sie diese Katze deutlich?«

»Es war Clinker.«

»Würden Sie diese Katze wiedererkennen, wenn Sie sie sähen?«

»Klar.«

Truslow nickte einem Polizisten zu, der offensichtlich auf dieses Signal gewartet hatte, denn er ging in einen Vorraum und kam umgehend mit einer großen Perserkatze auf dem Arm zurück, die ein Band und eine Art Siegel um den Hals trug.

»Ist dies die Katze?« fragte Truslow die Zeugin.

»Das ist Clinker, ja.«

»Euer Gnaden, will das hohe Gericht bitte zur Kenntnis nehmen, daß die Zeugin diese Katze identifiziert, um deren Hals ein Schildchen hängt mit der Beschriftung ›Clinker‹ und ›H. B.‹, und zwar in der Handschrift des District Attorney Hamilton Burger.«

Richter Pennymaker nickte.

»Sie können die Zeugin verhören«, und Truslow nickte Perry Mason wieder verschmitzt zu.

»Konnten Sie die Katze so genau sehen, daß Sie sie wiedererkannten?«

»Ja«, bestätigte die Zeugin empört. »Ich würde Clinker überall erkennen – sogar wenn Sie andere Katzen bringen lassen würden, ich würde Clinker aus allen herausfinden!«

Im Saal brach Gelächter aus. Richter Pennymaker mußte lange mit seinem Hammer um Ruhe klopfen.

»Die letzte Bemerkung der Zeugin wird aus dem Protokoll gestrichen!« sagte der Richter.

Mason nickte abwesend und erklärte die Befragung für beendet.

»Führen Sie James Brandon herein«, befahl Truslow dem Beamten.

James Brandon, der ironisch zu grinsen schien, was aber lediglich auf die Narbe in seinem Gesicht zurückzuführen war, trat in den Zeugenstand und wurde vereidigt.

»Sie hatten also ebenfalls Gelegenheit, den Angeklagten in der Nacht des dreiundzwanzigsten zu beobachten?«

»Ja.«

»Wo?«

»Hinter der Garage des Laxterhauses.«

»Haben Sie seinen Wagen in der Nähe geparkt gesehen?«

»Sein Wagen stand wenige Meter wegabwärts geparkt.«

»Was tat der Angeklagte, als Sie ihn sahen?«

»Er kam aus dem Haus und trug eine Katze auf dem Arm.«

»Kannten Sie diese Katze?«

»Ja. Es war Clinker.«

»Um wieviel Uhr war das?«

»Ungefähr um elf Uhr, vielleicht zwei, drei Minuten nach elf.«

»Sie fuhren einen Wagen?«

»Ja.«

»Wo waren Sie, bevor Sie den Angeklagten sahen?«

»Ich war in Mr. Shusters Büro gewesen. Mr. Sam Laxter hatte mich gebeten, ihn dort hinzufahren. Ich kam kurz vor zehn bei Mr. Shuster an und blieb dort bis kurz vor elf, als Mr. Laxter mich mit dem Wagen nach Hause schickte. Ich fuhr dann sofort zur Laxtervilla zurück und verließ das Haus den ganzen Abend nicht mehr.«

»War Mr. Oafley zu Hause, als Sie heimkamen?«

»Nein, Sir. Er kam ungefähr eine Viertelstunde später.«

»Kreuzverhör.«

Perry Mason stand auf. »Trug der Angeklagte eine Krücke, als Sie ihn sahen?«

»Nein, Sir.«

»Aber Sie sind sicher, daß er Clinker wegbrachte?«

»Ja. Ich sah ihn ganz deutlich im Licht der Scheinwerfer.«

»Ist er nachher noch einmal ins Haus zurückgekommen?«

»Ich weiß es nicht. Ich glaube, ja.«

»Was führt Sie zu dieser Annahme?«

»Ich hörte einen Wagen kommen und ziemlich genau gegenüber dem Fenster von Ashtons Schlafzimmer anhalten. Ich dachte, es müsse der Wagen des Angeklagten sein, aber ich sah nicht hinaus. Ich meine . . . ich hatte den Eindruck, der Motor klang genauso wie der Motor des Wagens von Keene.«

»Und wie lange blieb dieser Wagen dort stehen?«

Der Zeuge sah Perry Mason hämisch an. »Zwei oder drei Minuten. Lange genug, daß der Angeklagte eine Krücke hätte holen und in seinen Wagen legen können.«

Im Saal wurde es unruhig.

»Gewiß«, bestätigte Mason. »Wenn er aber zurückkam, um diese Krücke zu holen, warum hat er dann die Katze nicht gleichzeitig mitgenommen? Was hatte es für einen Zweck, erst die Katze fortzutragen, wenn er doch etwas später mit dem Wagen wieder zurückkommen wollte?«

»Das weiß ich nicht«, murmelte der Zeuge verlegen.

»Nein, das wissen Sie nicht«, wiederholte Mason langsam und trat näher an den Zeugen heran. »Nun, Sie waren sehr stark an

Charles Ashton, dem Hausverwalter, interessiert, nicht wahr, Mr. Brandon?«

»Ich, Sir?«

»Ja, Sie!«

»Nein, keineswegs.«

Mason sah den Zeugen starr an, und Brandon begann nervös zu werden und versuchte, Masons Blicken auszuweichen.

»Wissen Sie, wann Ashton zu mir kam, um mich wegen seiner Katze um Rat zu fragen?«

»Nein, das weiß ich nicht.«

Mason sah ihn kalt an. »Sie sagen unter Eid aus, vergessen Sie das nicht. Als Ashton damals mein Büro verließ, sind Sie ihm da gefolgt, ja oder nein?«

»Nein.«

»Sie fuhren den grünen Packard«, fügte Perry Mason langsam und deutlich hinzu, »Sie parkten ihn gegenüber von meinem Büro, Sie warteten, bis Ashton herauskam, und dann folgten Sie ihm, indem Sie ihm ganz langsam nachfuhren. Stimmt das, oder stimmt das nicht?«

Der Zeuge feuchtete seine Lippen an, gab aber keine Antwort. Richter Pennymaker beugte sich interessiert über den Richtertisch. Truslow schien verblüfft zu sein.

»Nun, wollen Sie nicht antworten«? fragte Mason.

»Ja, es stimmt«, gab der Zeuge mit leiser Stimme zu.

»Ferner haben Sie Mr. Babson, den Schreiner, aufgesucht und ihn über Ashtons Krücke ausgefragt, nicht wahr?«

Wieder zögerte der Zeuge merklich, ehe er kaum hörbar antwortete: »Ja, Sir.«

»Und bei dieser Gelegenheit erfuhren Sie von dem Behältnis, welches in der Krücke angebracht worden war?«

»Ja.«

»Warum suchten Sie das in Erfahrung zu bringen?«

»Man hatte es mir befohlen.«

»Wer hatte es Ihnen befohlen?«

»Frank Oafley.«

»Erklärte er Ihnen, warum er es wissen wollte?«

»Nein, Sir. Er befahl mir, Ashton ständig zu beschatten, sooft der Alte das Haus verließ. Ich sollte herausbekommen, wohin Ashton ging, mit wem er sprach und wieviel Geld er ausgab. Vor allem das Geld schien Mr. Oafley zu interessieren.

»Wann erteilte er Ihnen diesen Auftrag?«

»Am zwanzigsten.«

»Und wann sagte er Ihnen, die Beobachtung Ashtons sei nun nicht mehr nötig?«

»Am Abend des dreiundzwanzigsten.«

»Um wieviel Uhr?«

»Beim Abendessen.«

Perry Mason ging zu seinem Stuhl zurück, setzte sich und lächelte Truslow an. »Das ist alles.«

Truslow zögerte ein wenig, aber dann rief er: »Ich bitte Doktor Jason in den Zeugenstand.«

Dr. Jason bestätigte die Tatsache, daß die Leiche Peter Laxters exhumiert worden sei und daß er eine eingehende Untersuchung eingeleitet habe, um festzustellen, ob die Brandwunden an dem Körper vor oder nach Eintritt des Todes entstanden seien.

»Und zu welcher Schlußfolgerung sind Sie gelangt?«

»Nach gewissenhafter Prüfung jener Stellen, die durch den Stoff vor dem vollständigen Verkohlen geschützt gewesen waren, bin ich zu dem Schluß gekommen, daß der Verstorbene vor dem Brand bereits tot gewesen sein muß.«

»Sie können den Zeugen verhören«, sagte Truslow zu Perry Mason.

»Konnten Sie feststellen, ob der Tod durch Verbrennen oder Kohlenoxydvergiftung hervorgerufen worden war?«

Dr. Jason schüttelte den Kopf. »In Fällen von Verbrennung findet man üblicherweise Kohlenoxyd in den Geweben.«

»Wenn also ein Mensch verbrennt, kann nachträglich nicht mehr festgestellt werden, ob er nicht zugleich auch eine Kohlenoxydvergiftung erlitten hat?«

»Nein.«

»Haben Sie Röntgenbilder von den Knochen gemacht?«

»Nein. Warum?«

»Ich wüßte gerne, ob das rechte Bein der Leiche kürzlich gebrochen war.«

Dr. Jason sah ihn fragend an.

»Was hat das mit unserem Fall zu tun?« warf Truslow ein.

»Ich möchte bitten, daß dies festgestellt wird«, erklärte Mason ausweichend, »und ich möchte ferner darum bitten, daß noch einmal genauestens untersucht wird, ob eine Kohlenoxydvergiftung vorlag.«

»Ich kann mein Laboratorium anrufen und meinem Assistenten sofort einen diesbezüglichen Auftrag geben«, schlug Dr. Jason vor.

»Ich bitte Sie darum«, sagte Mason höflich.

»Das ist eigentlich unstatthaft«, wandte Richter Pennymaker ein.

»Ich weiß, Euer Gnaden, aber es wird spät, und ich möchte diese Angelegenheit heute noch erledigt wissen. Wir sind ja immerhin nicht vor einem Geschworenengericht. Der Zweck der heutigen Voruntersuchung ist lediglich, festzustellen, ob ein Verbrechen begangen wurde und ob Grund für die Annahme besteht, daß es der Angeklagte beging.«

»Also gut«, willigte Richter Pennymaker ein, »dann können Sie telefonieren gehen, Doktor Jason.«

In diesem Augenblick drängte sich Della Street durch die dichte Zuschauermenge und erkämpfte sich einen Weg bis zu der Schranke, welche die Zuschauer von den Tischen der mit der Untersuchung Beauftragten trennte. Es gelang ihr, Perry Mason auf sich aufmerksam zu machen.

»Ich bitte, mich eine Sekunde zu entschuldigen«, bat Mason den Richter und ging zu Della hinüber.

»Ich habe die Versicherungsgesellschaft angerufen und um Auskunft gebeten, und man hat mir soeben mitgeteilt, daß die Polizei von Santa Fé, New Mexico, meinen Wagen gefunden hat.« Della sprach leise und sehr schnell. »Er wurde von einem Mann gefahren, der vorgibt, Watson Clammert zu sein, seine Identität aber durch nichts anderes beweisen kann als durch ein paar Quittungen, von denen die Polizei annimmt, daß sie gefälscht sind, denn es sind Quittungen über die Bezahlung des Wagens, den er als Watson Clammert gekauft haben will. Aber noch viel seltsamer ist, daß die Polizei ihn für einen Bankräuber hält, weil man in dem Wagen einen Koffer fand, welcher mehr als eine Million Dollar Bargeld enthält.« Sie hielt inne.

Mason stieß einen Seufzer der Erleichterung aus. »Endlich scheint die Sache ins Rollen zu kommen«, flüsterte er.

»Ich rufe Winifred Laxter in den Zeugenstand«, hatte Truslow inzwischen verkündet.

Winifred Laxter näherte sich wie eine zarte Prinzessin, die sich dem Schwert des Henkers beugen muß. Sie erhob die rechte Hand, wurde vereidigt und setzte sich dann auf den Stuhl im Zeugenstand.

»Sie heißen Winifred Laxter und sind mit dem Angeklagten verlobt?«

»Ja.«

»Sie kannten Charles Ashton?«

»Ja, ich kannte ihn.«

»Sie kennen auch die Katze, die in diesem Gerichtssaal ist und ein Schildchen mit dem Namen ›Clinker‹ um den Hals trägt?«

Winifred Laxter nagte an ihrer Unterlippe. »Ich kannte die Katze des Hausverwalters.«

»Ist dies die Katze des Hausverwalters?«

Sie blickte Perry Mason flehend an, aber der sah schweigend vor sich hin. Sie holte tief Atem, zögerte noch und schien dann eben den Kopf schütteln zu wollen, als die Katze mit einem heiseren ›Miau‹ vom Tisch hinuntersprang, auf den Schoß des Mädchens kletterte und sich dort zufrieden zusammenrollte. Verschiedene Zuschauer begannen aufgeregt zu tuscheln. Der Richter klopfte sofort auf den Tisch. Wieder sah Winifred verzweifelt zu Perry Mason hinüber.

»Antworten Sie, Winifred, und sagen Sie die Wahrheit«, rief ihr Mason zu.

»Ja, das ist Clinker.«

»War Clinker bei Ihnen in der Nacht, als der Hausverwalter ermordet wurde?«

»Antworten Sie auf die Frage«, ermahnte Perry Mason sie wieder, als sie ihn hilfesuchend ansah.

»Ich werde nicht antworten!«

»Antworten Sie«, wiederholte Mason.

Sie sah ihn lange an und sagte dann leise: »Ja, er war bei mir.«

»Wer brachte Ihnen die Katze?«

Nun blitzte Winifred den Fragesteller wütend an. »Ein Freund brachte sie mir, und ich gab sie Perry Mason – das heißt, Perry Mason nahm sie mit. Er betonte, daß die Polizei Clinker nicht bei mir finden dürfe.«

Wieder ging ein Raunen durch den Saal.

»War jener Freund Douglas Keene?«

»Ich verweigere die Aussage.«

»Los, Winifred, antworten Sie«, mischte sich Mason ein.

Richter Pennymaker räusperte sich. Man konnte ihm deutlich anmerken, daß er Sympathie für die junge Zeugin empfand, als er einwarf: »Meine Herren, es ist nur recht und billig, wenn man die junge Dame davon in Kenntnis setzte, daß sie jede Antwort verweigern darf, welche sie irgendwie belasten könnte . . .«

»Das ist unnötig, Euer Gnaden«, antwortete ihm Perry Mason. »Ich vertrete die Interessen dieser Zeugin. Antworten Sie auf diese Frage, Winifred.«

»Ja, es war Douglas Keene!«

»Sie können die Zeugin ins Kreuzverhör nehmen«, sagte Truslow.

»Ich habe keine Fragen.«

Truslow stand auf. Er war nun ganz kühl und sachlich.

»Euer Gnaden! Ich bedaure, dazu gezwungen zu sein, hier festzustellen, daß anscheinend ein enger Zusammenhang zwischen dem Mord an Charles Ashton mit dem an Edith De Voe besteht. Der Mörder muß die Krücke aus Ashtons Zimmer zu dem Ort mitgenommen haben, wo Edith De Voe ermordet wurde. Der Mörder muß die Krücke zersägt, die Diamanten herausgenommen und eines der Holzstücke als Keule verwendet haben, mit der er Edith De Voe tödlich verletzte. Es wird dadurch notwendig zu beweisen, daß Ashton ermordet wurde, bevor die Katze aus dem Laxterhaus fortgeschafft wurde, und daß diese Katze nach dem Mord nicht in das Laxterhaus zurückkehrte. Es obliegt meiner Meinung nach also der Anklagevertretung, genau festzustellen, wo sich die Katze befand, vom Moment an, da der Angeklagte sie aus dem Laxterhaus entfernte, bis zu dem Zeitpunkt, da die Polizei das Tier in Gewahrsam nahm. Ich rufe zu diesem Zwecke Della Street in den Zeugenstand.«

Della Street stieß einen kleinen, erstaunten Schrei aus.

»Kommen Sie, Della«, rief Perry Mason.

Sie trat vor und wurde vereidigt.

»Sie heißen Della Street und sind die Privatsekretärin von Perry Mason, welcher im vorliegenden Fall als Verteidiger auftritt. Kam Perry Mason in der Nacht vom dreiundzwanzigsten zu Ihnen und brachte Ihnen die Katze, die wir als ›Clinker‹ kennen und die sich jetzt im Gerichtssaal befindet?«

»Antworten Sie, Della.«

»Das weiß ich nicht«, sagte sie vorsichtig.

»Wieso wissen Sie das nicht?« fragte Truslow.

»Nein, ich weiß es nicht.«

»Was soll diese Antwort bedeuten?«

»Daß ich es nicht weiß!«

»Warum wissen Sie es nicht?«

»Weil ich nicht weiß, ob diese Katze wirklich die Katze des Hausverwalters ist.«

»Aber Winifred Laxter hat das doch bestätigt!«

»Ich bin nicht dafür verantwortlich, was Winifred Laxter aussagt. Ich sage unter Eid aus!«

»Aber die Katze selbst hat deutlich gezeigt, daß sie Winifred Laxter gut kennt!«

»Ich bin«, warf Della eisig ein, »auch nicht für den Bekanntenkreis der Katze verantwortlich!«

Die Zuschauer lachten, und auch Richter Pennymaker lächelte, als er zur Ordnung rief.

»Immerhin geben Sie zu«, fuhr Truslow fort, »daß Perry Mason Ihnen eine Katze in die Wohnung brachte?«

»Ich gebe gar nichts zu! Diese Frage ist überhaupt nicht zulässig, solange Sie nicht beweisen, daß sie mit dem Mord im Zusammenhang steht, und das kann sie nicht, ehe Sie nicht bewiesen haben, daß jene Katze wirklich die Katze des Hausverwalters war. Und diese Fragen sollten Sie wohl besser Mr. Mason selbst stellen.«

Truslow lächelte jämmerlich, als er sich an den Richter wandte. »Vielleicht sind die umfassenden juristischen Kenntnisse der jungen Dame wesentlich mitbeteiligt an den Erfolgen von Mr. Perry Mason!«

Mason lächelte.

»Ich rufe also Perry Mason in den Zeugenstand. Ich weiß, daß dieses Vorgehen sehr ungewöhnlich ist, aber genauso ungewöhnlich ist es wohl auch, daß ein Anwalt so aktiv mitwirkt in Fällen, in welche seine Mandanten verwickelt sind, wie Perry Mason das zu tun pflegt. Ich werde keinerlei vertrauliche Mitteilungen von ihm verlangen, die einen Vertrauensbruch gegenüber seinen Mandanten darstellen könnten. Ich werde ihn nur fragen, wie er dazu kam, einen Verbrecher zu schützen.«

»Gut, dann soll Perry Mason aussagen«, entschied der Richter.

Mason legte den Eid ab und trat in den Zeugenstand. Richter Pennymaker betrachte ihn beinahe liebevoll und wandte sich an Truslow. »Immerhin werden auch Sie zugeben müssen, Mr. Truslow, daß Mason ungeachtet seiner Methoden auf eine lange Reihe wirklicher Erfolge zurückblicken kann, Erfolge, welche er nicht dadurch errang, daß er Schuldige verteidigte, sondern dadurch, daß er aufgrund seiner allerdings etwas ungewöhnlichen Methoden jedesmal klar beweisen konnte, daß seine Mandanten unschuldig waren.«

»Ich spreche auch nicht von der Vergangenheit, Euer Gnaden«, erwiderte Truslow ergrimmt, »sondern lediglich von der Gegenwart!« Er sah Perry Mason an. »Sie heißen Perry Mason und sind Rechtsanwalt?«

»Das stimmt.«

»Sie sind der Verteidiger von Douglas Keene?«

»Ja.«

»Sind Sie in der Nacht vom dreiundzwanzigsten in der Waffelstube gewesen, die Winifred Laxter gehört?«

»Ja.«

»Haben Sie dort eine Katze in Ihren Besitz genommen?«

»Ja.«

»Was taten Sie mit dieser Katze?«

»Ich belehrte Miss Laxter, daß es denkbar ungünstig sei, wenn die Polizei die Katze bei ihr fände, nahm das Tier also persönlich mit und übergab es meiner Sekretärin mit dem dringenden Ersuchen, es nicht entwischen zu lassen.«

»Und warum haben Sie das getan?«

»Damit die Katze nicht wieder ins Laxterhaus zurücklaufen konnte.«

»Das verstehe ich nicht«, sagte Truslow gereizt.

»Ich wollte folgendes festhalten«, fuhr Mason ruhig fort. »Wenn die Pfotenspur, die über Charles Ashtons Sterbebett lief, wirklich von Clinker stammte, mußte sie vor der Zeit entstanden sein, da Douglas Keene das Haus verließ.«

Truslow runzelte die Stirne. Für einen Augenblick vergaß er seine Stellung als Fragesteller und versuchte, dem Gedankengang Masons folgen zu können. »Aber das wäre ja gar nicht günstig für Ihren Mandanten!«

»Doch«, antwortete Mason, »insofern als es die Situation klärt und der wirkliche Mörder dadurch leichter festzustellen ist.«

Truslow fragte nichts mehr, sondern wartete einfach verblüfft darauf, daß Mason weitersprechen würde. Richter Pennymaker beugte sich vor, damit ihm kein Wort entging.

»Ich ging von der Voraussetzung aus, daß Keene unschuldig ist. Seine Unschuld konnte ich aber nur dadurch beweisen, daß ich die Schuld eines anderen bewies. Die Polizei zog voreilig den Schluß, daß Keene lügen mußte. Und es sah ja auch wirklich so aus, als könnte er nicht die Wahrheit gesagt haben. Ashton wurde zweifellos um zehn Uhr dreißig getötet – Keene war zweifellos um zehn Uhr dreißig in dem Raum, in welchem Ashton später tot aufgefunden wurde. Über die Bettdecke lief eine Pfotenspur, die Pfotenspur einer Katze. Die Polizei zog daraus unverzüglich den Schluß, daß es Clinker gewesen sein müßte, welcher diese Spur hinterlassen habe. Keene jedoch sagte aus, daß er das Haus kurz nach elf Uhr verließ, Clinker mit sich nahm und daß zu der Zeit seines Weggehens Ashtons Leichnam ganz bestimmt nicht in jenem Zimmer lag.

Im Gegensatz zur Polizei versteifte ich mich darauf, daß Keene nicht gelogen hatte. In diesem Fall konnten die Katzenpfotenspuren nicht diejenigen von Clinker sein; in diesem Fall konnte Ashton um zehn Uhr dreißig nicht an der Stelle gewesen sein, wo man später seine Leiche fand. Aber da er ganz offensichtlich um zehn Uhr dreißig getötet worden war, wird klar, daß er nicht am gleichen Ort ermordet worden sein konnte, an dem später seine Leiche aufgefunden wurde, und in diesem Fall konnte also nicht Clinker jene Pfotenabdrücke zurückgelassen haben.

An diesem Punkt meiner Überlegungen angelangt, wußte ich, daß es ungemein wichtig war, jede Minute im Leben Clinkers, vom Moment seiner Entfernung aus dem Laxterhaus an, feststellen und beweisen zu können. Und das konnte mir nur gelingen, wenn ich ihn in Gewahrsam nahm und an einem Ort versteckte, wo ihn der Mörder unmöglich finden konnte.«

»Warum wollten Sie beweisen, daß Ihr Mandant es war, der die Katze aus der Laxtervilla entfernte?«

»Weil keine andere Katze als Clinker im Laxterhaus lebte. Clinker verjagte jeden Artgenossen aus der näheren Umgebung. Wenn also Keene die Wahrheit sprach, dann war Ashton als Toter in sein Zimmer zurückgebracht worden; dann hatte der Mörder, um den Anschein zu erwecken, Ashton sei in seinem Bett ermordet worden und Douglas Keene habe diesen Mord begangen, irgendwo eine Katze gesucht und sie gewaltsam in das Laxterhaus gebracht; dann hat der Mörder diese Katze auf das Bett von Ashton gesetzt – ein Bett übrigens, auf dem die sensible Nase der Katze alle Gerüche Clinkers wahrnehmen mußte – und sie gezwungen, auf der Bettdecke und den Kissen Pfotenspuren zu machen.

Wenn sich alles so zutrug, wie ich es mir denke, dann wird es jedem Menschen, der sich nur ein wenig mit Katzen auskennt, klar sein, daß sich die fremde Katze gegen eine solche Behandlung zur

Wehr setzte und bestimmt dem Mörder die Hände zerkratzte. Deshalb begann ich, unter den möglichen Tätern jemanden mit zerkratzten Händen zu suchen. Und als ich ihn fand, sah ich, daß er inzwischen versucht hatte, die Kratzwunden auf seinen Händen zu tarnen, indem er andere Kratzwunden harmloseren Ursprungs entstehen ließ – nämlich Kratzer von einem Dornenbusch, unter dem er nach einem Riesenvermögen gegraben haben will.«

Truslow schienen die Augen aus dem Kopf fallen zu wollen. »Oafley? Sie meinen Frank Oafley? Aber Oafley war doch bei Edith de Voe in der Zeit, da Ashton ermordet wurde!«

»Ja. Ich ließ dieser ganzen Befragung heute ihren Lauf, nur damit Oafley selbst diese Aussage macht! Denn Ashton wurde nicht in seinem Bett ermordet, sondern in der Wohnung von Edith De Voe! Er muß dort getötet worden sein! Das ist die einzige Erklärung für alle Tatsachen, wie sie sich nun herauskristallisierten. Ashton war ein zarter, kleiner Mensch, und das Fenster seines Zimmers lag direkt über seinem Bett. Ein starker Mann konnte Ashtons Leiche also mit Leichtigkeit durch das Fenster auf das Bett gleiten lassen.«

»Einen Augenblick«, fuhr Truslow plötzlich auf. »Sie stehen ausschließlich als Zeuge hier, aber Sie ziehen ja Schlußfolgerungen!«

»Ich antworte Ihnen lediglich auf Ihre Frage, weshalb ich Winifred Laxter die Katze weggenommen habe und sie versteckt hielt, bis die Polizei sie fand und in Gewahrsam nahm. Und um ganz sicher zu sein, daß die Polizei das Tier auch wirklich in guter Hut behielt, ließ ich da und dort durchblicken, daß diese Katze meinen Mandanten sehr belasten und mir eine Menge Scherereien bereiten könnte.«

Richter Pennymaker lachte. »Ich muß zugeben, daß Mr. Mason Schlußfolgerungen zieht, anstatt nur einfach Fragen zu beantworten; trotzdem wünscht das Gericht, sie zu hören. Bitte, fahren Sie in Ihren Erklärungen fort, Mr. Mason.«

»Zu diesem Zeitpunkt war ich ganz sicher, daß Peter Laxter nicht tot ist«, sprach Perry Mason laut und deutlich.

Richter Pennymaker schüttelte den Kopf, als versuche er, seine Sinne wachzurütteln. »Sie waren sicher, daß – was?«

»Daß Peter Laxter nicht tot sein kann. Ich war überzeugt, daß Edith De Voe und Frank Oafley ihm nach dem Leben getrachtet und daß sie beschlossen hatten, ihn mit Kohlenoxyd zu vergiften.

Tatsache ist, daß Charles Ashton, der ein wirklich treuer Diener seines Herrn war, von Peter Laxter eine große Summe Bargeld und die berühmten Koltsdorf-Diamanten ausgehändigt bekam, das heißt, daß ihm dieses Vermögen zur Verwahrung gegeben wurde. Das kann Laxter aber nur getan haben, weil er im voraus wußte, daß sein Haus eines Tages abbrennen würde. Mit anderen Worten: Ashton und Peter Laxter wußten, daß jemand einen Mordanschlag auf Peter Laxter plante. Edith De Voe erzählte mir, ein solcher Anschlag sei von Sam Laxter versucht worden, aber ich glaube, daß sie mir das lediglich aufgrund vorheriger genauer Abmachungen mit Frank Oafley mitteilte, mit dem sie unter einer Decke steckte. Die beiden versuchten, Sam Laxter zu belasten, weil sie hofften, zu erreichen, daß er seinen Erbanspruch verlor, wodurch der ganze Besitz an Oafley gefallen wäre.

Peter Laxter ließ die Verschwörer ihre Pläne weiterspinnen. Er wollte, aus welchen Gründen auch immer, verschwinden. Vermutlich wollte er – unter anderem – seine Enkelin Winifred zur Vernunft bringen, damit sie, einmal enterbt, einsehen sollte, wie die Männer wirklich waren, die sie so sehr zu lieben vorgaben. Also ging Ashton, der das volle Vertrauen seines Herrn genoß, in ein Krankenhaus. Dort fand er einen Mann – einen gewissen Watson Clammert – der im Sterben lag; ein Armer, ohne Vermögen, ohne Verwandte. Diesem Mann ließ Ashton jede erdenkliche Pflege und Fürsorge angedeihen, obwohl er von Anfang an wußte, daß es ein hoffnungsloser Fall war. Durch dieses Verhalten wurde seine Behauptung, ein Verwandter dieses Clammert zu sein, glaubwürdiger, und niemand erhob Einspruch dagegen, daß Ashton den Leichnam mit sich nahm, als der Mann gestorben war.

Wahrscheinlich hatten die beiden Verschwörer lange auf eine günstige Gelegenheit zur Durchführung ihres Verbrechens gewartet; aber Peter Laxter bot sie ihnen nicht, ehe er nicht mit allen seinen Vorbereitungen fertig war.

Dieser Watson Clammert hatte einen Führerschein und besaß auch sonst noch einige Ausweise, so daß es für Peter Laxter einfacher war, den Namen des Toten anzunehmen, als sich einen fingierten neuen Namen zuzulegen. Als alles vorbereitet war, Vermögen und Diamanten in Sicherheit waren, ließ Peter Laxter den Dingen ihren Lauf. Die beiden Verschwörer ließen das Auspuffgas in Laxters Schlafzimmer strömen und brannten das Landhaus nieder.

Dann traten die beiden Enkel das Erbe an, und Peter Laxter sah von irgendwo den Entwicklungen zu und lachte sich ins Fäustchen.

Euer Gnaden, ich versuche, Ihnen mit diesen Ausführungen meine Handlungsweise zu erklären. Es mag vieles reine Vermutung sein, was ich sage; aber ich glaube, daß meine Vermutungen nicht weit neben das Ziel schießen.

Alle an dieser Untersuchung beteiligten Stellen gingen von der Voraussetzung aus, daß Frank Oafley ein hieb- und stichfestes Alibi hat, weil er zum Zeitpunkt des Mordes an Charles Ashton unmöglich am Tatort gewesen sein konnte. Aber es sind nicht die geringsten Beweise dafür vorhanden, daß Ashton tatsächlich dort getötet wurde, wo man später seine Leiche fand. Ich glaube, daß er in der Wohnung von Edith De Voe ermordet worden ist. Ich glaube, daß der Hausverwalter von den beiden in Edith De Voes Wohnung gelockt wurde, weil sie herausbekommen hatten, daß Ashton von ihrem Komplott wußte. Ich nehme an, daß beide glaubten, Peter Laxter sei tot. Ich denke, daß sie Ashton töteten, seine Krücke zersägten, die Diamanten herausnahmen und die Leiche, deren sie sich ja unbedingt entledigen mußten, durch ein Fenster in Oafleys bereitstehendes Auto gleiten ließen. Dann fuhr Frank Oafley kurze Zeit, nachdem der Angeklagte Keene mit der Katze das Haus verlassen hatte, zur Laxtervilla und beförderte die Leiche durch das ebenerdig liegende Fenster, das Clinkers wegen immer einen Spalt offenstand, auf das Bett des Hausverwalters.

Der Mörder wußte, daß Clinker gewöhnlich auf dem Bett schlief, und es lag ihm daran, alles möglichst genau zu rekonstruieren. Er suchte also nach Clinker, und nun mußte er entdecken, daß die Katze wenige Minuten zuvor von Douglas Keene weggeschafft worden war. Und sofort begriff er, welche erdrückenden Schuldbeweise er gegen Keene anhäufen konnte, wenn Pfotenabdrücke der Katze auf dem Bett waren! Er lief unverzüglich nach einer Katze, fand eine und zwang sie, auf dem Bett hin und her zu gehen. Bei dieser Prozedur kratzte und biß die Katze und verwundete Oafleys Hände.

Nun mußte der Mörder nach einer logischen Erklärung für seine zerkratzten Hände suchen. Dabei fiel ihm die Sache mit der Schatzgräberei ein. Er schickte sich selber ein Telegramm des Inhaltes, den wir alle kennen, und zwar gab er es im Namen und unter der Adresse und Telefonnummer von Winifred Laxter auf.

Seine Graberei in der Nähe des Kletterrosenstrauches sollte die Kratzwunden an seinen Händen erklären.

Un jetzt, Euer Gnaden, komme ich zu jenem Teil des ganzen Falles, wo auch ich nur auf Vermutungen angewiesen bin. Sobald ich erfahren hatte, daß ein Watson Clammert als Mitbesitzer der Banksafes figurierte, die Ashton gemietet hatte, daß dieser Clammert Zugang zu diesen Safes haben sollte, war mir klar, daß Peter Laxter nicht tot war und unter dem Namen des unbekannten Toten Watson Clammert weiterlebte. Wissen kann ich nicht, was in der Wohnung von Edith De Voe kurz nach elf vorging; aber ich kann es mir vorstellen. Oafley und Edith De Voe töteten den Hausverwalter; dann schaffte Oafley die Leiche fort. Die Krücke blieb in Edith De Voes Wohnung liegen. Dann sägten sie die Krücke entzwei, entnahmen dem geheimen Behältnis die Diamanten und hatten vor, den Rest des Holzes zu verbrennen.

Sam Laxter fuhr in einem grünen Packard zum Büro seines Anwalts. Zurück kam er von dort im alten Chevrolet des Hausverwalters. Ergo muß er diesen Chevrolet irgendwo vorgefunden haben, wohin er sich nach seinem Besuch bei Shuster begeben hat. Er würde diesen Wagen nicht einfach benutzt haben, wenn er nicht gedacht hätte, daß Ashton tot sei, oder aber, wenn er nicht in einem Zustand äußerster Angst geflüchtet wäre!

Ich bin überzeugt, daß er mit Shuster die schwerwiegenden Anklagen diskutierte, die Edith De Voe gegen ihn erhob. Ich glaube, daß Shuster ahnte, was vorging, daß er das aus verschiedenen Anspielungen Oafleys entnommen hatte. Ich glaube, daß Sam Laxter, mit oder ohne Wissen Nat Shusters, Edith De Voe aufsuchte. Er fand sie sterbend am Boden liegen. Darauf rannte er, von Angst gepackt, fort, und es ist ziemlich klar, daß er als erstes seinen Anwalt anrief. Ich will mich nicht in Mutmaßungen ergehen, was er zu Shuster oder was Shuster zu ihm sagte, aber die Tatsache steht fest, daß ein sehr gerissener Versuch unternommen wurde, diesen Mord auf Douglas Keene abzuwälzen. Nach allen von Edith De Voe erhobenen Beschuldigungen gegen Sam Laxter war sich dieser bewußt, wie wenig Chancen auf einen Freispruch er haben würde, wenn jemand erfahren sollte, daß er ungefähr zur Zeit des Mordes in Edith De Voes Wohnung gewesen war.

Nun erhebt sich die Frage: Wer hat Edith De Voe ermordet? Ich weiß es nicht. Ich weiß aber, daß Peter Laxter alias Watson Clammert einen neuen Buick gekauft hat, und ich weiß, daß Augenzeugen bestätigen, daß dieser neue Buick dicht hinter dem Chevrolet des Hausverwalters vor dem Apartmenthaus Edith De Voes geparkt war. Es besteht also die Möglichkeit, daß Peter Laxter dort hinfuhr, um auf die Rückkehr Ashtons zu warten. Nach längerer Wartezeit ging Laxter zu Edith De Voes Wohnung. Das muß um elf Uhr gewesen sein, vielleicht ein wenig später. Laxter wird Edith De Voe unter sehr verdächtigen Umständen angetroffen haben. Die Krücke des Hausverwalters war zersägt worden und brannte im Kamin. Die Koltsdorf-Diamanten werden vermutlich auf dem Tisch ausgebreitet gelegen haben. Ich denke nicht, daß Laxter die Nerven verlor und Edith De Voe vorsätzlich erschlug. Aber ich bitte zu bedenken, daß Laxter ein älterer Mann war, Edith De Voe hingegen jung und kräftig. Sie wird also Laxter angefallen haben, und Laxter griff nach der erstbesten Waffe, die ihm in die Hände geriet, und das war ein Stück der zersägten Krücke, das er aus dem Kamin riß. Wir können annehmen, daß das Holz kaum angebrannt war, denn wenige Minuten zuvor hatte sich Edith De Voe noch Streichhölzer von einem Nachbarn ausgeliehen. Wir wissen, daß vor kurzem Holz verbrannt worden war in jenem Kamin, und wir wissen, daß das Ende der Krücke, das als Mordwaffe benutzt worden war, leicht angeschwärzt war. Und ich persönlich bin der festen Überzeugung, daß die Polizei auf dieser Holzkeule den Fingerabdruck von Peter Laxter – alias Watson Clammert – finden wird.«

Perry Mason schwieg und lächelte den fassungslosen Stellvertreter des District Attorney an.

Dr. Jason betrat mit allen Zeichen der Erregung den Gerichtssaal. »Der Mann fand seinen Tod weder durch Verbrennen«, stieß er hervor, »noch durch eine Kohlenoxydvergiftung, sondern er starb augenscheinlich eines ganz natürlichen Todes, und das rechte Bein weist keinerlei Bruchstelle auf, also kann der Leichnam nicht derjenige von Peter Laxter sein.« Schwer atmend sank Dr. Jason auf einen Stuhl.

In diesem Augenblick wurde die Tür zum Saal wieder aufgerissen. Hamilton Burger stürzte herein. »Euer Gnaden«, rief er schon von weitem, »ich bitte Sie, dieses Verhör sofort abzubrechen! Als District Attorney ersuche ich um eine unbefristete Vertagung! Ein Mann, der in New Mexico als Watson Clammert wegen eines Autodiebstahls verhaftet worden ist, hat uns ein telegrafisches Geständnis zukommen lassen: daß er in Wirklichkeit Peter Laxter sei, daß er wisse, daß Edith De Voe und Frank Oafley den Hausverwalter Ashton töteten – und daß er selbst, nachdem er in die Wohnung der De Voe eingedrungen war, um sich Beweise für diesen Mord zu verschaffen, Edith De Voe erschlug. Schreckerfüllt habe er dann zu fliehen versucht. All das steht in diesem Telegramm. Aber nun ist der Mann entschlossen, zurückzukommen und die Konsequenzen seines Verhaltens auf sich zu nehmen!«

Im Gerichtssaal tobte ein Hexensabbat.

Winifred Laxter rannte mit einem erlösten, freudigen Aufschrei auf Douglas Keene zu, der die Arme weit ausbreitete, um sie an sich zu ziehen.

Perry Mason stand auf, lächelte Richter Pennymaker freundlich zu, streckte die Hand aus und fuhr der Zeugin Katze schnell über den Kopf.

»Siehst du, Clinker!« sagte er.

19

Perry Mason saß an seinem Schreibtisch. Della Street sah ihn mit glänzenden Augen an.

»Werden Sie Peter Laxter verteidigen?« fragte sie.

»Wenn er vor Gericht gestellt wird – ja.«

»Ich kann noch immer nicht begreifen, wie Sie wissen konnten, wie alles zusammenhing!«

»Das wußte ich ja auch gar nicht, jedenfalls lange nicht«, sagte er lachend. »Aber plötzlich faßte ich einen ganz abenteuerlichen Verdacht! Zwei, drei Kleinigkeiten brachten mich auf die Idee. Zum Beispiel die Art, wie Frank Oafley und Edith De Voe heirateten. Er sagte aus, daß zu Lebzeiten seines Großvaters ihre Beziehung notwendigerweise heimlich und verstohlen sein mußte, weil Peter Laxter sie nicht begrüßt hätte. Aber nach seinem angeblichen Tod war dann doch kein ersichtlicher Grund mehr vorhanden für die Heimlichkeit dieser Eheschließung, den Verzicht auf eine Hochzeitsreise und Oafleys sofortige Rückkehr in die Laxtervilla nach der Trauungszeremonie! Also folgerte ich, daß die beiden so rasch heiraten wollten, weil sie genau wußten, daß eine Ehefrau nie gezwungen werden kann, gegen ihren Mann auszusagen ohne dessen Einwilligung, und daß ein Mann jegliche Aussage über seine

Frau verweigern darf. Um zu dieser Überlegung zu gelangen, mußten die beiden andererseits Angst gehabt haben, daß man sie durchschaut hatte, und das wiederum bedeutet, sie hatten irgendwie herausbekommen, daß Ashton von ihrem Komplott wußte. Sie glaubten, daß Peter Laxter tot sei, also war Ashton der einzige, der etwas gewußt haben könnte.

Aber den schlüssigen Beweis fand ich in der Krücke. Der District Attorney und seine Mitarbeiter gingen von der These aus, daß, wer Ashton ermordet hatte, auch die Krücke in Edith De Voes Wohnung brachte und dann dort den Mord an Edith De Voe beging. Das war nicht möglich, falls Edith De Voe nicht am Mord an Ashton mitschuldig war; denn die Krücke war ja ganz, als sie in Edith De Voes Wohnung gelangte, und wurde erst dort zersägt und verbrannt. Das beweist, das Ashton in der Wohnung gewesen sein muß, daß die Mörder ihm erst dort die Krücke abnahmen und ihn dort töteten.«

»Was hätten Sie tun können, wenn die Polizei den Großvater nicht festgenommen hätte?« fragte Della Street

»Ich weiß nicht«, antwortete Perry Mason langsam. »Vielleicht hätte ich es doch fertiggebracht, die Beweise aneinanderzureihen.«

»Warum haben Sie Oafley nicht schon viel früher belastet?«

»Das hat verschiedene Gründe. Erstens wollte ich, daß Douglas Keene freigesprochen wurde, und zweitens«, er lachte, »zweitens wollte ich glänzen! Wenn ich der Polizei früher einen Wink gegeben hätte, dann hätte sie erstens den ganzen Erfolg auf ihr Konto verbucht und zweitens den Fall so verpfuscht, daß Keene wohl freigesprochen, aber nie völlig reingewaschen worden wäre. Und ich wollte, daß Oafley unter Eid aussagen sollte, daß er bei Edith De Voe war zu dem Zeitpunkt, als Ashton ermordet wurde.

Ich betrete keinen Gerichtssaal ohne das sichere Gefühl, daß mein Mandant unschuldig ist. Und diesen Ruf will ich mir beim Publikum und bei den District Attorneys erhalten. Ich will, daß es einmal so weit kommt, daß sie davor zurückschrecken, mich im Gerichtssaal bekämpfen zu wollen!«

»Und dann«, fügte sie hinzu, »gehen Sie ja so gerne auf dünnem Eis spazieren und hetzen einen gegen den anderen auf, damit Sie Ihre Chancen wahrnehmen können!«

»Vielleicht«, gab er lachend zu, »aber ich habe Ihnen immer gesagt, daß ich mich bedingungslos in meine Fälle verbohre.«

»Sagen Sie mir jetzt noch, warum nicht Paul Drake diesen Watson Clammert hätte aufspüren können?«

»Weil ihm das wahrscheinlich nicht zur rechten Zeit geglückt wäre, Della. Er war von vornherein im Nachteil. Die beste Chance, Autodiebe zu fassen, haben die großen Versicherungsgesellschaften. Sie haben ein ausgezeichnetes System der Zusammenarbeit ausgeklügelt. Im allgemeinen arbeitet die Polizei mit niemandem zusammen; aber in Fällen von Autodiebstählen verständigt sie sich mit den Versicherungsgesellschaften. Also richtete ich alles so ein, daß Watson Clammert als Autodieb betrachtet werden mußte. Das verschaffte mir raschere Ergebnisse, die Möglichkeit, ihn verhaften zu lassen, und sein Geständnis. Es war alles eigentlich ganz einfach. Indem wir in das Biltmore Hotel fuhren, uns als Hochzeitsreisende ausgaben, den höflichen Empfangschef unseren prächtigen neuen Wagen bewundern ließen – nicht zu vergessen sein persönliches warmes Interesse für Sie! – und Sie dann den Wagen als vermißt meldeten, setzten wir die ganze Maschinerie in Gang, die allein imstande war, Clammert möglichst schnell aufzuspüren. Er ahnte natürlich nichts. Er fuhr seinen Wagen, den Wagen, den er rechtmäßig, wenn auch unter angenommenem Namen, gekauft hatte. Es konnte nur eine Frage von Stunden sein, bis er verhaftet wurde.«

»Nun«, seufzte Della Street, »Gott weiß, daß Ihre Methoden nicht immer die ortsüblichen sind! Aber ich muß gestehen, daß sie wirksam sind!«

Er grinste sie vergnügt an.

Della ging zu praktischen Fragen über und sagte: »So, und nachdem wir nun diesen Fall glücklich hinter uns gebracht haben, bleibt uns ein ganz neuer Buick. Sollen wir ihn wieder verkaufen, oder sollen wir Ihr Kabriolett verkaufen?«

»Nein, wir behalten beide Wagen.«

Sie hob die Augenbrauen.

»Sehen Sie«, erklärte er, »der Buick ist ein hübscher und praktischer Wagen – falls ich jemals Lust auf eine Hochzeitsreise bekommen sollte... Und inzwischen – war hier etwas Wichtiges los?«

Er wies auf den Stoß von Papieren und Notizzetteln, der sich auf seinem Schreibtisch angesammelt hatte.

Sie sah die Papiere rasch durch und nahm eines heraus. »Das ist eine Mandantin, mit der Jackson sprach; er möchte mit Ihnen über den Fall sprechen.«

Mason hörte nur mit halbem Ohr zu.
»Es handelt sich um einen Schlafwandler«, fuhr sie fort. »Wenn ein Schlafwandler einen Mord begeht, während er schlafwandelt, kann man ihn da zur Rechenschaft ziehen?«
Nun verengten sich Perry Masons Augen plötzlich zu Schlitzen. Er sah Della Street aufmerksam an. »Rufen Sie Jackson herein«, bat er. »Und er soll sämtliche Notizen über diesen Fall mitbringen!«
Jackson kam und begann wohlvorbereitet eine ausführliche Schilderung des neuen Falles, worüber eine Nichte dieses schlafwandelnden Mannes ihm berichtet hatte.
Mason hörte gebannt zu. »Und, Jackson? Was hatten Sie für einen Eindruck von dieser Nichte? Kam Ihnen an der ganzen Sache etwas verdächtig vor?«
Jackson spitzte gedankenvoll den Mund. »N-nein, eigentlich n-nicht«, antwortete er dann, aber es klang nicht sehr überzeugend.
Mason lachte. »Dann rufen Sie diese Nichte an, ja? Ich möchte, daß sie sofort herkommt!« Und Della Street bat er lächelnd: »Würden Sie eine neue Akte vorbereiten, Della? Schreiben Sie ›Der Fall der Nichte des Schlafwandlers‹ darauf!«

ENDE

Bitte beachten Sie die folgenden Anzeigenseiten. Die dort genannten Preise entsprechen dem Stand vom Herbst 1973 und können sich nach wirtschaftlichen Notwendigkeiten ändern.

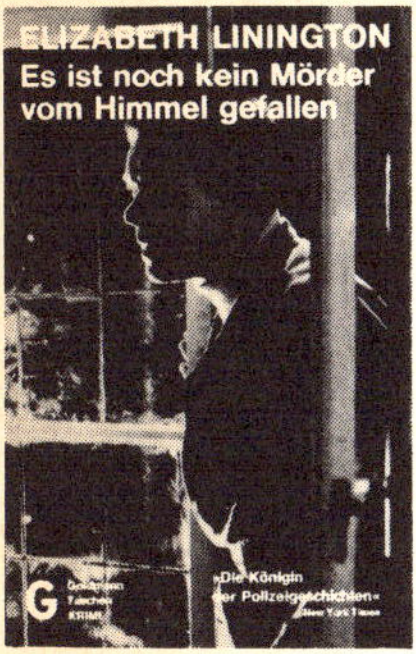

Elizabeth Linington
Es ist noch kein Mörder vom Himmel gefallen
128 Seiten. Band 4093. DM 3.–

»Hat diese Corbett vorher vielleicht Unterwäsche vermißt?« fragte Feinman.
»Genau – wie kommen Sie darauf? Am letzten Freitag, von der Wäscheleine . . .«
»Also ist es doch derselbe«, stellte Kriminalsergeant Maddox fest. »Vergewaltigung mit Vorsatz – das ist wirklich mal was Neues!«

Brett Halliday
Die Nacht mit Nora
128 Seiten. Band 4094. DM 3.–

Wer ist diese Frau? Was macht sie um zwei Uhr morgens in seinem Zimmer? Woher hat sie den Schlüssel?
Fragen, die sich der Privatdetektiv Mike Shayne stellt, als er die unbekannte Schöne beobachtet, die gerade dabei ist, ins Bett zu gehen. In sein Bett, wohlgemerkt!

Roderick Wilkinson
Warten auf den großen Fisch
176 Seiten. Band 4095. DM 3.–

Der Geologe James Collinson, kürzlich zu einem Heimaturlaub nach Schottland zurückgekehrt, wird tot in einer Schlucht aufgefunden. Sein Freund, der Gutsherr Oberst Rose, glaubt nicht an einen Unfall. Er bittet den Londoner Privatdetektiv Ken Daly, Collinsons Mörder zu finden. Und Daly stellt dem ›großen Fisch‹ eine Falle . . .